中公文庫

新・東海道五十三次

武田泰淳

中央公論新社

目次

新・東海道五十三次

出発準備

男がしっかりとハンドルをにぎり、女性がやさしく寄りそうようにして、助手席に坐っている。

それでこそ、男性のたのもしさ、それに協力するオンナの可愛らしさが感得できるのである。

私どものように、走らせたり乗せたりする厳然たる指導者は妻であり、ただただ走らせてもらい乗せてもらう、手も足も出ない同乗者が夫である場合、男女の地位はさかさまになり、世の秩序は乱れてくるのではあるまいか。

女性ドライバーなるものが、私はきらいであった。急に偉くなったような顔つきで、ぼくら通行人をバカにして突進してくる、その特権の乱用ぶりこそ、にくらしきものであった。タクシーやトラックの運ちゃんは、あれは職業だから仕方ないとして、彼女たちの、あのおすましの、ひとりよがりの、うすい鉄板の「お城」の中にふんぞりかえった「お姿」こそ、許しがたきものと思われた。足の不自由な夫を援助するため、免許証をもらって送り迎えする、けなげな妻の話もきかされたけれども、イカしたようなかっこう（そんなのはイカでもスルメでもありはしないのだが）で、上流階級ぶって（もしも自分で自分の車をうごかすのが上流だとしたら、荷車を引くおかみさんの方がもっと直接的に上流だ）、いかにもサッソウと（ところが実はエンジンのはたらきが完全なだけなのに）走りすぎてゆく特殊婦人たちを眺めるたび、人間はかくまで自己反省のない心理状態に満足できるものかと、うたた感慨にふけったものであった。

ところが、一たん車を所有し、車を駆使し、車のありがたみにドップリと漬かってしまうと、しかも女房運転手に万事おまかせしてしまうと、私のかつての反感や「正義心」は次第に消え行くのであった。まことに恥ずかしいこと、情けないことのきわみであるが、いつのまにかマイカー族の一員として、外出するとは助手席に坐ることなりと考える習慣がついてしまったのである。

そもそも、第一次戦後派とよばれる文学グループが、めいめい小説家として出発したさい、一人だって、まさか自分が、ガソリン（ハイオクタンにしろ、普通ガソリンにしろ、とにかく神秘的な液体）を燃料として走る快適なるクルマを買うであろうとは、夢想だにしなかったにちがいない。身ぶるいするほどの貧乏、明日をも知れぬ混乱、道路標識も交通規制もスピード制限もアカとミドリの信号もあったものでない極限状況こそ、われらの作品の生みの親であったのだから、快適なるクルマ、完全なるノリモノこそ「敵」であるはずであった。

　戦後派仲間で、一ばん早くこの世におさらばした梅崎春生は、奥さんに免許証をとらせたけれども、ついに車を買わずに（買えずに）、「幻化」の如くアッサリ消えてしまった。ついに買わなかった彼のために、モト坊主の私は、戒名をこしらえた。曰く。「春秋院幻化転生愛恵居士」。「恵」とは、未亡人の名である。もしも彼が転生したら、戒名の義理があるから、うちと同じカタの車を買うであろう。

　十七年前、私の妻ユリ子は、占い師に運勢を見てもらった。「健康体ですな。もしも交通事故で死ななかったら、たぶんながいきできるでしょう」

　クルマどころか靴も買えない貧乏時代だから、気にもとめなかった。ただし、ユリ子は階段からころげおちるくせがあった。駅のコンクリート階段から、ホームにころげおちる。下宿の三階の屋根裏部屋からも、まっくらな急な階段（あまり急なので綱にすがって降りる）を落下して、両脚で階下の壁をつきやぶったこともある。ついこのあいだも、アパートの入口で、大きな犬ににらまれて、恐怖のあまりころげおちた。街頭で自分勝手にころげおちるのは、クルマとは無関係でも、やはり交通事故の一種かも知れない。クルマごところげおちるとしたら、それこそ模範的事故である。

「健康体ですな」の予言は、まさに的中した。そのおかげで私もどうやら生きのびられた。だが予言の後半、「もしも」から後の部分は結局、「いくら丈夫そうなあんたでも、交通事故にはかないませんぞ」というおどかしの文句である。

同棲したてのころは、夫婦そろってカストリ焼酎など愛飲していたから、ただ歩いているだけで、ドブ川とか踏切とか、道路工事の穴とかで永遠の睡《ねむ》りに入る可能性はいくらもあった。個人的交通事故など、誰も問題にしてはいなかった。「あいつ、赤羽の駅から崖下へおっこちて、眼と耳から血を流して、グウグウいびきをかいて、まる二日生きていてから死んじまったよ」「ああ、そう」「あいつ、友達のおつやに行った帰りに、川の上の線路を歩いてて死んだらしいよ。ちっぽけな水たまりだけどなあ。どうして、あんな所で死ねたんだろう」「ああ、そう」

私自身、雪の夜、神田の裏街のゴミ箱の上にまたがって反抗的に泣きさわいでいるユリ子をひきずり下ろし、あまり洗ったことのなさそうな髪の毛をひきずり、豚のモツのごった煮を、胃からもどして、白い雪をけがして歩きつづけたくらいだから、自動車など少しもこわくありはしなかった。

そのころでも、たしかに車は走っていた。だがそれは、税金が払えないで（一家心中まででした正直者がいる）、やけになっている商店から家財家具をそっくり取立て、それを見せしめ、見せびらかしとして走るオカミの車。あるいは、ヤミ商売でさかえている飲食店（と言っても、アンコものやアルコール物のわずかな稼ぎなのであるが）を急襲して、戦利品を満載してひきあげる警官用のクルマ。

外国人、ことに色の白い（これには黒いのもまじっている）外国人は、なにしろ権力者、支配者なのであるから、小ジープか大ジープか、ピカピカ光る高級乗用車に乗っかって、野暮なる垢まみれの東京都民をあわれむかの如く、血色よく肥え太って走り去って行くのであった。十一文半の大靴をはく大男（と新聞はひかえ目に表現していた）がのしあるくストリートで、日本人は交通事故さえ自由にひきおこすことができなかった。

買うつもりなど、全くなかったのだから、買ってからどうなるという予想もありうるはずがなかった。

杉並区上高井戸の公団住宅は、陽あたりも風とおしもよろしくて、夜おそくまで騒いでいると叱られる以外、文句のつけどころがなかった。それが私たちの棟に密着してパン工場が建てられ、パン釜の鉄蓋、どんなものか実物は知らないが、そのフタをあけたり締めたりするのが、午前四時ごろから開始される。ふくよかな焼きたてパンの匂いは、あれは食卓に少量ずつ盛られてあるからいいので、全工場が発散するニオイはむしろ臭気と申すべきで、早起きの私には脅威となった。アンコや赤飯やカレー汁入りのパンまで製作するから、複雑におびやかされる。元気のいいパン製造青年は、屋上から剣術やら体操やらの掛声をきかせるし、おちおち仕事ができないので港区赤坂のコーポラスに引越した。

もしもその引越しさえしなければ、身のほど知らずの買物はしないですんだかも知れない。と言うのは、暖房とエレベーターの設備こそないが、この古いアパートは、私の借りるさい駐車場の一角を提供してくれたからである。三十三号の借主が、その一角を保有していたため、私にもその権利がひとりでに付いてしまったのだ。ワサビはあれども、サシミがない。車がないのに、三十三号の部分だけ、駐車場は空いていることとなった。

赤坂あたりで一カ月の駐車料金は、どれほどするか。くわしくは知らないが、マイカー族にとってはよだれがたれそうな好条件である。

「どうしても買わないとダメよ。みなさん、車もないのに権利だけもってるのけしからんと怒っているもの。あけとくなら、こっちへ寄こせと、みなさん理事会のとき主張してるもの」

都心のコーポラスに居住することさえ、贅沢すぎると尻ごみしていた私が、さらにクルマを買う？　私のゼイタクぎらいは何も道徳心によるものではなくて、金が出ればそれだけ原稿をたくさん書かねばならぬ、その労苦をおそれるからにすぎない。

できるだけ人に好かれようとする、いざこざは一切避けるために万事に気がねする。不必要なほど用心ぶかくするという習性。そのため、車を持つことを遠慮したかった。こんな場合、何より簡単な解決方法は「コレはおれが買うんじゃない。おれはちっとも欲しがってなんかいやしない。女房が買いたがって、女房が買うんだ」と、責任をユリ子におっかぶせて、自分はおとなしく運命にしたがっただけだと自分自身に想いこませることであった。

私は恥ずかしかった。と言うのは、買うという行為にずるずるひきこまれることよりは、むしろ車一台買うにも何とか理くつをくっつけて、言いわけ、言いのがれを工夫する性格が恥ずかしかったのである。（そして今、この文章を書きながらも、恥ずかしさを売物にしているのではないかという反省が、みじめったらしくてイヤなのであるが）

中目黒のガスタンクの下の、寺の留守番をしていたころ、毎朝はやく、女房が外出する。行先を告げずに出かけるのは、おたがいさまだったので、たずねることはしなかった。

神経質のヤキモチと思われたくないためでもあった。寺には住職も女中さんもいたから、朝食も幼児の世話も、彼女をあてにしないでよかったし、料理もろくにできないで、カツレツをつくるのに台所を粉だらけにして数時間かかっても完成しないくらいだから、居なくてもさしつかえなかった。

それにしても毎朝とは熱心すぎると、不思議には思っていた。免許証をもらうため、練習所がよいをしていたのである。

なにしろ、一寸先は闇で、未来のことなどあまり考えず「わたし、尼さんにされるんじゃないかしら」と、寺ずまいを経験したばかりのユリ子はわが身の行く末を案じていた。「わたしのあたま、丸くないからな。ハチ型だから、どうかしら。だけど、わたし可愛い顔してるから、尼さんになれば、きっと人気が出るわ」

父の死後、遺言に名を記された父の弟子（私の従兄）に、私は寺を譲りわたした。新住職は福島県の会津に別に寺をもっていたので、不在がちである。私は私で寺の事務などはほったらかしにしているので、自然、ユリ子が檀家の応対をひきうけることがある。

世間のうわさを気にする私とちがい、彼女は、どんなウワサが周囲で流れているか全くの無神経ですませるタチなので、本堂で好きなようにカネを鳴らしたり、木魚をたたいたり、見よう見まねで塔婆まで自分で書いてしまう。キリスト教徒が埋骨をたのんできたときは、塔婆の上部に苦心して十字架まで装飾的に描いたのであった。

「お経だけはよむなよ」と私がいましめても「だって、わたし、女学校のとき般若心経《はんにゃしんぎょう》を読まされておぼえてるから読めるわよ」と、自信まんまんである。「お寺って、いいなあ。相続税もかからないんでしょ。恵まれてるわあ。こんないい話ってあるかしら」

宗教と経済の矛盾、それが解決できないため、私は坊主廃業を決心していた。愛する女性が坊主の妻であることに、私はたえがたかった。さんざん父に迷惑をかけ、何回も警察につかまって、あの寺の息子はアカでどうしようもないと隣近所でうわさされ、そのアカでありつづけることもできずに、戦後は不良文士の仲間入りしているらしい私が、大寺にふさわしくないあばずれ女とくっついて、その女が今や、どさくさまぎれに寺の実権をにぎろうとしている。

「あの娘《こ》、元気がよくていいけど、ちょっとヘンなところがあるね。どこか少し、おかしいよ」と、母はそれとなく批判する。「あのひとお母さんに早く死に別れたというから、家庭教育を受けていないらしいね」

「わたし、寝ているあいだに髪の毛を剃られちまうんじゃないかと、それだけが心配よ」と、ユリ子は、くさったクサヤの干物を食べてはれあがった顔で、つぶやく。

「大型の二種免をもらったわ。これならトラックだって運転できる」

毎朝の無断外出の原因が、それだったのかと知って安心したし、天にも昇らんばかりのはればれとうれしげな表情を眺めて、私もうれしかった。

「おっかないわよう。大男の紳士だって係りの人に叱られて泣きそうになってるの。わざと小さな声で名を呼ぶから、きこえないで黙っていると『ツンボかア』と怒られるし。だけど、もらったときは生まれてからはじめて、入学試験にうかったより何よりうれしいわよう」。極楽か天国をこの眼でたしかめてきたように、うっとりと興奮しているのは、お茶、お花、おどりの名取りでもなし、女子大文学部やコンピューターのキイパンチャーの特殊免状ももっていない彼女が、これでやっと一人前に腕に職がついたという絶大の喜びのあらわれであったろう。

「そうかい。よかったなあ。それじゃ、おれが死んだら、どこかの出版社か新聞社に運転手にやとってもらえよ。おれからも頼んでおいてやるから」

私は、女にかせがせて暮らしている、いわゆる「髪結いの亭主」にはなりたくなかった。法然上人の他力本願の浄土教を信じ、おとなしやかな人間平等論が好きではあっても、女性にもたれかかり女性のおこぼれをちょうだいして、いっぱしの色男ぶっている奴だけは軽蔑していた。

だが、「免許証バンザイ」の感激に酔いしれている彼女をはげましているうちに、あさましきかぎりではあるが、私は、老衰して小説も書けなくなり、病床で不平不満だけをかかえて横たわっている私が、もしかしたら大型トラックを運転する彼女の助けによって、生きながらえることもあるかも知れぬという、不吉な予感におそわれたのであった。

杉並区上高井戸の公団アパートに移っても、乗るクルマがなかった。わが一家は毎年、夏になると、信州の山奥の温泉、三食つき七百円の旅館ですごすことにしていた。先着して必死に書けない原稿に智慧をしぼっている私のあとから、お寺のお施餓鬼《せがき》の手つだいをすませた彼女が到着した。見ると片眼に眼帯をかけ、顔の半面が紫色にふくれ上がっていた。他人の車を借用して試乗しているうち、急ブレーキをかけて、ハンドルに顔の正面をぶつけたのである。

お化けみたいな顔になるくらいなら、免許など取らない方がよかったのにと、私はばかばかしくなった。しかし、安部公房君の夫妻が軽井沢から私の宿まで新車を走らせて来たときには、愛車を所有して一家三人で自由に訪問できる彼がうらやましかった。私にくらべ原稿収入の多そうでもないのに、さっさと車を手に入れ乗りまわしている安部君が、不案内の悪路の疲れを宿の湯で洗いおとしているのを見るにつけ、「ああ、新しい時代の新しい作風の作家にはかなわんなあ」と感じ入ったけれども、どうせこっちは買わないのだからとあきらめて、さしてくやしくもなかった。

まっとうな四輪車が買えないので、女房は上高井戸の古道具屋で、おんぼろの古スクーターを買った。それを山の宿まで鉄道輸送して、川ぞいの石ころだらけの道を突っ走ることになった。しかし、スクーターなるもの、平坦な都会的道路をなめらかに走るものであって、原始野蛮のあらあらしき天然自然のミチにはふさわしくない。たちまち、かくれた凹みではねあがり、五メートルほど飛ばされて人事不省となった。桑畑でうめいているのを、養魚場ではたらいている農家の夫妻が発見し、たすけてくれた。ちょうど、その日は志賀高原の高級ホテルに宿泊している江藤淳君の夫妻が、私の宿を訪ねてくれる予定だったので、ユリ子は気がついたとたんに、またスクーターに打乗って、至急、宿へもどってきた。全身が、紫黒色のあざだらけで、足のはこびもおぼつかない。

しかし、英国紳士風の江藤淳と、フランス淑女風の奥さんが、わざわざ来てくれるのだから、傷などかまってはいられない。江藤君は「よた者におどかされないように、黒眼鏡をかけてきました。ハハア、窓の外の芭蕉の葉はよろしいですな」と、おちつきはらっているし、繊細な奥さんは刺戟性の食物はうけつけないと言うので、カレーライスではまずいと思ったりして、ビール責めにしてごまかすことにした。

「オートバイやスクーターは、かこいがないからあぶないわ。かこいのある車の方が安全よ」という、女房の意見に私も賛成せざるを得なかった。

さて、かこいのある車ははたして安全であろうか。バックで車庫入れするさい、アパートの二本の門柱（カドのはっきりした四角のコンクリート柱）で、まず車の横ばらをこすった。人間の女性のお化粧は、はげても塗りなおしをすれば、三十分かからずに修理ができる。車のやわ肌のペンキ塗りに傷がつけば、色なおしがむずかしい。凹めば、なおさらむずかしい。車体に傷がつくのは、まだしものこと、通行人の胴体に接触したら、それではすまない。赤坂のT・B・S通で、ユリ子は、老人に接触して、彼をころがした。老人（男）はすぐ起きなおって、怒りもせずにぼんやりと直立していた。職人仲間らしい若い連れが、「今は大丈夫でも、あとが痛むぞ。少しでも痛かったら、すぐ文句をつけろ」とすすめた。「痛くもなんともない」と、老職人はおだやかにしている。ユリ子はしきりにあやまるが、少しもこちらを非難攻撃しようとしない。「いいのかよ。行かれちまったら、おしまいだぞ。え？　何とか怒鳴りつけてやったらどうなんだ。だまっているテはないぞ」。だが、老人はズボンの尻をなぜているだけで、沈黙している。「申しわけありません」と、彼女はすばやく車を走らせた。「同乗していなくて良かった」と、無責任な私はただそれのみ考えていた。「イエス・キリストみたいな御老人を車でころがしたら、このおれはどうなるんだ」

「京都まで自分の車で行きたいなあ。わたし、どうしたって行くわよ」と、彼女が決意を示すたびに、私は眉をしかめていた。車は三代目であるから、腕はたしかに上達している。しかし女性運転手、男性助手という関係は少しも変わっていないのである。

初代の車のころ、男性労働者を載せたトラックのすぐ後ろを走ると、いつも私は下うつむいて前方を見ないようにした。

「有閑階級の亭主が女房に車をあてがって、やにさがっていやがらあ」。「見ろや。それが恥ずかしいから、あの男、こっちを向けないぜ」。ゴー・ストップで車が動かなくなる。相手はそろって、こっちに注目し、ニヤニヤ笑いしている。口笛を吹いたり、「ヨオッ」と声をかけたりする。その他、いろんな幻聴がきこえてくる。

幻聴や幻視ではなく、女房ひとりのときは、できるだけ女性のいやがる言葉で、からかってくる。時には、ズボンのボタンまではずして見せびらかすことがある。そんなときには、笑っても怒っても、また、すました顔つきをしても、どうしても具合がわるくなる。見つめるわけにはいかないし、さればと言って、横を向きでもしたら「効《き》き目があったぞ」と、ますます優秀な演技をやり出すからだ。しかも、工事現場か倉庫へいそぐ彼らのふざけたがる心理が、軍隊でトラック移動した体験のある私には、わかりすぎるほどわかるのだ。マイカー族と、そうでない族と二つに分かれているかぎり、さしたる悪意や反感はなくても、いやがらせの声や態度で、つもりつもった感情を吐出すのが、むしろ当然であろう。ジャリトラやダンプカーの運転手が睡眠不足と疲れで疾走中、その疾走をさまたげるような乗用車、しかも遊び半ぶんのオンナなんかが生意気にもノロノロ運転していたら、怒鳴りつけたくなるのが人情であろう。そのオンナに甘ったれているいやな五十男！ああ、どうして「彼」を罵倒せずにいられようか。

　エロだかグロだか知らねえが、調子のいいこと書きまくって、労働の汗一つぶ流しもしねえで、上品紳士か高級ブンカ人みてえな面をしてからに「ボクは現代に絶望しています」なんて、ぬかしていやがるんだろう。さっさと正面衝突か追トッか、三重五重ショウトツでもして、くたばっちまうがいいや。しかも、モト坊主だとか言うじゃねえか。それで、おシャカ様に顔向けできるのかよ。おシャカ様は、所有物はなにもかも棄てなさったんだぜ。何一つ他人に利益をあたえないで、排気ガスだ、警笛だ、道路をひとりじめにして、迷惑ばかりかけ、それで無事にすむと思っていやがるのかよ。

　そんな声が、きこえてくる。

　下品、低級、非紳士的な非文化人ではあっても、五十三次を牛にひかれて（女房はウシ年である）たどるとなれば、日本橋か東京タワーか宮城前か、毎日新聞社かどこからか出発せねばならぬ。

品川 - 鮫洲 - 泉岳寺

とにかく、安政五年(一八五八年)九月六日、六十二歳で病没した広重という画家は、えらい男であった。ユーモア文学『東海道中膝栗毛』の著者、十返舎一九も、えらい男ではあるが、広重にくらべれば、かなり劣っている。

広重に競争意識をわきたたせ、彼の進歩をうながした強敵、良きライバル北斎のえらさは、もとより否定できないが、どちらかと言えば、私は広重をえらぶ。この二大画家の優劣については、かるがるしく論ずべきではないし、彼らの真価については今後ますます研究がすすみ、やがてはポール・ヴァレリー氏の『レオナルド・ダ・ヴィンチ方法叙説』の如き深遠なる著作が企てられて然《しか》るべきである。広重派と北斎派のあいだで、テレビの国会討論会より激烈な論争が火花をちらすことが、日本芸術界にとってもいとも望ましい。

平凡社の「世界名画全集」の別巻に、近藤市太郎氏の編集解説した『東海道五十三次』がある。これは、保永堂版のほかに、「行書東海道」、「隷書東海道」のような珍しい絵図も並べてあり、近藤氏自身が同行して撮影した最新の道中写真も挿入してあって、便利きわまりない。

近藤氏は、どちらかと言えば、「木曽海道六十九次」や「名所江戸百景」の方を高く買っていられるが、それは専門家の見識であって、一般に親しみがある（マッチの貼紙、モーテルの部屋の名にまで用いられている）のは、どの版をよりどころにしたにしろ、まず五十三次である。

もう一冊、私の「東海道」などお読み下さらなくてけっこうであるが、ぜひとも一読をおすすめしたいのは、岸井良衛氏著『東海道五十三次』（中公新書）である。これを読みさえすれば、京都まで百二十五里、十三日の江戸時代の道中が、手にとるようにわかってしまう。

その他、わが東海道の歴史地理に関する名著、名解説は数かぎりなくあり、東京都、神奈川県、静岡県、愛知県、岐阜県、三重県、京都府など、土地土地の新聞社支局、教育委員会、地元郷土史家の貴重なる報告文献はぞくぞくと発行され、すぐれた旅行記がそれに仲間入りして、とても読切れない量に達しているので、できうるかぎり利用させていただくにしても、これら綿密な考証と調査にお手つだいできるどころか、万事すっとばしてすませてしまう予感が濃厚で、はじめっから投げている心理状態であることだけは、正直に告白しておかなければならない。

これは、かならずしも私の無学となまけ心の結果ではなくて、大名行列、カゴカキ、クモスケ、馬子、関所、渡船、宿場、宿場女郎、はたごや、本陣、脇本陣、立場《たてば》、飛脚、岡っ引、牛車、大八車、鈴ヶ森のおしおき場、宇都谷《うつのや》峠のおそろしさ、それらすべてが消滅してしまって、あとかたもない、その激変ぶりとも関係があるらしいのである。

そのかわり、広重と一九の知らなかった事物で、東海道はうずめつくされている。

品川。日本橋から二里、花のお江戸に別れを告げて最初の宿場である。

広重の絵では、保永堂版も「行書」「隷書」の両版も、品川の海が青々とえがかれている。帆掛け舟の、帆を白々と張ったのと、帆柱のみで帆をおろしたのが、かならず書きこまれてある。それから赤い提灯をぶらさげた海岸の茶店。

青楼《せいろう》や料亭が軒をつらねた繁華街だったというが、ひろびろとした海にくらべ、画中の品川はいかにも貧弱な家並である。おそらく江戸八百八町から（弥次さん喜多さんは、神田八丁堀から）つらい旅に出発する男女にとり、シナガワは何より広大なる海水をたっぷりたたえた大自然に直面する、最初のきっかけ、おどろきの第一歩だった。

品川と言えば「海」。それは羽田国際空港から、今こそ国際人になれるとウキウキして、ターミナルで英語まじりのアナウンスに耳かたむける海外旅行志願者が、ハネダと言えば

「空」と感じたがるのと同じことであったろう。やがては月にも火星にも金星にも、団体旅行が可能になるであろう人類にとって、「地球」と言えば、「宇宙」を想いうかべる日も近いにちがいない。

二十代の私にとって、しかし品川は「海」ではなかった。もちろん「宇宙」などという高級悠遠なシロモノとは無関係で、品川と言えば「戦地」と直結することになっていた。「聖戦」が大陸方面に向けてグングンと押しすすめられ、昭和十二年の秋に「赤紙」をいただいた。

「カンコノコオエニオクラレテエ、今ゾオイデ立ツ父母ノ国ィ。勝タズバ生イキテ還ラアジトオ、誓ウ心ノ勇マシサア」(『日本陸軍』大和田建樹作詞)

輜重《しちょう》輸卒が兵隊ならば、電信柱に花が咲くと軽蔑された。そのシチョウヘイ、特務兵(輸卒ではあんまりひどいとなって、そう改名された)。補充兵、第一乙種、しかも無教育。だが、一人前に召集令状が配達され、在郷軍人会や町の有力者のカンコの声に送られて、九段坂上(ヤスクニ神社のすぐ近く)の近歩二(つまり近衛歩兵二連隊)に入隊した。

星一つしかない二等兵、第一分隊第三班は四十名。その三分の二しか三八式歩兵銃があてがわれないで、五人に一台の割りで大八車をくばられた。ササゲツツ、ヒザウチノカマエ、銃の分解や銃孔の掃除さえできない未教育補充兵が、一週間のスピード訓練ののち、あまりたしかでない軍靴の足どりをそろえて、営門を出発。宮城前で遥拝。それから、品川駅へ。完全武装でとは言っても、正式の歩兵のかつぐ重量にくらべれば、軽すぎるものであったのに、品川駅に到着するまでに、我らはすでに疲労コンパイしていた。江戸っ子サラリーマン出身者のなかには、宮城前で泡を噴いてタクシーで運ばれた戦友もあった。

東京部隊の指揮官が上海で戦死した直後のせいか、赤ん坊をおぶった主婦も、兵隊ばあさん（今なら婦人物価会長か）、小学生、おとしより、商店街の男女が、我らのたよりない歩行をはげましている。

近歩二の炊事係は、ナスのカラシ漬けとかトンカツとか赤飯とか精のつくべんとうの用意をしてくれたし、沿道の愛国市民の見送りは熱狂的で、私たち「御国のためにはたらく、けなげな兵隊さんに、せめて自分たちの持参した食料、飲料を召しあがっていただきたい」と道路せましと詰めかけていて、私自身もいつのまにか、息切れした口の中へ、ユデタマゴを押しこまれ、サイダーのビンから炭酸水を流しこまれていた。

全身汗まみれと言うのは、結局、自分の身体から噴いた塩分にまみれるというわけで、シオだらけになって駅前にたどりつくと、そこにはまた親類縁者がまちかまえて、ハンケチや手ぬぐいで汗をふいてくれるばかりではなく、全身をアンマしてくれそうな愛情（個人的と国家的とがゴッチャマゼになって）をあふれさせ、歓迎し歓送してくれなければすまないのであった。

不手ぎわに巻いた毛布は、肩からずるけ落ちているし、いくら練習しても結び目が規定とちがってしまうゲートルは、ほどけかかっているし、にこやかに笑って天晴れなる出征兵士の勇姿を見せようとしても、すでに実状を見抜かれているし。さし出された極上マグロのトロ寿司をほおばって、「これが出征というものか。いくら何でも、これはにぎやかすぎて、ただただ申しわけない」と、意識もうろうとなっていると、「なんだか、みなさん、ほがらかで明るくて、戦争に行くのじゃないみたいね」という若い女性の声もきこえてくる。

寺の女中さんが、いきなり「お坊っちゃん」である私にヒシと抱きついてきたのは、これが見おさめという必死の想いからだったではあろうが、闘牛の如く頑健な彼女の肉体がギュウギュウ押しつけられても、特別の感覚など湧かせているゆとりがなかった。

私たち第三班の班長さんは、八百屋さん。レッキとした美丈夫の歩兵上等兵。彼は「こいつらを戦地に連れて行って何の役に立つのか。おれは知らんよ」と言いたげに、われらを眺めまわしている。第一、第二、第四の班長さんは、それぞれ犬屋さん（今をときめくケンネル店主）、米屋さん、魚屋さんであるが、おそらく八百屋さんと同じ感慨で、この困った部下を観察していたことであろう。第一分隊長は杉並区の大地主の長男で、のちに東京都議会議長となったインテリで、大陸へ渡ってから坊主たる私に特別、目をかけてくれたが。戦時アジア五十三次となると、うっかり語れない秘密や、さしさわりある宿場立場があって、新聞などに発表できかねるけれども、品川駅頭、汗（涙ではない）の別れは、新五十三次の第一景として語っておかなければならない。

　三等車（貨車ではなくて、専用の客車）が走り出すと田や畑でクワやスキを手にした農民が、さかんに日の丸の小旗をうちふる。神戸まで、座席のすいた車内で、私は涙を流しつづけた。それは決して、家族親族と別れて死にに行くための純粋な涙ではなかった。

「五十三次に横浜がないね。横浜は通らなかったのかな」「四番目の神奈川というのが、横浜のことじゃないの」「へんだなあ。ヨコハマという地名がなかったのかなあ。おれたちが茅ヶ崎へ行くとき通るのは、第三京浜だろ」「そうよ」「はじめのうち通ったのは第一京浜だろ。あのスモッグで息が苦しくなるから車の窓をあけられない道路さ」「そうよ」「第二京浜というのもあって、それも横浜に通じてるだろ」「そうよ」「どれが一体、東海道なのかなあ。羽田空港へ行く時通るあの高速道路、あれも横浜へ行く路につながってるんだろう」「そうよ」「困るなあ。弥次郎兵衛、喜多八が東都神田の八丁堀に店《たな》借りしていて、日本橋から旅立ったと言うけどさあ。八丁堀から日本橋、日本橋から品川、品川から川崎、神奈川へ歩いて行った道が、そもそもわからないよ」「わからなくたって、いいじゃないの」「よかないよ。それがわからなくて、どうやって新五十三次がやれるのかよ」「わたしが乗せてってあげるんだから、乗ってればいいじゃないの」

ユリ子は横浜生まれ、横浜で母親に死にわかれ、横浜の女学校を卒業し、父親の死の直後に横浜で空襲にあっている。ちかごろ生きのこった同窓生としばしばクラス会を催して気焔をあげているらしいが、その会合場所も横浜である。「横浜の山手はいいなあ。あそこに住みたいなあ」と、いまだにヨコハマびいきの彼女でも、さすがに国道第何号線、第十何号線と、京浜第一、第二、第三道路のつながり具合がよくのみこめていないのである。

広重の「東海道下り日記」は、京都から江戸への旅の絵日記で、「しばらくして神奈川の宿に入る。神奈川台風光ことによし、絶景のところなり。ここは船着場なれば、旅舎商家たちつらなりにぎはし。このあたりは大がい江戸弁多く頼もし。早けれど茶店に陣取り酒肴を命じて盃を重ぬ」とある。

そして、漁船の帆柱をつらねた海岸風景の右手に、一筆がきの墨色で崖が描いてあり、「本牧《ほんもく》　神奈川台の眺望」と書きそえてある。

戦争中、本牧はチャブ屋の密集地で、肉体美女が西洋風建築の中で、いくらか西洋人風に寝起きしていて、私も一回だけそこへ行った。そこの肉ゆたかなる愉快な女性からききただしたところによると、ナチス・ドイツから秘密命令をうけてヨコハマにひそかに入港した潜水艦（それはのちに何者かの手によって爆破された）の乗組員も、日本のやんごとなき身分の海軍士官もお通いになり、お楽しみになった場所であったそうな。

親友の宗教学者のヨーロッパ行きを見送る父に連れられ、八歳の私は横浜の船つき場へ行った。南京町で、カニのわんたんを食べさせてもらった、そのおいしさが未だに忘れられない。だが問題は、広重や一九が通過したはずの、神奈川までのミチなのである。

水上勉さんの「桜守」が花も実もある完結に近づくにつれ、私は心細くなり、ビールの本数のみ増して、食べる分量が減って行く。

「吉行淳之介さんは、とっくの昔に自動車小説を書いているかもしれないし（せっかく書いたとしても、会社からクルマは貰えなかったに違いないし）。彼はゼン息で痩せほそった美男子ではあるが、あれで運動神経は発達していて運転はうまいらしいなあ。安岡章太郎さんとこは、奥さんが運転してるから、条件はうちと同じだ。条件が同じだということは、油断ならんぞ。その条件を利用して彼の方がおれよりうまい五十三次を書いちまう危険性があるしなあ」

安岡夫人の紹介で、ユリ子は指圧の先生のもとへ通い、追突されたあとの背骨のズレを治療していた。

「安岡さんの所でも、奥さんは運転中『あんたの大きなアタマ、邪魔っけよ。そっちへよけていてちょうだい』なんて叱っているらしいしなあ。遠藤周作さん、彼はうちより高価なクルマを運転していて、しかも立派に交通事故で怪我したらしいぞ。怪我まですれば、体験者は語るで深刻な作品が書けるかも知れんしなあ。彼の奥さんは、合気道の達人だそうだし、キリスト教と仏教の勝負となれば、自動車はキリスト教国で発明され普及したもんだから、こっちはブがわるいなあ。ともかく、第三の新人グループは、われら老人を追いあげてくるから苦手だよなあ。もと海軍将校の阿川弘之さん、彼は肉体も精神も強健そのもので、家庭とクルマの権威らしいから、太刀打ちできんしなあ。三浦朱門と曽野綾子の夫妻は、海を越えたブラジルでも縦走か横断か、ともかく走破してきたらしいしなあ。三島由紀夫さんは、どうかな。ボクシング、重量あげ、剣道、馬術、ジェット機。筋肉りゅうりゅうとして四囲をヘイゲイしているから、たとえ上手ではなくても動かすことはできるにちがいない。彼は狭い路を通過するさい、用心ぶかくも道ばたのゴミ箱をわきへよせてから車を走らせたとうわさされたが、そんなのは勇気リンリンたる彼に対する悪意の風評にすぎないだろうな。ゴルフ、囲碁、ヨット、ピアノに熟達している大岡昇平さんは、まだ免許証はもらっていないで、奥さんをたよりにしてはいるものの、正面衝突の経験もあり、何しろ万事に口やかましいから、おれが自動車小説など書出せば、厳父の如く口やかましく監督したがるだろうしなあ。ともかく……」

ともかく、鮫洲の自動車試験所へ行く。

ジェイムス・ディーンもカミュも壮烈な自動車事故によって、いさぎよく地上におさらばした。来日したサルトル氏は京都で衝突して、傷を負ったが、自分のことはかまわずに運転手さんをなぐさめた。

壮烈なる最期など大きらいで、ウジ虫の如く生きたがっている私は、泣く子もだまるサメズの関所を見物に行く。

「海から遠いので、このサメズ川には汐がささない。そのため素水《さみず》だというので古くはサミズと呼んでいたらしい」

岸井良衛氏は、こう解説している。

安政五年戊午初冬新刻と、発行年月のあきらかな「五海道中細見記」が、復刻されている。これは、東海道が横に長くのびている形そのまま、東から西へ横に長い形式の旅行案内書で、「武州江戸日本橋より東海道筋」がはじめ。木版本の絵図と文字が、いかにも素朴で親切で、見ているだけで楽しい点は、現在のドライブ・マップよりすぐれている。

江戸の街並、川の流れ、海の波、船の帆、石垣、寺院の屋根、たんぼ、林、山脈などが児童画よりもカンタンにえがかれていて、その飾り気のない線が、これまたのんびりした地名や里程の文字の線とよく調和している。

「せんがく寺」「万松山東海寺」「八つ山、御てん山」「京へ百二十三リ二丁」「海安寺、もみぢ」など、現代の活字のとげとげしい正確さとはちがい、筆の走りの丸みとくねりを残して上段にしるされ、その文字の模様風のちらばりのあいだに、風景が箱庭のように、ごくひかえ目に（つまり極たんに象徴的に）刷りこまれていて、下段には「高なわて十八丁」「品川入口」「二リ、品川、二リ半」「新宿」「本宿」「南品川」「二丁目休泊所、村田伝左衛門」とつづいて、なるほど「さみづ」と書いてある。

「のりとりば」の文字の横には、剃りのこしたヒゲのように、海苔そだが、八本のチョンチョン書きの列となって、ななめに並んでいる。

赤坂コーポラスの入口右側に酒店「泉屋」さんがあり、毎年暮になると、そこから「ナマノリ」をいただくことになっていて、酢にひたしてすすりこむと、胃腸が洗われたような気持になる。この酒屋の御主人が鮫洲の漁師の家に生まれたからである。戦後しばらく、鮫洲の海岸では「サカナがわいた」、取切れないほど魚類が繁殖した一時期があったそうだ。奇跡みたいに、海のサチがみちあふれたそうである。それがバッタリ獲れなくなり、大喜びしていた漁民が、あえなくも商売がえをはじめた。サメズ川にはサメズ橋がかかり、少しはなれてサメズ駅もある。あたり前の橋であるが、私は実地をたしかめるまで知らなかった。

橋の手前に、四階建てコンクリートの試験所がある。付近には「写真」「代書」「タイプ」「即製」の看板が立ちならび、手ぐすねひいた専門家が書類でもハンコでもただちにこしらえてくれる。

「こんなに立派になったなんて知らなかったわ。わたしの受験したころは風の吹きっさらしのバラックで、廊下の板もこわれていて靴が突っかかったもの。これじゃ今度、免許証の書きかえのときは、ここへ来よう。(彼女はサメズが恐ろしいので、いつも多磨墓地の傍の試験所をえらぶ)係りの人も青鬼、赤鬼みたいにこわかったけど、ふうん、とてもやさしくなって、こんなら何回でも受験したくなる」

ユリ子の感慨無量の原因は、東京都知事が改選され、役所の係りがどこでも態度がやわらかくなり、敏活になり、もったいぶらなくなったからだろうが、旧軍隊、旧警察のたけだけしい号令や取締まりぶりの骨身にしみている私にも、試験所のふんい気のものやさしさが実にうれしかった。

「この免許証ボロボロになっちまったんだがねえ。何とかしてくれないかなあ」と、片手を振りあげ、案内所で談ぱんする運ちゃんもいるし、視力検査の出口で「君は茶色をミドリと見まちがえてるからなあ。ほんとは許されないけど、まあ、おお目に見てあげるから」と、言いきかされている中年すぎの出願者もいる。

セルフ・サービスの食堂でブタ汁（五十円）、ライス（五十円）を食べた。おしん香（三十円）は私は咬《か》めないから、ユリ子だけ食べた。営養たっぷりで、おいしかった。カレーライスとおでんを買った若者は、いそいで食べながらも、眼の下の参考書まで食べそうにしながら、夢中で勉強している。むだにさわぐ者は一人もいない。みんな筆記試験か実地試験かを前にして、緊張のあまり沈黙している。私は、キンチョウしている青年男女をながめるのが好きだ。ことにキンチョウしつつ、おとなしく食べている若者は、すばらしいと思う。

ただ一つドキリとしたのは、正面玄関に横づけにされた白塗りピカピカ大型の「愛の献血車」であった。白衣の医師、看護婦の立ちはたらく車内から、シャツをまくりあげた腕をもう一方の手でつかみながら、血を献上した若者が降りてくる。合格した元気あふれる受験者は、おそらくうれしさのあまり、血ぐらいい提供したくなるのであろう。彼らは、いそいそとベッドに横たわり、いそいそと街頭へ去って行く。「血」。新鮮にして貴重なる血液は、ここで貯えられ、やがて事故で流出した誰かのチを補給するために用意されているのだろうか。二十世紀にあって、「愛」とはかくもピッタリ場所をえらんで、かくもいそがしきものであらねばならぬのか。そうだ。「愛」があろうとなかろうと、人間は人間の血を要求し、それなしではすまされぬのだ。

橋のほとりにたたずみ、二歩三歩と歩く。倉庫があり、工場がある。青ぐろい水面を、イカダに組んだ材木を曳いて、いまにも沈みそうに船がすすんで行く。木造建築や製紙業があるかぎり、水は濁りに濁っても、材木イカダは河にうかび、河を流れて行く。だが、橋のほとりにたたずんだり、そぞろ歩きしたりすることは、もはや許されない。それは、とんでもない贅沢だ。「海岸通」と呼ばれていても、海など見えはしない。人は車にのり、車は走らねばならぬ。東海道は生きるため、走りすぎるために存在するのであって、江戸時代をなつかしがる風流心のために存在するのではない。変革は開始された。とどめることはできない。「諸行無常」の定理は、戦争と平和にかかわりなしに進行する。

「かえりに泉岳寺へ寄りたいな」と、ユリ子が言う。

昭和四十三年十二月十日のメモによると、「帰途、橋をわたり第一京浜を右折。青物横丁、大井町駅、南馬場駅、北馬場駅」としるされ、品川スポーツランド、泉岳寺とつづいている。

「八重ちゃんは、今ごろどうしてるかなあ」

アイスケート場の前を通るさい、われら夫婦は同じ想いだった。お寺の女中さんが退職したあと、品川駅前の食堂に勤めていて、二人で彼女に会いに行ったからである。八重ちゃんは極度に心がやさしくて、菜食主義、つまりサカナでもケモノでも生き物の肉がたべられない。白い象のように太った健康そのものの会津若松生まれだった（ゾウは絶対に肉食はしないが、あんなに太っている）。荒れ気味だった私が、赤ん坊を叱りとばすと、彼女は乱暴な主人から守るため、赤ん坊を抱きしめて逃げ走って行く。東京へ来てから、はじめて食べた酒悦《しゅえつ》の福神漬が大好きで、白い御飯とこれさえあれば「おいしいなあ、おいしいなあ」と、陽気に暮らしていた。寺の給料はひどくやすくて、金には不自由なくせに、急にイチゴの折りをいくつも買ってきて、ひとりで食べたり、外出すると気前よく西洋映画を何本も見て、最新式のハイヒールを買いこんでも足が痛かったり、ユリ子と二人でお化け映画の話にふけっているうちに急に二人ともこわくなって、互いに顔見あわせてキャーッと叫んで逃げわかれたり。

品川駅前は、上野駅、新宿駅とはちがったやぼくさい混雑があり、八重ちゃんが働いている大衆食堂は、労働者相手の、日本、中華、西洋なんでも品数だけは多い店で、私たちが訪れて行くと、例の気前のよさで私たちに御馳走してくれようとするので「いいんだよ。

君におごってもらうつもりはないんだよ。愉快そうで安心したから、それでいいんだよ」
となだめても、なかなか承知しないのであった。

マイカー族の婦人たちに一言申し上げたい。心やさしきあなた方は飼犬や飼猫を可愛がり、小鳥やウサギや馬の非運をあわれんで、同情の涙をお流しになる。そして、ビフテキやトンカツやオサシミ、つまりイキモノの肉を平気でめしあがっていなさる。だが、わが八重ちゃんは少しもヒューマニストぶりはしないし、人情がかったご愛想をふりまきはしないが、ウラミをのんで殺された生き物のニクを決してかみしめたり、のみこんだりはしないのですぞ。あなたがたの信じている「愛」「良心」「やさしさ」が、神の眼から見てどんなモノであるか、少しは反省してもいいのではないですか、と。愛する車で人間をひきころす前に、われらは生存することによって、すでに犯罪者であることを一回でもお考えになって下さったことがあるのでしょうか、と。

一本十円の線香は、まいてある赤い紙をほぐせば五十本以上にわかれる。

「この人にもあげなくちゃ。この人にも」と、ユリ子は四十七士に公平に分配した。

「あら、この人は十七歳。あら、この人も十七歳よ。えらいなあ」

彼女は母の乳の香の消えやらぬ少年が、主君のために一命をなげうったことに感動する。

だが私は、七十を越した老人が青年にまじって武力闘争に参加したことに感動する。どうせ、足腰のもろい老人たちの太刀や手槍は、充分なはたらきができたはずはない。だが彼らは、日本全国（東海道五十三次は言うまでもない）を支配している徳川幕府が、御主君アサノタクミノカミならびに赤穂藩に下した裁判がまちがっている、許しがたい、もしもこの裁判が正しいと決定されてしまったら、武士道はどうなるのか、忠義はどうなるのか、われらの生きる拠《よ》りどころはどこへ行ってしまうのかと、それのみ思いつくして、自分の体力の衰えも忘れて、やむにやまれぬ秩序への反逆、暴力行為に突入したのであった。

「塩だよ。赤穂は塩の産地で財政はゆたかだったんだ。だから、税金をほしがる中央政府にはねらわれるさ」

「ワイロをやればよかったのにねえ。ワイロさえやっておけば、こんなことにならなかったんでしょ。だから江戸詰めの家来がバカだったんじゃないの」

みどり色に苔むして、仲良く、かさなって立並ぶ古い墓石。他の客のもやした線香のけむりも、たゆたっている。義士墓所の参道、中間右手にある古井戸、そこで上野介《こうずけのすけ》の首が洗われたのだそうだ。長矩《ながのり》公切腹のさい、介錯《かいしゃく》（切腹だけでは、そんなに血が飛ぶはずがない）の刃《やいば》からほとばしった、血染めの梅も移し植えられている。

仇討ち本懐をとげた四十七士は、本所松坂町の吉良《きら》邸から疲れ切って、ここまで歩いてきた。だが、もとはといえば、江戸城内、松の廊下において事件は発生した。吉良邸あとにも、石の柱が建てられてある。宮城東御苑を拝見すると、小だかい丘の小路に「松の廊下あと」と記された石杭が立てられてある。松のみ残されて、廊下はない。江戸城ならびに宮城の大部分は、江戸時代の火災と大空襲ですっかり焼けうせている。新宮殿は、簡素な日本建築を、近代的な手法で、より明るく拡大再生産したものらしいが、まだ拝見していない。だが、エンギのわるい松の廊下など、しつらえられてあるはずがない。

タクミノカミは権力の中枢部の、権力に奉仕する忠臣たちのさかんに往き来する中央廊下において、抜いてはならぬカタナを抜いてしまった。もしも彼が我まんして、抜きもせずきりつけもしなかったら、赤穂の安全は保証されていたはずだ。だが、若殿様は（きれいな若奥様がいるのに）うっかり禁断の武器を使用してしまった。しかも、江戸市民は、この犯罪者の切腹にナミダをながし、さらに配下の武士たちが再び犯罪を決行したとき、拍手カッサイして感激せずにいられなかった。民主政治、議会政治、デモクラシー、平和主義下の我らは、これをどう解釈したらいいのか。

「忠臣蔵」となったら、映画館の立看板を見ただけで感涙にむせぶ私は、土産物屋で赤垣源蔵わかれの徳利を買った。

八百円の一升徳利を買いたそうにすると、ユリ子が「小さいのもあるよ。その方がつかいやすいよ」と注意してくれて、百五十円で盃のついた方を買った。

「ミヤゲモノ屋の女のひと、どこも似たような顔してるわ。みんな親類じゃないかしら」

そう言われると、義士館や義士墓所の詰所でキップを売る老婆、中年婆も、みな上品で、みな同じような顔つきをしていたし、出口で絵葉書を買おうとすると、そこの老婆はコタツの毛布の下に上品に睡っていて、動こうとしなかった。


次の日、すなわち十二月十一日には、またもや品川駅を過ぎて、新八ツ山橋をわたり、右に大森、左に羽田首都高速道路と、そのまんなかの第一京浜、国道十五号線を走ったらしい。とにかくメモによると「立会川駅、南大井、大森海岸、梅屋敷、夫婦橋、京浜蒲田駅、蒲田花街入口、雑色《ぞうしき》駅、六郷土手駅」などなどの付近を走りぬけたらしい。

大もりには、和中散を売る薬店があり、麦わら細工も売られ、かまだは鎌田村として茶漬飯の店が有名、北鎌田と南鎌田とのあいだに女夫《めおと》橋があった。ぞうしきは雑敷村とも書くと記録されているから、地名は、かなり昔のままなのである。

こまかいことは道路の大混雑にまぎれて、たしかめる根気もありはしないが、どんな方向オンチ、近視眼○・一プラス乱視の私でもたしかなのは六郷大橋を通過したことである。

これは念のために、車から降りて河風に吹かれ、歩いてわたった。東海道四大橋の一つ。

六郷川とは玉川のことである。

電車、バス、トラック、乗用車、自転車その他を用いないで、二本の足で歩いてみると大橋の大きさがしみじみと感じられる。歩行者なるものが、ほとんど見うけられない。もはや「橋をわたる」とは、歩くことと無関係になりつつあるらしい。買いたての靴で、足が痛くなるほど長い橋。ボート乗場には波があれていて、カモメが一羽、飛びにくそうに翼をひろげ、カモメだから白いにしても、あたりの広大なる現代的灰色にいささか染まったようにして、まぎれこんだよそ者みたいに飛んでいる。

味の素やコロムビアの大看板の大文字が明確すぎるにくらべ、青ぐろい河水の流れや、青ぐろい河底、河土手がぼやけているのは、人工の自然、第二の風景が、もはや天然の自然や第一の風景を完全に征服しているからだ。

おどろくべきことに、大橋の橋の下、むろん中央の濁流とははなれた土手ぞいではあるが、楽しそうにくらしている人家（ニンゲンが棲息しているからにはジンカだ）が、数軒がんばっている。中年婦人が清潔な和服で、髪に白手ぬぐいをかぶり、悠然として洗濯物を干している。公団アパートの息ぐるしさはなさそうだし、風通しは極上にちがいない。

川崎大師－鈴ヶ森－横浜－追浜

「わたし、弥次さんでも喜多八でもありませんからね」

ユリ子は思いつめていたらしく、キリリとした言い方をした。

「わたし、サンチョパンザでもドンキホーテでもありませんからね」

「あたりまえじゃないか。女だもの」

「でも、そういう風に見立ててるじゃないの」

「二人組で行けば、どっちかが弥次郎兵衛、どっちかが喜多さんになる。それは、たとえばの話だよ。ほんとにユリ子がそうなったわけじゃないから、いいじゃないか」

「たとえばでも、いやよ。だって、わたしを滑稽人物と思ってるから、そうするんだもの」

「いや、コッケイということはたいしたことだよ。なりたくたって、なれるもんじゃない」

「なりたくないのに、ならしてるじゃないの。膝栗毛には、すぐフンドシやウンコを出して来て下品だから、きらい」

「だけど、喜多八は美男子だったんじゃないかな。彼は田舎芝居の女形、オヤマだったな。女になれる男なら、きれいだったはずだよ。弥次さんよりは、ずっと若いし」

「じゃあ、自分は喜多八になるつもりね。ずるいじゃないの」

「おれは年上だから弥次さんさ。だけど、もともとあの二人は、男色関係で結びついたんだから、おれたちとはちがうんだ。その点は、全くちがうんだから何も心配することないじゃないか」

「そりゃそうよ。ちかごろは女を乗せたドライブじゃなくて、若い男だけのがはやるんだって。アメリカのテレビ番組で、若いきれいな男が男二人だけで、どこまでも自動車旅行するのがあったじゃないの。あれも男色かしら」

「おれとユリ子が男色できるわけがないから、そこは疑われないですむだろ」

「わたしを、どう思ってるの」

「マリア様、女王様、それから……」

「またウソを言うから、いやだ。もう運転なんかしてやらないから」

しかし、二人は一致団結して六郷大橋をわたり、二番目のひろい路を左折して川崎大師に向から。川崎競馬場のあたりは、場外で「予想」の新聞を売るおばさんが、白かっぽう着の手をのばして客をひきとめているし、車の整理係りが制服の両手をふりまわしているし、パン、ユデ卵、おでんや飲料店がひしめいているし、塀ごしの場内からも、食べものを煮たり焼いたりする湯気とけむりが立ちのぼっている。

表参道厄除《やくよけ》門をくぐり、祈禱料千円也をはらって、砂利のしきつめられた構内に入ると、すでに先客が車を並べて待っていた。

客の数がそろうまで、お祈りをはじめそうにないので、構外を散歩すると「しょうづかのおばあさん」の石仏が、地蔵さんのように赤いよだれかけをかけていた。

この「おばあさん」に願ってかなえられるのは「くびから上の願いごと」「きりょうよしを願う人」「建脚をねがう者」と記され、長旅へ出発する飛脚がここで祈ったらしい。

祈禱所は、大本山川崎大師平間寺の裏手にあたり、本来はワキ役なのに、現在は関東霊場の大本堂より、ここの方がたえまなく活動しているようだ。

タクシーや小型トラックの運転手が、椅子に腰をおろしてかしこまっている。彼らはジャンパーやセーターの色がわり、すり切れ方、顔の陽やけでわかるように、祈る労働者の真剣さ、まじめさを表情にも態度にもあらわし、「どうしたって交通安全を獲得しなければならぬ」と覚悟しているにちがいない。

あんまり信仰心などなさそうな若者三人組は、しきりに三億円犯人をうらやましがっている。同じ免許証をもちながら（他人の車をいきなり巧みに奪って逃げられるのは、運転歴何年ぐらいか）こっちは不景気なので「何もしないで一生暮らせるぜ」「一生どころかよ、百年ぐらいくらせるぜ」と話しあっている。

どこやらかつての満洲国国旗に似かよった、白、赤、黄、みどり、むらさきのたれ旗。きいろい段に白い壁。柱、らん間は茶褐色にぬられた所内に電灯がつく。たえなる音楽がきこえてきて、女性アナウンスが開始を告げる。

「神主さんの音楽みたいね」と彼女がつぶやいたとおり、越天楽《えてんらく》か何か、とにかく雅楽の一種らしいが、それに無法松の乱れ打ちの如き太鼓のとどろき（お経をよみながらバチを振るうのはむずかしいから、そこが芸のみせどころである）が加わり、「ごいっしょに、南無大師へんじょうこんごうとおとなえ下さい」と、色あざやかな法衣の血色つやつやした若い坊さんが気分をかきたて、さかんに「ナム交通安全、ナム社会安全、ナム上品安全」と声をはりあげる。

これは私のききまちがいで、私のメモを読んだ彼女は「また、まちがってる。これ、ナム車体安全、ナム乗員安全よう」と訂正してくれた。自動車株式会社の奉納したたれ幕、運送株式会社の奉納したミス。「ナム自動車産業安全」ととなえたくなってきて、「では、あちらの黄色い線の前におならび下さい」と送り出されると、自分まで長方形の「車体」と化したような気分になってくる。

「では来年の今日、また安全無事でお目にかかりましょう」と言われ、「あら、効き目は一年だけだったの」と理解した彼女は、車内へもどるとお供物を一つ、たちまち食べてしまった。「白と紅と二つ。白は大師様の紋。紅はカツマのぶっちがいのしるし」と彼女のメモがくわしいのは、お供物好きのせいである。

「大きい方から三番目に大きい二枚百円のダルマせんべいをかう」「ならづけ、わさびづけ。ハゼ（?）だかフナだかの甘露煮の店、くさし」とも記されている。

彼女はその他、財布に入れるとおカネのたまる小さな手ぼりのダルマを二個も買った。

「あの犬、ニヒルねえ」

祈禱所の正面入口に寝ている白犬は、全く「どうにでもなれ。身のうえ安全なんかいるもんかい」と横倒しになった感じで、車の出入りにも無関心である。老犬か病犬か、大胆不敵かバカ犬か、ニヒリズムという主義なぞぬきにして、ニヒル以外になりようのない状態で全身を投出しているのが、深く印象にのこった。

「喫茶やよい」と看板をかかげた、貧乏くさい店で、オコワ四コ（六十円）、イナリズシ四コ（五十円）を買い、停車して食べながら、あたりの淋しげな低い家並を観察していると、今にも倒れそうな古家の屋根に、靴下ばかりがたくさん干されていて、こわれかかった廂《ひさし》の陰に、箱づめのニワトリが二羽、身うごきもできぬきゅうくつさで飼われている。「あれ、二羽ともオンドリじゃないかしら」と不思議がる彼女の観察はまちがいだとしても、広重だったらきっと、かのニヒルな白犬と、ニヒルにもなれない鶏とを彼の版画に描き入れるにちがいない。

「この店の中はヤキソバ、おでん、あぶらあげの匂いと便所の匂い、その他いろんな匂いが狭い中にこもって、こういう店は近ごろ珍しい。丸山明宏さんと男の芸術家が接吻している写真を、おコワをたべながら労働者がじいっと見つめている。あんまりくさい店なので、もう少しよけい買うつもりが、まずいかも知れないと思い、すくな目に四個ずつ買っておく」

今年が千九百六十何年か昭和四十何年か、いつも記憶ちがいをし、日付や年号をよけて通りたい私は、鈴ヶ森、洲崎神社、神奈川台へ行ったのが、この日か別の日かどうしても想い出せない。

洲崎神社の石段をのぼると、神社の扉はぴったり閉まっていて、右側の植込みに大きな犬がつないであり、その忠犬がこっちに向かい吠えたてた。

鈴ヶ森の処刑場のあとでは、日蓮宗大経寺の本堂は閉まっていて、庫裡《くり》へ廻って行くと、裏口のタタキに茶色の大きな犬が寝そべり、ものぐさそうに番をしていた。その犬のそばをすりぬけるのに、彼女は苦心した。犬をこわがる彼女は、犬となったら目につき次第、すべてメモするから、これだけはたしかである。

「お若《わけ》えの、お待ちなせえ」

幡随院《ばんずいいん》長兵衛が、白井権八に呼びかけたのは、鈴ヶ森ということになっている。誰も二人の出会いを目撃したはずはない。悪漢はのこらず権八に斬りころされ、この気持のわるい夜の路に通行人はなかったはずだ。長兵衛は旗本屋敷の湯殿で、武士の槍に突刺され、権八の方はこの処刑場へ連れてこられ、ハリツケの槍で刺されているのだから、鈴ヶ森を長兵衛、権八出会いの地に設定した作者は、なかなかしゃれた男である。

はばひろい灰色の直線が、疾走する車の騒音の中に、グッと太くのびているのが、第一京浜国道、それに併行する京浜急行の線路で、この直線に別の直線がななめにまじわり、その鋭角三角形の頂点が、交番、大森派出所、そのとなりに「東京都指定第三〇号、都史跡鈴ヶ森遺跡」の木標が立っている。

この史跡がひどく殺風景なのは、刑場のすさまじさが、現代交通路線のすさまじさによって、あとかたもなく吹きはらわれ、ただただ直線で区切られた空間が乾き切った堅固さ、便利さを、あまりにも明るく誇っているからである。

鈴ヶ森中学の堂々たる校舎。整備工場、タイヤチューブ工場、部品工場の並ぶ斜めの路は妙にひっそりしているが、陰気ではない。幽霊などさまよう、手がかりは何一つない。

間口四十間、奥行九間の敷地に竹矢来をめぐらし、「おや、またおしおきされる奴が馬に乗せられて通るぜ」「のぞくんじゃないよ。たたりがおそろしい。早く戸を閉めなよ」「だが、今日のはいい女だぜ」「どうせ火あぶりか牛裂きだろうさ。ナムミョウホウレンゲキョウ」「ゆっくりと鋸《のこぎり》引《び》きだろうぜ」「お前さんが意気地がないから引越しができないんだ。しっかりおし」と、浜川三十軒の村民が近づいて見物するのを恐れていた。

徳川四代将軍家綱の慶安四年ごろに、南は鈴ヶ森、北は小塚ッ原と定められ、日本橋小伝馬町の牢から死刑囚が江戸市中ひきまわしなどされ、ここへ護送された。

「あら、八百屋お七もここでやられたのね。白木屋お駒。旭堂おふじ。女勘助かあ、これも女じゃないの」

ハリツケ台石と火あぶり台石が、さして大きくないドーナッツ型の古石として保存され、八百屋お七の追善供養、受刑者や有縁無縁の諸精霊をとむろう塔婆がささげられ、血だらけの槍や首を洗った井戸もあることはある。槍洗川は、今では高速道路の下にねむっているらしいが、処刑者がこの世の見おさめとして渡った立会川の涙橋は、小さいながら未だにがんばっている。

「ふうん。丸橋忠弥もここでやられたか」「由井正雪さんは、どうしたの」「彼は駿府、今の静岡でつかまる前に切腹したんだ」「忠弥と正雪の残党家族も五十七人、ここでツユと消えたと説明書に書いてあるわよ。家族までねえ」

(彼女の弟はヨシイ・マサユキって誰だいとすましていたくらいだから、ゴーゴー族あるいは三派ゼンガクレンにとって、天一坊、山内伊賀亮、藪原検校《けんぎょう》、鬼薊《おにあざみ》清吉、村井長庵、火柱夜叉丸、日本駄右衛門、海賊灘右衛門がここで処刑されようが、しなかろうが、ジェイムス・ディーンの事故死、マリリン・モンローの自殺、ケネディの暗殺にくらべ、なきに等しいであろう)

お七は十六か十七、その他火あぶりされた少年少女たちは、サイケ族や東大政治青年より、いささかしたたかな強力者、反抗者であったわいと想像できる。

陽あたりのよい堂内には、写真と絵の額がかかげられてある。

鈴ヶ森ではなくて、横浜くらやみ坂の刑場、ポルトガル人、ダーローザー氏撮影のもの三枚。明治五年横浜程ヶ谷刑場の写真一枚。絵の方は、まずハリツケにされた女。次に馬に乗せられた女囚。これは両方とも女は青い顔をしていて、ハリツケ女は下半身だけ布をまとい、上半身はハダカ。次は女の生首の絵。鈴ヶ森の写真は、昭和二十九年に掘出された頭蓋骨。骨の詰められたリンゴ箱風の箱が二つ。

鬼哭《きこく》シュウシュウだったのは、ここだけでないのに、鈴ヶ森だけ有名なのは不公平である。

おそろしや罪ある人のくびだまにつけたる名なれ鈴がもりとは

「いとおもしろく歩むともなしに」、ここにさしかかった弥次郎兵衛の狂歌である。

「麦わらざいくの名物にて、家ごとにあきなふ」大森をすぎて、彼らは大名行列に出あう。さきばらいの男は、一人は六十ぐらいのおやじ、一人は十四、五のやっこ、いずれも宿の人足が「したアに、したアに」と威張ってやってくる。土下座して、かぶりものをもとらねばならない。先ばらいは「あとの人、せいがたかいぞ」と、頭の下げ方の足りない弥次さんを叱るけれども、こっちは「おいらがことか。高いはづだ。愛宕《あたご》の坂で、九文竜《くもんりゅう》とかたをならべたおとこだ」と、せせら笑っている。そればかりか「アレ見やれ、どれもいい奴《やっこ》だ。まきばしよりで、ごふせいに尻《けつ》がならんだハ。何のことはねへ、葭町《よしちょう》じんみちの土用ぼしといふもんだ」と悪口を言う。日本橋芳町には、男娼がいたからである。

「とのさまは、いい男だ。さぞ女中衆がこすりつけるだろふ」「アレお道具（槍）を見ねへ。アノとふりに立ちづめだハ。ハハハハハハ」など、エロ気分と、からかい趣味で封建領主の反民主主義的な通行を批判している。弥次喜多のユーモアは、下がかっていて鼻もちならぬと、いやがる読者もいるらしいが、今日、強大国のおえら方の豪勢な「お行列」に対して、これだけ痛快な会話を投げつけられる作家が、何人いるだろうか。政治とセックスについて深刻ぶった（そのくせリキのない）議論をしかつめらしく論じている批評家は、チト彼らを見ならったらよかろう。

二人は馬をおりて金川の台（ヨコハマ）に来る。茶屋の女の呼声が、うまくキャッチされている。「おやすみなさいやアせ。あったかな冷飯もございやアす。煮たての肴のさめたのもございやアす。そばのふといのをあがりやアせ。うどんのおっきな（大きな）のもございやアす。お休なさいやアせ」

片側に茶店軒をならべ、座敷二階づくり、欄干つきの廊下、桟《かけはし》などわたして、浪うちぎわの景色いたってよし。だが、一九の本心は日本の自然美を、恍惚としてたたえることに、ありはしなかった。

女性というものは、タダで御馳走をたべるのが好きなようだ。自分のカネは一円もつかわないで、好きなだけ食べたり飲んだりすると、はじめておいしさが、後くされなくキューッと全身にしみわたってくるらしい。

毎日新聞本社学芸部からの迎えの車に乗り、横浜支局の人に案内され、南京町の海南飯店、ギリシャバー「スパルタ」、カクテルバー「パリ」、大衆食堂「根岸家」、高級バー「シャングリラ」などへ行った。「行った」ではなくて、連れて行ってもらったのである。「うちの車で行くの? 社の車で行くんなら、わたし邪魔になるんじゃないかしら」「さあ、どうなってるのかなあ。そのうち電話で知らせてくれるだろ」。「どっちにしても、夫婦旅行小説だから、ユリ子も行った方がいいだろ。だけど、飲むのはやめろよ。デレデレになるなよ」「またすぐ監督する。わたしは自由ですからね。大丈夫だったらあ。大学教授夫人みたいにインテリぶっててあげるから心配しなくていいよ」

前日の朝から舌なめずりして、鼻の孔をふくらませている彼女が、行きたくてたまらないのはわかり切っていた。

「わたし、昼食はヌキにしておくわ」と言いながら、ふかし薯《いも》を何本も食べはじめたので「だめじゃないか」と注意すると「何よ。食べちゃいけない、飲んじゃいけないと命令したりして。エエーッ(と首に力をこめて振りながら)、わたしは自由ですからね」と、抵抗の姿勢になる。

トラかヒョウか知らないが、うすきいろに黒いまだらのあるニセ毛皮の帽子をかぶり、ソ連土産の銀狐のえりまき(と言うときこえがいいが、一ばんやすくて足が一本しか付いていない)を巻くと、毛ものの代表者みたいになるので、もう少し普通の黒い帽子ととりかえた。

車内の彼女が割合に上品らしくしていたのは、一つは演技ではあったが、またもう一つは、さすが本場ものは毛足が長いので、銀狐の毛さきが、あまりしゃべると鼻や口に吸いこまれて、くすぐったいからであった。

免許証をとって車を走らせるようになってから、彼女はたしかに欲ばりになった。目的がハッキリしてくれれば、欲ばりになるのは当然だ。私は、女性の欲ばりは可愛いと思う。彼女が感心なのは、洋服を買ってくれと要求することがない点であった。

敗戦直後には、アイスクリーム、アメ、アンコロ餅、ゴム紐などを、なりふりかまわず売りあるいた苦しい経験があるから、服装を飾らないでもうけるくせがついているのである。

中国人のコックさんたちが、舌の感覚をにぶらせないため、海南飯店に集まってくる。客はみんな（台湾系か北京系か知らないが）中国人である。彼女は中華街の中国服屋さんに勤めているとき、「あんた、うちの養女になりませんか」と誘われたことがあった。

椅子にすわると、彼女はすぐさま銀狐のえりまきを風呂敷につつんだ。

「ヒゲをはやせば立派だけど、はやさない方がいいわよ。だらしない人は、すぐ、おつゆやなんかたらして汚くするからね」

と、私をいましめていた彼女は、貴重なるえり巻を取扱い注意のヒゲの如く感じたにちがいない。

運転手さんがアレルギー性の病気で、タマゴ、肉、サカナ、酒を医師から禁じられているので、料理の注文がむずかしかった。

トリならいいと言うので、白切鶏《パイチィチィ》。それから店のマダムのすすめで、牛のシッポのスープ（これは特に大根やニンジンのぶつ切りが入っている）。スズキ（魚）のむしたの。これは銀色の魚がサカナの色をそのままに変色されずに料理されていて、なまぐさくない。それから排骨肉《パイクウロウ》、骨つき豚肉を黒くなるまで煮つめたもの。

隣の席では、ほんものの中国男が「ほら見てごらん。ボクが一ばん沢山たべた。最高だよ」と、大声で号令して、五人の男女が競争でたべきそっている。黒いソフトに黒服のデブ男（もちろん中国人）が、ドアをあけて入ってきては出て行き、しばらくすると、また入ってくる。

「日本の中華料理は、ムダな味がついていて押しつけがましいが、ここのはそうじゃない。中国を旅行すれば毎日、自然にこんなのが食べられる」と、中国通らしく私が説明する。

お祭りの日には、台湾系と北京系がにらみあうこともあるらしいので、私はひかえ目にしている。

「ふうん。これが中華の本式のおそうざいなのね。しょうがとネギの細切りにサラダ油がかけてあって、これが薬味なのね」

勘定は新聞社もちと予想しているので、彼女は安心して誰よりも多く、小皿にとりわけている。

「うちの助手がヨコハマで、アメリカ女にさらわれたな」と、運転手さんが、あまり感慨をこめないで語った。「タダで泊めてあげる、お乗りなさいと言われて乗ったら、わけのわからない所（たぶん兵舎であろう）に連れて行かれた。足をもめ肩をもめと、さんざんこきつかわれた。それから酒をのまされたが、英語がわからないから困ったな」「英語がわからないでも、動作はわかったろう」「それは最後にはわかったらしいが、たのしくも何ともなくて、真っ青になって帰ってきたわさ。それでも二千円くれたっけか。二人ともハダカだったそうだが、部屋ん中は暖房がきいてて暖《あつた》かいらしいよ」

「真っ青になったの。そうでしょうねえ」とユリ子はひとごとならず感心して、うなずいている。

ヴィエトナム休戦以来、ヨコハマの盛り場はしずかになった。それまでは佐世保の基地のホステスが、帰休のアメリカ兵士を目あてに集団移動してきて、九州べんがにぎやかだったのに、黒いのも白いのも急に数を減じた。ヨコスカ方面はまだまだ盛大らしいけれども。

「ギリシャ語は、おしまいにスをつければいいらしいわ」

市電横浜橋のほとりには、「オリンパス」「アテネ」その他のギリシャバーが、ギリシャ文字の看板をかかげて散在している。

その一軒に入って、彼女がその発見をしたのは、たむろしている西洋大男の一人に、日本ホステスがクシャクシャと挨拶する「ギリシャ語」を聴いたからではあるが、ケネディ未亡人を獲得したギリシャ富豪が、アリストテレスかソクラテスか、ともかくオナシスという男だったとおぼえていたからであろう。

ギリシャ人はみんな西洋の小男であって、西洋大男はどうもギリシャ以外の白人らしかった。ギリシャ船員はここへ来て女を（あるいは男を）拾うらしい。黒ソフトに黒チョッキの小男が二人、上衣なしで、ギリシャ音楽にあわせ、ゆっくりしたギリシャ踊りで廻っている。大男の方は、めいめいひとりぼっちでボックスに坐りこみ、相手を探している。欲求不満で精力のありあまった大男たちは、ユリ子の方まで色目をつかって、ニタニタ笑いを送ってよこす。それから急に石像の如く横向きに沈黙して、いかにも淋しさのかたまりみたいに身動きしなくなる。

エネルギーがありすぎるため、かえって孤独におちいった白人。彼らのすさまじい孤独は、異常な程度に達するらしい。

赤いチョッキの可愛いボーイさんの説明によると、ギリシャ式ブランデーが「メタクサ」。エビの揚げたのが「テカニテ・ガリーダ」で、ガリーダとはエビのこと。イカは「カラマリア」。シコいわしは「ガブロ」と呼ぶらしい。カラカラに揚げたシコいわしが、大皿に山盛りなのにはおどろかされた。

「ギリシャにイカがいるのかしら」と、首をかしげながら試食した彼女の意見によると、揚げたカラマリアはおいしいそうである。

カクテルバー「パリ」では、銀髪の老マスターが「シルバー・ヴァレット」(銀の弾丸)をこしらえてくれた。「クンメル」というリキュールにレモンをしぼり入れ、ウイキョウみたいな匂いがする。赤く着色した「カンパリソーダ」なるものは、薬草の味がまじっているらしく、葛根湯《かっこんとう》に似かよっている。おつまみは「マカダミア」と称するハワイ産のナッツである。

マスターの芸は、なかなかこまかくて、グラスを冷やした小氷塊をあっさり棄てたりするので、もったいないような気がする。

長与善郎先生のお宅で、はじめて飲んだアプサンは、すき透った液体を水にたらすと乳白色に変ずるのが忘れられなかったので、それを注文した。これは正式には「ペルノー・フレンチスタイル」と言って注文するのだそうだ。ポルトガル産のデザートワイン「マデーラア」も飲んだらしいが、よくおぼえていない。

ただ鮮明におぼえているのは、もはや東海道は、海外旅行、世界観光地と直結した、奇妙に世界くさい地帯になりつつあることだ。

高速神奈川一号横浜線が、昨年の暮れちかく開通した。

日本鋼管、大谷重工、荏原製作所、中山工業、日産自動車の大工場の密集したこの高速路は、スモッグや公害を味わうにはもってこいであるが、夜ともなると銀座（日本全国いたるところにある繁華街の名）では見られない、一種異様な美観、モノを生産する大工業独自の、怪しき光と闇が、ワビ、サビ、もののあわれ、昔ながらの日本式美を抹殺する全く新しい「美」でかがやきはじめる。

神社仏閣が日本の美と結びついているとしたら、大工場が未来の日本の美と無関係でいられるはずがない。国民の実生活に役に立つモノをつくり出している大工場をヌキにして、美も美術史も生きながらえられるわけがない。

美術館、博物館、あらゆる展覧会、博覧会が私は好きだ。そこにはたしかに「美」が保存され、展覧されている。工業は、今までの「美」を破壊するかも知れない。だがどうしたって工業なし工場なしで、日本人の生存は支えられはしない。だとしたら、工業地帯、産業道路に目をつぶって、「あれは美の破壊者だ。困りものだ」と、けなすだけですませるだろうか。

紙、絵の具、ペン、インク、フィルム、ラジオ、テレビ、ガス、電気、水（ああ、何と大切なものであろうか）、劇場や映画館、美術館や博物館を建てるための資材、いや美術ズキの生命を保つための食料や燃料、彼らを乗せてくれる電車、自動車、飛行機、彼らの住んでいる家屋、通っている会社や学校のすべては、彼らの無視し軽蔑する「みにくき」工場から労働者が汗みずたらしてウミダシテクレル工業製品によって、まかなわれている。

もしも東海道沿線の工場が一せいに操業をストップしたら、「ニッポンのビ。ビィビィビ」と陶酔しているビ愛好者たちも、またそのビに反逆しているらしき、アブストラクト、前衛、サイケ、電子音楽、宇宙芸術、フランス式デザイン、お化粧、おしゃれ、食通のすべては、息の根をとめられてしまうにちがいない。

ウミダシテクレル国民の労苦を忘れて、ウミダサレタモノの上にあぐらをかいて、文明人ぶっている消費者の「自由」を、生産者のミチ東海道は、はたしていつまで許してくれるであろうか。

「豆細工のマメに、一つ一つ電灯がついてるみたい。きれいだなあ」

というユリ子の声が、睡りこけている私の耳にぼんやりきこえた。たぶん日本石油かどこかのタンクとパイプの複雑な構造物が、無数のヒカリの点の幾何学模様をきらめかせていたのだろう。鉄材を生産する工場の方は、もうもうと立ちのぼらせる水蒸気と煙を、なめからさしかける光線で、うすもも色にうきあがらせ、あたかも「魔の城」の如くはたらきつづけているのであった。

自動車工場を見学する。

そのさい、A、B、C、Dいかなる会社の車に乗って、A、B、C、Dいかなる工場を見学するか。そこに気をつかわねばならない。

うまく、その会社、工場でつくり出す車で、こっちがその正門に乗りつければ、もっともつごうがよい。だが、四社の車をのこらず所有しているはずはないから、どうしてもB社産のくるまに乗って、A社工場を見学する事態がおきる。

見学者ならオール歓迎、えこひいきなしのサービス満点ではあっても、正門を入るさいの守衛さんの眼つき手ぶりも、こちらの車種によって、少しはちがってくる。

企業藩（今では尾張藩、紀州藩などのかわりに日産藩、トヨタ藩などがある）の忠臣なら、誰だってお家の繁栄安泰をねがわぬ者はいない。したがって敵か味方か、いずれのウマにまたがってきたか、まず見きわめないはずがない。

今や自動車産業は、A、B、C、Dどれもがクツワを並べて巨大化し、ふくれあがっていて、景気上昇は平等に享受しているにしても、自由競争は日ごとにきびしさを加えているから、藩どうしのあいだの緊張は、明治維新の直前とおなじくらい白熱化している。

一方をほめれば、片方が怒る。片方をけなせば、もう一方がよろこぶ。「八方美人」「ほめ殺し屋」と批判されている私でも、この連載小説の挿絵に、C社なりD社なりとハッキリわかるクルマが描かれてしまっては、ワイロをもらったようで気持がわるくなる。

しかしながら、どの社にも関係のないユウレイみたいなボディ、抽象的な「自動車そのもの」は存在し得ないのだから、そこが息ぐるしいのである。

私だって、もしも私のきらいな芸術家を好きでたまらない読者がたずねてきて、「彼」の作品ばかりほめそやしたとしたら、いい気持はしない。自動車会社も芸術家も、人情にかわりあるまい。

第一、運転もできないくせに、スキキライなど言う権利がないではないか。「女性をねらえ！」というモットーが正しいのであるから、女性依存の亭主などねらう宣伝マンがいるはずもなかろうし。

この小説の眼目は、もっぱら「自動車時代の東海道」なのであって、産業スパイじゃあるまいし、どの社が勝って、どの社が負けるかという予想もつかぬスリルにあるのではない。

追浜《おっぱま》工場を最初に見学した。これは（くどいようだが）ニッサン藩に加勢したのではない。京都往きの道中で、たまたま立寄ったのである。

磯子区の海岸よりには、新磯子町、新森町、新中原町、新杉田町と「新」の字ばかりつづいている。これはみな、直線でかこまれた埋立地だ。

まだ戦争がひどくならないころ、ユリ子の女学校は夏は授業が半日で、学校からここらへんまで、水着の上にタオルのようなコートをひっかけ、下駄ばきなどで歩いてきて、隊伍をととのえて水泳した。その時分は、これらの埋立地はたんなる遠浅の海岸で、街などなかった。

昭和電工、新潟鉄工、東京電力、石川島播磨重工、日清製油、東京芝浦電気など、埋立地を占領しているのは、すべて大工場である。これから予測できるのは、やがて日本列島の、ふるえるような自然の微妙な曲線は、どこもかしこも埋立地と海岸を区切る人工直線にとってかわられ、そのベルトに工場群がギッシリと詰められ、「海」と言えば「工場」と連想するようになることだ。

ウメタテル、ウメヒロゲル、ウメアワセル、ウメノバス。とにかくどこからか泥をもってきて海を埋めなくちゃあ、どうにもならなくなっている。もはや海岸は、埋めつぶすために存在する。「埋立て工事中」でない海は、役立たずの自然物にすぎなくなる形勢だ。

横須賀市夏島町のオッパマ工場、その見学者会館のまわりには、見学（あるいは観光）バスが、つぎつぎに発着し、先生に連れられた小学生たちも、つながって歩いている。

暖房のよくきいた応接間で、まず日産モナカとお茶が出てきた。ひかえ室の如き小部屋で、広報宣伝用のカラー映画を三人だけでみる。また応接室にもどると、黒板に掛けられた工場全景図を前にして、係員が「御案内のまえに概略を説明します」と説明する。

そのときユリ子の興味をそそったのは（私はおぼえていなかった）彼が「手にもっている三十センチほどの金属棒を手品のようにピュッとのばす。棒は五十センチ以上に一ぺんにのび、その棒で地図の各部を指した」というところだった。小学、中学では竹のムチを用いていたから、その伸びちぢみ自在な一本の「棒」に、とりあえず感心してしまったらしい。

見学者用の通路は、歩道橋ほどの高さから、作業の邪魔にならぬよう眺めおろす仕掛けである。私たちは特に許されて、作業員のはたらいている平面を歩いた。

八幡製鉄の熔鉱炉を見学したさい、同行した女流作家のハイヒールのかかとが鉄梯子のあいだにはさまり、ひやひやしたことがあった。火の蛇のようにすべり出てくる、真っ赤にやけたレールに足を切られそうになったカメラマンもいて、機械を急ストップして、その大損害に職長さんが立腹したこともあった。

カー工場は、プレス機の大音響にはさからって大声で会話しなければならないが、さほどの危険性はなくて、片隅に生花がそなえられてあってもおかしくない静粛な場所が多い。それでも前後左右から、見たこともない形の車が部品を運んでくるから、ころび名人の彼女がころびやしないかと心配した。

敷地は十二万坪、百三十九億円かけて、月産一万台から三万二千台におよぶ工場の仕組みが一ぺんにわかるはずがない。

あとでトヨタを見学して、同じシステムを復習したから、いくらかのみこめたけれども、自分たちの乗る車が、どんな順序で組みたてられて行くか、それすら理解できないで「ドライバー」などと口はばったいことが言える資格はない。

一日平均十七時間、八千人から九千二百人の工員が、昼夜二交替ぶっつづけではたらいて、四十六秒に一台のクルマが生み出される。

「おや、そんなにはやくできるの？　そんならもっと安く売ればいいじゃないか」と、こごとを言う見学者もいるから、係員はつらいのである。はやくつくることは、それだけ生産費がかさむことであるのは、隅から隅までタテヨコ上下につながったオートメイション機械の網の目にしたがって、大小重軽さまざまの、クルマの骨や肉や皮や内臓や神経や、眼や口が、くるいなく結びあわされ、完全な体格をつくりあげて行く、その精密作業を見ればすぐにわかる。水平に横すべりしたり、吊上げられたり、吊下げられたり、車軸の上に車体のガワがかぶさってきたりして、血管の中の血液、呼吸器の中の空気のように、すべて多くても少なくても、速すぎても遅すぎても、たちまち作業はみだれるから、工場の全身が気ごころをそろえ、バラバラのようでいて密着して、時間と空間を微妙にとりさばいて活動していなければならない。

「ポンせんべいの大型機械みたい」

と彼女が見とれたのは、金属板をおし切るプレスのことで、サニー、プレジデント、ブルーバード、セドリック、四種のくるまの外ワクが、それで切出されたいろいろな断片をつなぎ合わせてカタチを成すのであるから、もしも秘密にされる新車のスタイルを探り出したい産業スパイだったら、まずプレス作業に注目するにちがいない。

「メタル・ライン」「アッセンブリ調整」「ボディ・マウント」など、はじめてきかされた用語について解説しているヒマはないが、わかりやすくて面白いのは「検査」の過程であった。

車の下まわりを検査する工員は、床より低い穴ぼこにもぐって、車体を下から見上げている。

この係りは、年輩の人が多い。

一分間に一トンの水をぶっかける水密検査所には、一台に一人ずつ入って、豪雨の試験をすまさなければならない。

ブレーキ、ハンドル。ライトの角度、タイヤの強度、シートの乗り具合、すっかりおわってオフライン（出口）から売物として走り出てくるまでの、調整とテストの厳重さは、東大入試や官吏採用より、はるかにきびしいのである。

「あなた方も車をもっているの？」

案内説明役の女子職員に、私はうっかりバカな質問をした。

「いいえ」と、彼女はひくい声で答えた。

クルマを生産する工場ではたらきつづけている男女工員の、何パーセントがクルマを所有しているのだろうか。

せっかく自分たちの手で造り出された乗物を、彼や彼女は楽しむ権利がないのだろうか。そしてナマケ者文士（私）が、「見学」などとうまい口実をこしらえ、彼や彼女の労働現場を「わかりやすい」とか「おもしろい」とか称賛すべく、クルマに乗ってやってくる、この奇怪な事態は一体、どこから発生したのか。

「そんなに良心家ぶるなら、お前さん、労働組合にでもクルマを寄付しちまってテクテク歩いたらどうなんだい」

と言われても、私は自己の所有物を手ばなしたくない。まだまだこの戦利品にしがみつき、快感と利益をそこから吸いあげたいのである。

「ええ。わたしのはスリーSです」

「そうですかあ。女性でスリーSに乗る方はめずらしいですなあ」

接待係りをよろこばせようとして、実は彼女自身の方が、よろこばされているのは明らかであった。

妻は会社マーク入りのコンパクト、夫は会社マーク入りのライターをもらった。「もう月意してありますから、ちょっとお待ち下さい」。おまけに、蝶ネクタイ黒上衣のボーイさんが料理屋から運んできた、洋食まで食べさせてもらったのだから、この夫婦に「良心」を期待するのは、少しむずかしい。

「トリのもも。サラダ、ごはん。おいしい。玄関のところで写真。いつまでも見送っている」と、彼女はうれしげに記録しているではないか。

「鎌倉大仏へ寄ろうか」

「あそこも行くの？」

と彼女がしぶい顔をしたのは、大仏門前が混雑して駐車が困難なせいか。それとも小田原を一めぐりして、早いところ箱根まで行きつき、温泉につかりたいためだったか。

「あそこにも、おれ、想い出があるからさ。行くだけ行ってくれよ」

労働するのは彼女なのだから、気よわの重役のように私はなだめすかす。

「ユリ子も、うまくなったなあ」ぐらいのおだてでは、効き目がうすくなっている。されば と言って「すまないなあ」などと、まことしやかに述懐するのは気恥ずかしいし。

「今日のコースはラクだからな。時間はたっぷりあるし。路に迷ったってかまわんさ。迷えばそれだけ地理がわかるしさ」

「迷いなんかしないわよ。自分ひとりで心配してばかりいるくせに」

鎌倉―江の島―茅ヶ崎―国府津―富水―箱根

よく晴れた十一月のまひるどき。大仏さんの人ごみは、中学生、高校生たちがカラスの群れのごとく充満し、そのあいだを西洋人が一羽二羽と、カモメの如く飛歩いている。

学生のころ、毎年夏になると、私は長谷《はせ》高徳院大仏殿に泊めてもらって海水浴をやった。宗教大学の宗教学部長だった父が、愛弟子を大仏の娘さんに世話したりして、私と大仏御一家のつながりができた。

先代の転法輪（テブリと読む）氏が寺院経営に苦心し、ひきついだ現住職（サンスクリット、パーリ語、古代インド宗団組織研究の大家）がよく先代の方針を守ったため、現在のように寺運リュウリュウとさかえるに至った。

現住職夫妻は、私の純真にして悪質な青少年時代についてはくわしいから、ウラもオモテも形式ばらずにつきあっている。

大仏主催の婦人会に講師をたのむ手つだいもすることがあり、今日出海氏はイギリス女王戴冠式の話をおわってから「アレ、武田クン。大仏さんと親類つづきなの？」とおどろいていた。第一次戦後派の一員と、ダイブッさんとのつながり具合なんぞ、どんな親切な文芸批評家も気がつかないであろう。

五十三次からは、ややそれた路すじながら、語っておきたいのは、敗戦直後のカマクラ風景である。

上海から、商船学校の練習船（帆柱の付いたのを病院船に改造した）で引揚げてきた私は、物資のゆたからしい大仏夫妻を訪ねた。

「サッちゃん。（幼名はサトル《覚》なので、そう呼ばれていた）なんとかしてちょうだいよ。あの有様を見てよ。いくら叱っても言うことききかないんだから」

と、住職夫人に頼まれて、露坐の金属製大仏をながめると、外国兵士がホトケの全身にアリのようにたかっている。

フランス水兵はフランス語で、愉快そうに叫びながら、帆柱にのぼるやり方で、頭のてっぺんまで勢いをつけてかけ登っている。遊園地で、大怪獣の人形とあそんでいる気らしい。

ソ連将校は、ホトケの腰から腹によじのぼり、ロシア語で叫ぶことはないが、しかつめらしく首もとをねらって、執念ぶかくカメラのシャッターをきっている。

アメリカ、イギリス、濠州、どこの国か知らぬが、とにかく戦勝し占領し進駐してきた白い連中が、ホトケの肩にまたがり、背をすべり下り、顔に足をかけてさわいでいる。私は仏像を、美術品として尊重する。そこにこめられた仏師その他の芸術家、信仰者の願いをないがしろにできない。しかし私には、材木はあくまで材木、カラカネは永久にカラカネだという考えもあった。

したがって「聖なるモノを土足にかけられた」という怒りは、あまりもえ上がらなかった。

ただ、戦勝国（つまりは文明国なんだろう）の兵士が乱暴すれば、やっぱりランボウであり、野蛮な本性をあらわせば、やっぱりヤバンではないか。

乱暴野蛮に抵抗できる力がないにしても、それを喜んだり、それにこびへつらったりするのはヘンだ。ヘンでもさしつかえないにしても、夫人に頼まれたからには、いやいやながら、おっかなびっくりでも声ぐらい発しないわけにはいかない。

「これ、これ。そこに登って遊んではいけません。これは日本人の崇拝する場所であり、東洋人の愛するブッダでありますから、すぐさま降りてもらわねば困ります」

と、英語で話しかけた。

僧衣もまとわず、借りものの浴衣をだらしなく着た男が、何やら文句をつけてくるが、聴きなれない英語なので、諸兵士はとまどって注目する。こっちもホトケの膝の上にはい上がり、「これ、これ」が「コラ、コラ」「シッ、シッ」のようになってくる。まず振向いて日本男をいぶかしげに見つめたソ連将校が、カメラをしまって降りてくる。つづいて、諸外国の勇士も気味わるくなったように、降りてくる。

英語など通じないでも、できるだけ大声で「ノオ、ノオ」と叫んで手を振りまわせばよいことを、その時、さとった。

異様なる未開アジア人（カミカゼ特攻、ハラキリを実行する）の気味わるさで、こわがらせるのもテの一つだと、その時、さとった。

この日はあいにく、大仏夫妻はライオンズ・クラブに出席して、留守であった。

「どうせ、ルスだと思ってたわ」

と、彼女は私の気まぐれをとがめるように言った。

鎌倉の街を出はずれて、海岸道路を江の島、茅ヶ崎へ走るコースには、われらはくわしかった。

赤ん坊が生まれてからまもなく、私たちは江ノ島電鉄の江ノ島駅から、海へではなく山手に向かって五分ほどの産婆さんの二階を借りて暮らしていた。

「女の子を生んだら許さんからな。男の子なら教育のしがいがあるが、女の子なんかつまらんからな」

私はムリな命令を下していたが、彼女は杉並区オギクボ天沼の衛生病院で、女の赤ん坊を生んだのである。井伏鱒二先生の御宅の近くに間借りしていて、蒲団のかわりに蚊帳《かや》をひっかぶったり、座ぶとんを並べたりしていた二階ずまいだった。

わが家に人口が一人増加したのを、うっかり忘れて、毛布の下にねている赤ん坊をふんづけそうになる。ネズミがむやみに横行するので、ミルクのこびりついた赤ん坊の顔がかじられそうになるし、ユリ子自身さえ首の前後左右をはねまわる強健なネズミになやまされた。

赤ん坊は、銭湯へ連れて行くとウンコをするくせがあった。駅にちかい遠い風呂屋まで、わざわざ行ったのは、下宿のそばの湯で、プカリプカリと黄色いのを浮かせて、それを始末するのに困って、場所がえをしたのである。

一週間ばかり、私もオムツの洗濯をした。赤ん坊の排泄物は、おとなのソレよりいやらしくないことを発見した。赤ん坊がフンづまりになると、砂のように固まったのを耳かきでほじくり出した。夫婦そろって映画見物に行くときは、ネズミの害から守るため、赤ん坊を机の上にのせておいた。

江の島の産婆さんの所では、燃料費さえ分担すれば、自家用のお風呂をつかわせてもらえたし、うば車も買って私がそれを押して散歩するゆとりもでてきたのだから、経済的にはよほど進歩していた。

夜半、妻の産気づいた夫（制服を着た国鉄職員もいた）が、あわてて駈けつけて来ると、私が二階のガラス戸をひらいて顔を出す。

「そうですか。わかりました。今すぐ行ってあげますから」と、産婆さんにかわって答えておいて、急な狭い階段をおりて報告に行く。

二階の床の間は傾いていて、ユウレイの出そうな円窓がついていた。二階にも便所があるのはありがたかったが、色ガラス（しかも赤、青、みどりの三色）の窓があり、下をのぞくと土管（かパイプか）が下のツボまで、まっすぐに通っていて、もしも赤ん坊が落ちたら、途中ではまってしまうだろうから、どうやって救い出すかと気づかいだった。

冬の夜、寒風に吹きさらされ、あの長い橋をわたり、江の島の島の奥まで出かけて行く産婆さん（彼女はひとりで男の子を育てあげた未亡人だった）の、勇ましい姿に、私は感心した。男の医師さえ冷汗をながす難産のさいでも、少しもたじろがないしっかり者で、階下に入院した産婦をはげます彼女の号令をきいていると、こっちまで「しっかりしなくちゃ」とひきしまってくるのだった。

「お母さまが対面にいらっしゃる？　それは大へんですね。よろしい。わたしにまかしておきなさい」

まだ見ぬ嫁さんの首実検をするため、私の母がやってくる。しかも私の兄の妻といっしょにやってくると聴いて、あわてているユリ子を産婆さんは、はげましてくれた。

彼女はまず、飼っていたニワトリの首をしめ、毛をむしりはじめた。息をふきかえしたニワトリは裸にされて怪鳥みたいになりながら、裏庭を走りまわる。私が息せききらせて、やっとつかまえた。産婆さんは、エビのオニがら焼きもこしらえてくれた。私たちは江の島に住んでいながら、まだサザエのツボ焼きもオニがら焼きも口にしたことがなかったのに。

一体、あのころ、赤ん坊と母親は何をたべていたのだろう。串に刺したジャガイモの揚げたのを手に待たされ、赤ん坊は波うちぎわにころがっていたのだろうか。

付近には、中国文学研究会のメンバーが、二人住んでいた。一人は私より早く住みついていた新聞記者、一人は九州から東京都立大に赴任してきたばかりの教授であった。

この教授の奥さんは、うちの産婆さんの手で男の子を生んだから、つまり私は自分の部屋の下の生みの苦しみの声をきかされたわけである。

我らはみんな、カネなしでもヒマは充分にあった。朝な夕な泳いだり飲んだり集まったりして、不良学生たちが合宿しているような状態であった。

竹内好氏も幼児二人と女房を連れ、私の下宿にあらわれ、記者や教授を叱ったり、からかったり、おだてたりして飲みつづけ、彼の女房と私の女房は二人して、支那ソバ屋に行き、つぎたしの酒（一ばんやすいウィスキー）を分けてもらわねばならなかった。

江ノ電の沿線には、中村光夫、大岡昇平の両氏が住んでいた。二人ともチャンとした独立家屋を一軒ずつ所有していた。

中村邸へ行くと、大磯に住む福田恆存氏が来ていて、文学賞の下相談か何か、文壇内の専門的な相談にふけっていた。寒い日だったので、私はユカタの上にヒトエの和服、その また上にドテラを重ね着して着ぶくれていたし、ユリ子は汚れた下着で、靴下には穴があいていたので、モゾモゾと横ずわりになり、一言も口をきかなかった。

「こいつは、服装がひどすぎるから黙っているんだ。不愉快なわけじゃない。恥ずかしがってるだけだ」

と私が説明すると、中村氏は「なんだ、おれん所へ来て、そんな遠慮することなんかありゃしない」と、やさしくなぐさめてくれた。

大岡邸へは、女房ヌキの私ひとり。トリの水たきを御馳走になっているとドシャ降りになった。彼は「武蔵野夫人」ですでに文名おおいに挙がっており、私はやっと「風媒花」を書きおえたころで、後から来た中村氏は二人が喧嘩しないように、うまく取りはからってくれた。

「武田の小説はヘタだな」と大岡が批判すると、中村は「だって、武田は自分でオレは小説はヘタだと言ってるんだから、かまわんじゃないか」と、なだめたりした。

大岡がタクシーをやとってくれたので、私は産院までタダでぬれずに帰りつくことができた。戦後、乗用車らしきものに乗ったのは、それがはじめてであった。実に、いい気持であった。

二階へ上がると、ユリ子は赤ん坊の全身を掃除していた。彼女の油断しているあいだに、赤ん坊が自分のウンコをたべたからであった。砂をたべても、木炭をたべても、赤ん坊は平気だった。

藤沢に住む立野謙氏が、男の子を連れて立寄ったこともある。小学一年くらいの可愛い男の子（うちの赤ん坊より、はるかにきれいな顔をしていた）は、久しぶりでお父さんと一しょに外出できたせいか、いかにも、うれしげであった。お父さんの方は、あまり愉快そうにしていなかったが。

茅ヶ崎には、私の兄がいた。

愛知県知多半島、新舞子《しんまいこ》の水族館長をしていた兄は、戦後、東大農学部水産科の教授として東京へ移ってきた。しばらく父の寺に寄宿してから、貧弱ながら茅ヶ崎の海よりに一軒もつことができた。

東大教授には、いかに清貧に甘んじて、カネもうけの下手な正直者がいるか、その標本みたいな男である。今回の大騒動の一年まえに、農学部長を定年でやめ、四国の大学へ去っていたのは、彼の幸運であったか否か。

この兄の妻ヨシ子さんにだけは、ユリ子は頭が上がらないのである。たいがいの日本女性には、すぐ難くせをつけたがる彼女も「ヨシ子さんにはかなわないなあ」と、シャッポを脱いでいる。

父の死の前後から、母は目黒の寺と、茅ヶ崎の長男の家とのあいだを、しきりに往復していた。

もしも「茅ヶ崎のおねえさん」が存在しなかったら、私の老母の世話を引受けるのはユリ子のほかにないから、彼女がおねえさんを尊敬するのは当然である。むやみにほめるのは、戦術的なかけひきも多少はあるにせよ、体格や性格や経歴が正反対の二人が、かえってウマが合っているらしい。

ヨシ子さんは大柄の長身。ユリ子は小柄で「わたし、足がみじかいからイヤだなあ」となげいている。ヨシ子さんの長男、次男は横浜国大工科と東大農科をそれぞれ卒業し、東芝と三菱につとめている。三男は東大理科に在学中だが、さわぎのおかげで留年しかけた。ヨシ子さんも女子大出で良妻賢母の代表であるから、ユリ子とはおもむきがちがっている。兄の方は品行方正、万事まちがいなしの一家であるのに、弟夫妻の方は波らん万丈、みだれにみだれて、どうやらやっとまとまっている。

車を買うと、すぐ茅ヶ崎へ出かけたのは、決して見せびらかすためではなかった。買いたての人なら誰でも経験することだが、どこへ行ったらよいか見当がつかないからである。いいかげん、ドライブに苦しまなくては、ドライブを楽しむ境地に達せられない。買ってから一ヵ月ほどは、さすが丈夫なユリ子も、めっきり痩せた。したがって、安心できる目的地をえらばねばならない。

「おばあちゃんが、乗せてくれとせがむと困るなあ。乗せてあげれば、このまま赤坂まで連れて行っておくれと言いだすにきまっているし」と、彼女は警戒している。

女性ドライバーが、妙に貴族的にツンとすました表情でハンドルをにぎっているのは、あれは、運転に自信がなくて緊張しすぎてこわばるため、ついつい庶民的な平凡な顔つきとちがってしまうらしい。

「まあ、まあ。ユリ子さんは、いつも丈夫でえらいわねえ。運転してきて疲れないの」

と、老母はあきれたように、そそのかすように言う。ニセ「貴族的」なこわばりから解

放されない顔つきの彼女は、

「ええ。わたし好きで運転してますから別に疲れませんわ。丈夫だって、えらくもなんともないもの」と、すげない。

「おばあちゃん、いつも若々しくてけっこうね」とか「お身体の調子なおった？　よかったわね」とかいう、嫁さんらしき挨拶は一切しないのである。

彼女が大切にしているのはクルマであって、義母ではない。義母を大切にするのはヨシ子さんの役目と決めてかかっているから、

「クルマってよく働いてくれるなあ。文句一つ言わないで。可愛くなるなあ」と、金属性の無生物を愛撫するのは、それだけナマ身の義母などかまっていられない状態を示している。

まことに親不孝、非人情な考え方で申しわけないけれども、もしも彼女が義母よりクルマを大切にする女性でなかったら、私を乗せて五十三次を往きつもどりつ、飽くことなく働きつづけることが不可能になる。おばあちゃんの老衰に同情するより先に、働きざかりのクルマを走らせることこそ、生きがいある任務、役に立つ労働への彼女流の愛情なのである。

「やっぱり、少し乗せてあげるか。あんまり乗りたそうにしていて気の毒だから」

「うん、十分か十五分でいいよ。スピードを出さずにな。江の島でも大磯でも、どこでもいいさ。そうすりゃあ、気がすむだろう。あんまり長いと、帰りみちが混むからな」

床屋さんの中庭に、特にたのんで駐めてある車を彼女が出してくる。ヨシ子さんに手をひかれ、老母は腰を曲げたまま、小きざみに歩いて来て、いそいそと乗りこむ。

「今、おいそがしいの?」

「うん、いそがしいよ」と、答えはするものの、仕事のいそがしさの内容を母にくわしく言ってきかせるのは、むずかしい。

「おいそがしいのに、わるいわね」

「いや、こんなことわけはない。ぼくが運転するわけじゃなし」

「そうかい。ユリ子さん、わるいわね。おつかれのところ」

「いいえ。わたしはクルマ好きですから」

プール。ヨット・ハーバー。フィッシュ・センター。高々とそびえる海浜ホテル、そのレストラン。潮風に傾いて、枯れかかった松林。気ちがいじみたトラックの疾走。暮れかかった海のひろがり、波のうねり。すれちがうスポーツ・カーのうなり。座席の動揺。一日じゅう坐りこんで死と向かいあっている老母は、これだけで満足する。そのフリをする。

「お父さんにテレビを見せてあげたかった」と、母は言う。

「おやじをおれのクルマに乗せてやりたかった」と、私は想う。

汽車は三等、ぜいたくな食品にいっさい反対で「カネグソたれるな」と家族をいましめていた父だから「このアホウ。身分もわきまえずに、こんなモノ買いくさって」と叱られるかも知れないが、それでも小田原に向かって走る車中で私は、後部座席で長い眉毛の下に目やにのたまった両眼をほそめ、次男の嫁さんの背中と頭髪を眺めやる父を想いうかべずにいられなかった。「おい、サトル。ここはどこだね。一向にわからんが」と、きこえぬ耳に片手をあてがい、名古屋ベンでたずねる、無欲で素朴な父の声まで、きこえてくるようであった。

このまま一気に箱根ごえをするわけにいかないのは、国府津《こうづ》の海べに父の想い出がまつわりついているからである。

小学一年生。営養は丙。鼻血は出す、風邪はひく、すぐに吐く。痩せほそった私は、大船の駅で「タイめし」を買ってもらって、もうそれだけで骨がとろけそうなほどうれしかった。

「タイめし」には甘味の魚のでんぶ（ソボロと言うのだろうか）が、ショウ油のうす味のついた御飯の上一面にかぶさっていて、子供向きであり、幼児性のぬけきれぬユリ子はいまだに愛好している。現在の私は大船の「アジずし」の方が（第一、べらぼうに安くて）好きであるが。

　かつて国府津は、小田原よりむしろ重要な国鉄の基点であった。今はすっかりさびれ、田舎くさい古い駅舎が黒ずんでいる。

　はじめて見る「海」が、私に向かって白い波の歯をむき出していた。銀灰色にかがやく波の背の彼方に、いまだかつて見たことのない青と黒と、そのほか形容しがたい重くるしい海の色が盛上がっている。私は、あとじさりした。

　肉の厚い父の手がにぎりしめてくれるのに、私の手は父からはなれそうになる。砂の急斜面が波にあらわれ、黒い鉄板のように光る。海の吐くあらあらしい息が、足もとをおびやかす。地球の半分以上が海におおわれていることなど、まだ知りはしなかった。だが、いきなり出現した、町の地面とは全くちがった、異様な海水の大陸。うねりさわいで押しよせてくる海水の城と領地が、目まいをひきおこす。

　次男のおどろきを、父は楽しげに見守っていてくれる。

　おそらく私は、紺がすりの和服に小倉のハカマ。ズック靴でもゴム靴でもないとすると、地下足袋だったのだろうか。たくましい父の足首が、色あせた地下足袋の上で砂にまみれていたのだけ、おぼえているけれども。

国府津から一里半。足柄下郡堀之内の光明寺まで、夏の陽に焼かれ、田畠のみちを歩きながら、私から地上は消え失せ、海の腹が、まるごと私を吸いこんでいた。

今年（一九六九年）のお正月は、観光バスで伊勢神宮初もうで。二日の夜八時に出発して、四日の夜十時に帰京した。

そして次の日、一月五日に東名高速道路を使って、松田から左折、このなつかしき国府津へ行ってみた。

三ヵ日はすぎたが、まだ松の内の正月気分で、海老名ドライブインも、めずらしく満員。私たちはカレーライス一皿を、二人でわけて食べた。

二四六号線は、のびやかな冬景色。黄金色の夏ミカンの実。早咲きの紅梅の花。小田原と国府津の分かれ路をまちがえないように気をつけて、上曽我、下曽我、曽我谷津、曽我別所など、ソガ兄弟ゆかりの地を通りぬけ、「食事コーヒ三休食堂」の前を走りすぎると海岸道路にぶつかる。

一休食堂は、いたる所にある。三休は、英語のサンキュウの意味もあり、一休の三倍やすめとすすめる点がおもしろい。（もう少し西へ行くと、サンキュウを山久と漢字化した店もある）

車がニッチもサッチもいかなくなったので、私だけ車を下り、車の列をつっ切って、海を見にかけ出して行く。

西湘道路が一段たかく、眺めを横にたち切って伸びている。鉄とコンクリートの人工道路が、海の巨大さなどないがしろにして、突っ立っているから、幼年の日のおどろきなど想い出せるはずもない。鉄カブト（黄色）の労働者が、組立て中の鉄材の上や、砂丘のところどころにたむろし、ドラムカンと起重機が、海べりの凹凸のあいだに散らばっている。かわらないのは魚と海藻のにおい、海風のはげしさだけである。

強風に追いたてられて、車にもどり、車の濁流にもまれる、あわれな一匹のフナ車のようにして泳ぎぬけて、国府津駅にたどりつく。

駐車。チュウシャ。これこそ注射よりも用心ぶかくしなければならない。駅前のタクシー屋で「車をとめる所ありますか」と質問するのは、ユリ子の役。「そうすると、そこを右へ曲がって細い道を行くと、とめる所はある。ハア、とめて叱られることがあるけれども、叱られなければ無事にすむ。ハア、どうもありがとうございました」

返事などイヤがっている相手から、それだけ聴出すのにも神経を太くしなければならないが、さびれた駅の裏側の細路を行先不明でくぐりぬけ、空地を見つけても「禁止」の立札があり、また、すれちがう運転手にずうずうしくも路をたしかめ、「三十分やそこらなら、大丈夫だよ。行ってみな」と教えられ、石だたみの隅ッコにどうやら車体を安定させる。

タクシー乗場に行列をつくった客たちは、「え、どこだって？　そうか。それじゃあ行ってやるから、さっさと乗りな」と、運ちゃんの命令に、おとなしくしたがっている。

カーなくて何のおのれが桜かな
カーあれど何のおのれが桜かな

松田から国府津へ通ずる、こののんびりした路を、一月十九日には途中から小田原方面へ抜けてみた。

陸橋をわたり、右側のガソリンスタンドで小田急線富水《とみず》駅への道をたずねる。

小学三年生の私は、この富水駅にちかいお寺で夏をすごしたからである。そして酒匂《さかわ》川の吊橋の下で、はじめて水泳を会得したのだった。

自転車の荷台に座ぶとんを敷き、それにまたがり、寺の息子さんの流行歌をききながら運ばれた田舎道は、でこぼこした砂利みちだったのに、今は走りやすいアスファルト道路である。

栢山《かやま》駅から左折すると、見おぼえのある小川が流れ、流れには石や木の橋の入口を付けて、寺や農家が並んでいる。

「ここらへんに二宮尊徳のうちがあるはずなんだがなあ」

「へええ。わたし、二宮尊徳きらい」

「好きでもきらいでも、かまわんけどさ。えらい奴だったらしいな」

「シバカリ、ナワナイ、ワラジヲツクリ、オヤノ手ダスケ、オトトノ世話シ、手本ハ二宮金次郎でしょ。子供みんなきらいなんじゃないの」

「でも、えらいよ。建設的な仕事やったんだから。河川工事とか生産増加とかを」

遠く足柄山の山なみが青くつらなり、冬の田や畠は泥土をむき出している。

「二宮尊徳誕生地」としるされた標柱。日曜日なので記念館はしまっている。駐車自由な構内に入り、低い垣根をのりこえて、ワラぶき屋根の尊徳の生家のまわりを歩いた。

神棚のある八畳。次が糸車など置かれた、いろりの部屋。そこはゴザが敷かれている。その次の土間にはハタオリ機の部分品が並べられ、泥壁には蓑《みの》が何枚も掛けてある。石臼や、底の抜けた風呂桶まである。

「毛沢東の生まれたうちより小さいな」

湖南省長沙から、車で半日がかりの韶山という農村に、毛沢東の生家が、やはり保存されている。二宮の方が貧農とすれば、毛の方は中農であろう。農具をおさめる部屋、作業場、牛小屋、炊事室など、はるかに完備していた。革命工作の秘密の相談もできる、屋根裏部屋もあり、家族の寝室もつづいていて、毛一族の百姓仕事のありさまが、よくわかる。

「二宮金次郎の方が、毛沢東より、子供のころは貧乏だったんだなあ」

農民出身の二人の努力家には興味のない彼女は、自動式カメラをパチパチやってから、尊徳記念館宿舎のガラス戸をあけ、パンフレットをもらってくる。

「泊まれるようになってるよ。きれいな水が高く噴き出していて、その下の水の中に金魚もいる。裏には別の川も流れてるよ」

かつてはどこの農家でも、きれいな水が音たてて噴き出していて、それだからこそ「富《と》水《みず》」と呼ばれた。

小学生の私は、切石でかこまれた水の出口の傍にしゃがみこみ、取ってきたばかりの川魚や野菜の漬けてある、水晶のような水の高まりと泡と光を、いつまでも見つめていたものだった。

フナやドジョウ。それにナマズ！　ひげをはやし、地震の主とつたえられる、頭でっかちの不思議な魚のテンプラを食べたのも、ここのお寺にあずけられていた時だ。

蝶と蛾。たけだけしい大眼玉のトンボや、空気に溶入りそうな弱々しいトンボ。小さな雨ガエルや、のそのそしたヒキガエル。くさくてたまらぬナスムシ。甲冑で武装した昆虫類。

おそろしいほど私を魅惑したのは、竹藪の中の水車であった。ゴトリゴトリとゆっくり廻る、水車の輪にとりつけた板の歯は、みどりの水苔をはやして黒くしめっていて、その一つ一つが下がってくるときにしたたらす水滴は、美しかった。「あぶないから気をつけなさい」と注意されても、私は暗い竹藪に射しこむ日光のシマ模様の中にしゃがみこみ、ほんとうに水車の歯に吸いこまれそうになるのだった。

水車の輪は機械ではなくて、魔法つかいのおじいさんのように神秘的にまわっていた。水車小屋のなかでは、木の槌が誰に見とられることもなく、臼の穀物を打っていた。「まわれ！　いつまでも。朝と夜がまちがいなくやってくるようにして、ゆっくりゆっくり、おまわりなさい」。竹の影や水草のそよぎになかばかくれて、清い冷たい水の流れが、そうささやいていた。

酒匂川までの路は、夏の日に照りつけられ、白く乾いていた。長い吊橋の下には、竹を割ったタガで丸石をしめつけた蛇籠《じゃかご》が川岸を守っていた。じゃかごの竹は、切れたり、はじけたりしていて、私の足からは血が流れた。

土手の松林にも、河原にも人影がなかった。小石の積みかさなった河原は歩きにくくて、水に入ると、その小石がぬるぬるとすべった。ある日、私は急流におちこんで流された。河の水が私を乱暴にもてあそび、河の石たちが、もっとひどく私を打ちのめした。助けてくれる者は、誰もいなかった。泥くさい水をのんで、下流のくぼ地に打ちあげられると、私は水泳術を身につけていた。

深いところで溺れかかっても、浅いところでは足が河底につく。流されていれば、いいのだ。なまあたたかくよどんだたまり水の次には、はげしく狭められた水の路があり、そこを流れくだって行けばいいのだ。焼けついた石の群れのあいだに、どうやら腰をおろし、疲れ切った手足をのばして、見上げる空は青くかがやき、天空と私は、もう大人の仲介なしに、つながっているのだった。

ものものしい護岸のある酒匂川が、遠すぎてめんどうなときは、田のあいだをしずかに流れる仙了川《せんりょうがわ》へ行った。川藻のただよう流れには、イモリがひそんでいて私を恐れさせた。灰色のヤモリとちがい、黒いイモリの腹はまっ赤だった。気味わるがりながら、水底をはうイモリが、四本の黒い足をどんな順序でうごかすのか、私は研究した。寺の息子さんが垂れていた釣糸をはね上げるとき、その釣針が私の頭の皮に刺さったこともあった。

小田急線の踏切をこえ、新県道を走って車をとめた。しっかりした仙了橋は、そのころありはしなかった。今は橋の付近には洋風の小住宅があり、美容院がある。

昔なつかしい水門のほとりでは、昔どおりフナを釣る釣人がいた。

「稚鮎保護のため三月より四月三十日まで毛針釣を禁ず。五月一日より五月三十一日まで禁漁」の立札も、かつてはなかった。

富水の町のあたりにも、小西六印画紙、明治製菓、渡辺キャビネット、大日本塗料などの工場が建ったので、泉水や噴水や自然井戸は、水量を減じて、あのもりあがり、湧きあがる水のおどりはなくなっている。

クリーニング屋。テーラー屋。レストラン・スエヒロ。餃子《ギョウザ》玉宴など、早いところ「東京」になりたがっている手がるな店が、すっかりお寺をとりかこんでしまった。水車小屋のあとには、通路と借家がギッシリとつまっていた。

大きな大きな味噌と醬油（それは自家製だった）の桶は、しめっぽい濃厚な匂いをただよわせていたのに、その寺の玄関もモダンにつくりかえられていた。

寺のおばさんがわかしてくれた湯につかりながら、少年の私は、「おばさん、この湯はナポレオンだよ」と利口そうに言った。「なぜさ」「だって、ええ湯う（英雄）だもの」と、『少年倶楽部』でおぼえた知識をひけらかしたものだったが。

寺の二人の息子さんは、かわるがわる自転車のうしろに私を乗せ、小田原海岸まで運んでくれた。日ぐれや夜なかに走ると、その田舎道にはホタルの光がながれ、青田一面の稲のかおりが、頰をなぜてすがすがしたものだったが。

小田原の波は、川水練の私を、たちまちまきこみ、まきあげ、さかおとしに砂浜に打ちつけた。高波はちっとも浮かしてはくれないで、ただ私を持ちあげ、ぐるぐると動転させ、鉄の綱と綱となって引きずっては沈めるのだった。
「やあい。こいつ、おぼれかかってやがるぞ。死んじめえばいいのによう」
漁師の子供たちの、野ぶとい声が、海水のセンできこえなくなった私の耳に、かすかにききとれた。荒海と荒海で育った子供たちの非情さに打ちひしがれたあと、寺の親類のお湯屋さんに立寄り、くすり湯の青いあたたかさにもぐって、やっと生きたここちにもどるのであった。

少年の私のかぼそい手のヒジ、足のヒザ小僧にさんざん砂と小石をめりこませ、いじめころがした海なんぞ、目にもくれないでユリ子は、私をやすやすと箱根へ連れて行くことができる。

おっかないのは荒海ではなくて、荒ぐるまの急流だけだ。

私たちの小さな山小屋は、山梨側の富士山麓にある。御殿場《ごてんば》まわりで、乙女峠をこえ、湯本に下る路は通いなれていた。しかし、芦の湖を見下ろしてから、三島へ下って沼津へぬける路は、まだ走ったことがなかった。

紅葉のころ、さくらのころ、霜ですべるころ。朝霧がただようううちに河口湖や山中湖を走りぬけ、あわただしく小田原へ向けて箱根ごえをするのみで、静岡側の風物をたのしむひまはなかった。

十歳の私は、往きはバスで箱根権現まで連れて行かれ、かえりは歩いて湯本まで下った。寺の息子さんに「もう少しだよ。着いたらパン買ってやるからね」とはげまされながら、泣きたくなるのを我まんして、痛い足をひきずり歩きつづけたものだった。

塔の沢の土産物屋さん（そこが息子さんの親類であった）に立ちより、自家用の温泉にいれてもらったとき、「ああ。箱根では、ふつうのうちでもお風呂は温泉なんだなあ」と、ただただ感激したのであった。

「わたしのこと、ちっとも温泉へ連れて行ってくれないね。愛していないいんじゃないの。愛してるなら、連れてくはずだわ。ほかのひとは連れてったんでしょう」

と、ユリ子は不平を言う。

そう言われてみると、私はあまり彼女に温泉サービスをしたことがなかった。

熱海。伊豆山の崖っぷちに岩波書店の別荘がある。そこで長篇の仕事をさせてもらったことがある。そこには黒い大理石でたたまれた豪勢な浴室があり、私ひとりは大いに有閑趣味を満喫できた。だが訪ねて来た彼女は、となりの旅館に泊めてやった。女房サービスまで、出版社におんぶするのが恥ずかしかったからだ。

赤ん坊がおなかに居た彼女は、旅館の温泉で泳いだりしたが、ふくれたおなかの重心が妙な具合になっていて、瓜のようにヘンな浮かび方をするので、身体の自由がきかず、プカリプカリとねじれた浮き沈みをしたのであった。

仙石下湯の萬岳楼。ここで戦後、私は二・二六事件をあつかった小説を書いた。青年将校の雪の朝の襲撃事件の、いよいよどんづまりの場面を書いていると、大雪が私の部屋のまわりをすっかり埋めつくしたのは、何かインネン物語のようなすさまじさがあった。

ヒメシャラの巨木にかこまれた、古風なその宿屋にも、私は彼女を招待したはずであるが、それでも不平不満をのべたてるのだから、五十三次のおわらぬうちに、どこかで温泉気分をあてがってやらねばならない。

カー族にとり第一の禁物は、睡眠不足である。

私自身は、ひるでも夜でも睡眠は、ねむりすぎてくたびれるほどみち足りている。しかし彼女は、夜は十二時までは片づけ仕事にふけるので、早朝の出発のさいは、途中でねむくなり、首すじや膝を叩きはじめる。それは彼女が片手でハンドルをにぎりながらスイ魔とたたかっている証拠であり、むやみにアクビを連発するようになると、私は気が気でない。

そうなると私（つまり彼女）の車は、突進してくるトラックの方へ、ひとりでに吸いこまれて行くようになるからだ。遠く関西方面から夜間疾走をつづけてきた長距離トラックは、向こうもなかば睡りかかっており、ネムイのとネムイのがすれちがうから、ねむくない私はおそろしくなる。

学童や通勤者が歩きはじめる前に、目的地に達してしまえば一番よろしい。したがって私は指に力をこめ、ベッドの彼女の全身をもみほぐす。自己流アンマで、首すじでも両肩でも、背中のまんなかから腰のつけ根まで、もみにもんで目をさまさせてやらねばならない。

「そこんところに、ネムリがたまっている。ああ、いい気もち。そこよ。そこをもっともんでちょうだい」

彼女の鼻すじをおさえ、人間電気を感電させるようにして、急速かつ小きざみに震動をあたえ、あるいは、頭ガイ骨を両側からしめつけるように逆なでしたり、ゆっくりと握ったり、むごたらしく放したり、腕や足をねじあげたり、不意打ちに平手打ちをくらわせたり、私は私なりに苦心工夫するのである。

かくして私のアンマ術は、すこぶる進歩し、京都の宿の女主人が疲れのあまり倒れたさい、この術を実験したら、生気を回復した彼女は「奥さん、おしあわせね」と、うらやましがったくらいである。

睡魔に対する彼女の抵抗力を計算して、夜間運転はなるべくさせないことにしていた。夜の箱根ごえ。ことに月光に照らされた箱根路の夜景はすばらしい。だがそれは、観光バスでやった。

谷も峰も黒々としずまりかえり、バス内のお客さんも、イビキのほかはしずまりかえり、まんまるな満月が山の端にかかっている。月の奴は、たちまちかくれ、たちまちあらわれ、右に左に体をかわしてカクレンボウをする。私と月だけが鬼ごっこをたわむれるようで、「山の端の月」もかつての静寂美人ではなく、神出鬼没のいたずら女のように、いそがしい媚態を見せる。

「ハコネの山は天下の険。函谷関《かんこくかん》もものならず」

箱根の険もアルプスの険も、ケンなればこそ観光客をよろこばせることになってしまった。地球のすみずみの険をすべて克服してしまったあと、人類はどこに「楽しきケン」を見出すのであろうか。

おそらく人間の精神、人間の心理、ニンゲンそのものの内奥の危険性が、自然のケンよりチャーミングなものになるのではなかろうか。

彼女の労働のおかげで昨年の十一月に、京都までの往復は、曲がりなりにもすませてある。

なるべく高速道路を利用しないで、旧東海道を、ひととおり走っている。

小涌谷《こわくだに》のK園で一泊。次は浜松のモーテルで、モーテルなるものを調査した。犬山では木曽川のほとりの高級ホテルに泊った。京都では、できるだけ京都情緒のこまやかそうな素人くさい宿をえらんでもらって二泊。かえりは日本平の丘の上で、清水港を見おろす百万円の夜景とやらを眺めてから、無事に東京へもどった。

「ああ、いいなあ。知らなかった路を運転しては、知らなかった宿屋に泊めてもらって。おいしいものを食べて。一生こうやっていたら、ほんとにいい気持なんだがなあ」

まっくらになってから目的地に着くのだから、女性ドライバーとしては、かなり過労だとは推察されるが、なにしろ宿泊料は支はらわずにすむのだから、彼女は上機嫌だった。

名古屋までの往復では、箱根強羅《ごうら》の寮で一泊、蒲郡《がまごおり》の寮で二泊、いずれも新聞社の施設にたよって、らくな旅ができた。

いいあんばいに、一日八時間、九時間と走りつづけても、この女性労働者はチンあげを要求しない。道にまよえば、ガソリンスタンドで、ハイオクタンを補給しながら、くわしく路すじをきく。それでもわからなければ、通行人でも、住民でも、つかまえて、（イヤがられてもかまわずに）質問する。事故をおこして腐り切っているドライバーに、それと知らずに、前部か後部がひしゃげた車体のかたわらで「あのう。岡崎へ行くのは、これでいいんでしょうか」などとききただす。それはすべて彼女の役目で、私は何もしないのである。

パンクしても、ジャッキをあてがい、タイヤをはずし、トランクから別のタイヤを持ち出し、車体の下に身体を横たえたりするのも、彼女の役目だ。私はせいぜい、彼女を守るため危険信号の赤旗を手にして、ものぐさく突っ立っていればいいのである。

車輪の外側の金具をはめるときなどは、あおむけに寝そべった姿勢で、彼女は両脚で蹴っとばすから、いやでも革ジャンパーの背中は土まみれになる。

「四つの車輪のネジを平均にしめとかないと、あぶないからね」

「空気が入りすぎてるかな。まあ、いいだろう」などと、まめまめしく点検する彼女を、私はぼんやりと見守っている。

だが、無能、無意志の如き私にだって、彼女の肉体労働に負けぬ「ココロの労働」がなかったわけではない。「現代日本の小説」、十六作家の第六作とれいれいしく印刷されてあるからには、少しはフィクションらしき面白さを加味しなければならない。

仏バチか、神の御声かは知らない。

「東海道ヲヤメロ。東海道ヲヤメロ」という、おびやかすような、いぶかしき電話が突如かかってきたのである。

遊行寺－三島大社－千本松原－三津浜－富士市

怪電話など、めずらしくはない。

たとえばA・A作家会議などに出席するとすれば、出発前にかならず奇怪な電話がかかってきて「モスクワ行キハヤメロ」とか「北京行キハヤメロ」とか「行ケバすぱいダゾ」とか、おどかされるであろう。

だが「東海道五十三次」が親米であるか、反米であるか、当人にだってわかるはずはない。

「いやらしい電話がかかってきたよ。しゃくにさわったから、怒鳴りかえしてやろうかと思ったら、すぐ切れちゃった」

いままで陽気に努力していたユリ子が、陰気に眉をくもらせて、私に報告した。

「テープに吹込んである声らしいよ。二度もかかってきたけど、わたし、わざと言わなかったのよ。二度ともおんなじ男の声で、トウカイドウヲ止メロと、それだけ言うからね。電話には出ない方がいいよ。気に病むのはつまんないから」

その怪しき声を、私は直接ききとってはいない。それがユリ子の幻聴であり、まぼろしの主婦感覚であったとすれば、そのほうが一そう小説的であるにちがいない。

電話ぐらい有難いものはないけれど、時によると天の声、地獄のささやきのはたらきをもするから、棄てがたい。

「バカ、お前の亭主は講演会でタバコなどふかして、しゃべっていたぞ、フキンシンな奴だと電話がかかってきたから、夜中にそんな電話をかけてくるお前さんこそフキンシンだと怒ってやったら、ヘエエ、亭主が気ちがいだと思ったら女房まで気ちがいだったかと、ぬかしてるのさ」

ありのままの事実の記録という奴は、ともすれば中だるみになりがちだから、スリラー的要素はほしいところであった。

三億円強奪犯人も、ガードマン連続射殺犯人も、今の今、のぼり下りの東海道をクルマで走りつづけているという妄想が私にはあった。

渋谷の銃砲火薬店にたてこもり、乱射乱撃したライフル魔少年が、とび乗った車の運転者をおどかして、走ったと同じルートを、一日あとに走ったこともある。

「変電所の工事の人夫たちが、わたしに見とれて、いい女だなあと言ってたよ」「知らないかも知れないけどさ。あの女の亭主はどんな奴だろうなんて、すれちがう男が言ってたんだから。ほんとなんだからあ」と、自慢する彼女には、たしかに幻聴症状があらわれている。「東海道を書きあげてもらわなくちゃ、今年度の税金が払えやしない」と思いつめている彼女に、そのような「電話」の警告があったとしても、異常心理学的につじつまがあうようにも思われる。

追いつめられる命がけの逃亡者でもなし、職務熱心で追いかけるFBIや特審局のヴェテランでもなし、追跡アクションのスリルを売出せる柄でもないのに、その怪電話の精霊のおかげで、「ねらわれている夫婦」になれる、はかない可能性が生まれてきたのだ。

「なんだか、かんじんの場所をすっとばしちまったようなんだがなあ。藤沢と言えば、遊《ゆ》行寺《ぎょうじ》だろ。遊行寺坂はいつも混んでるからな」

「藤沢の飛行場はどうなの。今でもあるの」

「あっ、そうだ。週刊Yに飛行機小説を書いてたとき、あそこでパイパー・スーパー・カブに乗せてもらった。単発プロペラ機は、離陸がかんたんで、いいなあ。花ちゃん（赤ん坊）が飛んでからオンギする（オンリ、下りるの意）と言って、飛行機の窓から乗出そうとしたっけ」

「大磯の鴫立《しぎたつ》庵にも行くんじゃないの」

「あっ、そうだ。西行法師。高校時代に、あの庵で一夏すごしたんだ」

「茅ヶ崎の西蓮寺はどうなのよ。お十夜の寺さ」

「あっ、そうだ。中国留学生が海岸で合宿して遊びたいというから、あそこの坊さんに頼んで家を一軒借りてもらったんだ。砂の丘の上の古家でさあ。留学生たちは、庭に生えてる西瓜の実が大きくなるのを毎日楽しみにしてたんだ。留学生のつくる支那料理は、うまかったなあ」

「行先さえはっきりしていれば、どこへでも連れてってあげる。目標が定まらないのは困るわよ」

「あんまり欲ばっても、書切れないしなあ」

「そうよ。写真だのお守だのお札だの。マップや絵葉書やノートだの。資料ばっかり集まったって、みんな放ったらかしてあるから、整理するのはわたしだもの」

彼女の整理能力、整理ぐせ、整理気ちがいはウルトラC級であって、私自身の未来までやがては整理されそうなのであった。


こころなき身にもあはれは知られけり鴫立つ沢の秋の夕暮

西行のこの歌が名歌であるか、どうか。西行がえらい芸術家であったか、否か。私はそれを決めないでも、少しもさしつかえない。大磯駅にちかい、小さな庵があって、その十七世の庵主から、私は俳句なるものを教えられた。こよろぎの浜に庵がつくられたのは、三百年も前らしい。代々、庵主が俳人であった。

大岡氏から「大磯町史」を借り、彼と共に庵を訪れると、海べりはすでに暗かった。二十代の私が庵に泊まり、砂浜に吸いこまれて消えている小川のほとりで泳ぎまくった、その海はやはり泳ぎにくそうに荒れていた。

東京ずまいの庵主は留守で、中学生の男の子が、ものぐさく応対してくれた。特に頼んで庵内に入れてもらい、二階の奥までたしかめたが、平凡な人家であって、ことさら俳諧道場らしくはない。

現庵主は、第十九世になるらしい。十七世は浄土宗の坊さんで、一生、寺も女房も持たなかった。敗戦後、上海から引揚げ、九州の病院でなくなった。

菓子たべてややよろこびし冬の象

彼に手ほどきを受けた私の句のうち、私がおぼえているのは、この一句だ。

西行法師は、

こころなき身にもあはれは知られけり

と詠じた。

「こころなき身」である点は、彼も私たちも同じである。だがちがうのは、私たちにはもはや「あはれ」を知ったという自覚や自信がないことであろう。アワレだと直感しても、それが実はアワレではない。「知られけり」と悟ることが、実はとらえにくい現代のさびしさ、きびしさを無視したひとりよがりにすぎないのではないか。鴫立つ沢の秋の夕暮だけが、すさまじい風に吹きさらされているわけではあるまい。知っても知っても知りつくされないからこそ、「あはれ」なのであって「ココニあはれヲ発見イタシマシタ」と結論され、それを後からありがたがるようでは、アワレの方であいそづかしをするのではあるまいか。

「板割浅太郎《いたわりのあさたろう》さんも、ここの住職だったの？」と、藤沢遊行寺で彼女の発したおどろきの声は、私にももっとも至極と感ぜられた。

国定忠治の兄弟分。赤城の子守唄で有名なバクチ打ち。この故板割氏が遊行寺の本堂の再建によくはたらくことのできたのは、出家したあとでも、暴力団当時のすごみと縄ばりが残っていて、赤坂や日本橋の花街から、しこたまカネを集めてきたからだろうか。

ともかく、彼の法名は「当院四十二世洞雲院弥陀列成和尚」と、はっきり石碑にきざまれている。当院とは、塔頭《たっちゅう》貞松院のことである。

「遊行《ゆぎょう》」という。このコトバには、放浪とも逃亡とも亡命ともちがう、ゆっくりした動きの意味がこめられているようで、私は好きだ。「行脚《あんぎゃ》」や、「巡礼」や「旅ゆく」。とどまらないで歩きつづける。

「流れ流れて落行く先は」などと、悲しげな歌もあるし、「天下ヲ周遊ス」という、壮大なこころざしもあった。だが「遊行」は、ただ、ただよい流れるのではないし、いそがしく走りぬけるのでもなかった。

時宗の開祖、一遍上人にかぎらず、昔の坊さんは自分ひとりで、自分の足で、よくも歩いたものである。マタタビ者の浅太郎は、野こえ山こえ、危険な突破行をくりかえしていたろうから、坊さんになってからの遊行など、少しもつらくはなかったであろう。五十一歳、兵庫の観音堂で死ぬ直前に、一遍上人は「一代の聖教《しょうぎょう》みな尽きて、南無阿弥陀仏になり果てぬ」と申して、自作の著書をことごとく火中に投じたとつたえられている。浅太郎が明治二十六年に往生するとき、彼の心中には、まだ焼きすてるべきものが残っていただろうか。残っていたとすれば、男度胸やヤクザの仁義、縄ばり争いの殺害事件の想い出だけだったのではなかろうか。

「オグリハンガン、テルテヒメの墓か。これ、何だっけなあ」

「歌舞伎にあるじゃないの。小栗判官が困ったとき、照手姫が助けてやるのよ」

「こんな所で何を困ったのかなあ。あんまり現代に関係なさそうだけど、行くだけ行っておくか」

黒くてつるつるしている新しい墓。白っぽく苔むしている古い墓。あんまり坊さんの墓が密集しているので、彼女は「坊さんも死ぬんだなあ」と、つくづく諸行無常を感じたそうである。「ふつうの人のお墓と感じがちがうわよ。一度死んだというう感じよ」

東門から細路をたどると、小栗堂があり、展示館もあった。陽あたりに雨靴、長靴、下駄などが並べられ、梅の木に白黒ぶちの犬がつながれている。ニワトリの箱も二つあった。長髪の書生さんが、鏡にむかい熱心にクシをつかっていた。尼さん風のおばあさんが出てきて、説明してくれる。

彼女の感じでは「照手姫の墓、小さくて感じがいい。小栗判官と十勇士の墓、小さくて自然な感じ」であった。そのほか「ここの地蔵様の顔は大きくて、眼鼻がリアリズムというのか、チクノウ症の男の子（十六、七位の）みたいな顔ばかり。石屋さんが同じなのかとも思った」

「この絵の話。ずいぶん場所がとんでるわ」

三十円で買った「一代記略図」を見ると、なるほど小栗の城主が下野《しもつけ》で叛乱を起こして敗れ、三河に逃げようとして、藤沢まできて横山太郎に謀られ、毒殺されかかる。遊女の照手さんが、判官だけは救い出したが、十勇士は死んでしまう。「太空上人、上野原に判官の蘇生を験す」の図があるから、毒にあたってから、ずいぶん遠方まで行ったものだ。

「判官、蘇生して熊野本宮の霊浴に赴く図」もあり、「嫉妬女、六浦にて照手姫を松葉いぶしにする図」では、松の木にしばられた女が、煙の中でくるしめられている。

小栗主従は商人に身をやつし、東海道をくぐりぬける計画だったのに、まだほんのとば口で、毒酒を盛られた。判官の方はイザリ車で運ばれる重病人になり、女性の方もさんざんひどい目にあわされた。やがて男は、領地をとりもどして、彼女を妻として迎えたから、めでたしめでたしではあった。

のち彼女は髪をおろして、この長生院《ちょうせいいん》に住んだというから、ハッピイエンドであるようだが、この絵図からうける印象はインサンであった。逃亡者と遊女。東海道で発生した男女のめぐりあい、助けあいの美談なのに、毒だとか業病だとか、火責めだとか、くらいグロテスクなおもむきが濃すぎる。

「なんだか、この話、気もちがわるい」

逃亡者でも遊女でもない、われら二人がそう感じたからには、小栗判官と照手姫の物語は、まだまだ長い影を投げかけているのかも知れない。

箱根から三島へ下る路。

二人とも、この下りに下って行く長い坂路が好きであった。好きなのは畠なのである。

ハタケは庭とちがって、見せるためではなく、農作物をうみ出すためのものであるが、そのハタケの方がニワより美しく見えることがある。

ある種の庭には「わたし美人ですわよ」と言いたげな、意識過剰があって、「名園」でありすぎるため、観賞しているうちに人生がせばめられるような、陰気な想いにとらわれる。

ホカホカと陽にあたためられ、さまざまに起伏している斜面は、のびやかにつながりあっている。つながりあってはいるが、その斜面の断片の一つ一つが独自のおもむきを持っていて、しかもミドリはミドリ、土色は土色で、それぞれこまやかな色彩が配置されてある。ずいぶん急傾斜でも、すみからすみまで耕され、公園の花壇だってかなわないぐらいだ。

「いいなあ。気持がいいなあ。こういう畠を自分でつくれたらいいなあ」

と、今だからこそほめるけれども、敗戦直後の彼女は、田舎、田園、ハタケが大きらいであった。疎開先の山村で、草むしりや、肥料桶かつぎで、お百姓さんにさんざんこきつかわれたり叱られたりした彼女は、自然とか農村とかきくだけで、もうすぐイヤーナ暗い気分におそわれていた。「自然の美」など、てんで信じようとしなかった。

「ハタケはいいよ。だけど五百坪だって、自分でやるとなったら大へんだよ。深沢（七郎）くんだって、百姓志願したけど、過労で心臓病になっちまったじゃないか。彼は農村出身だけど、それでも中年からの百姓はダメだったんだ」

「うん。百姓ってのは毎日毎晩、ねてもさめてもオカネ、オカネと現金収入だけをねがっているようじゃなきゃできないんだってね。本ものの百姓は、うんと欲ばりじゃなきゃ、つとまらないってよ」

「その点は、ユリ子、資格はあるな」

「わたしが草むしりしてしゃがんでいる腰つき、荷物をしょって山路をスタスタ歩く足つきは本ものだって、ほめられたことある」

「深沢君のラブミー農場も一度行きたいんだけど、東海道とは方向が反対だから具合わるいな」

「イチゴのころに来て下さいって言ってたけど、今年はイチゴもつくれないのかしらねえ」

「ハタケ仕事ができなくなれば、土地を売って東京へもどる方がいいんじゃないかなあ」

昔風の木綿蒲団の、あの茶、みどり、黄、紅などの地味なような、ハデなような模様は、ハタケの色どりと関係あるんじゃないかなと考えながら、沼津直通の路から右へそれて、三島市街に入る。

「富士の白雪ノーエ　富士の白雪ノーエ。

　富士のサイサイ　白雪朝日でとける」

「とけて流れてノーエ　とけて流れてノーエ。

　とけてサイサイ　流れて三島にそそぐ」

旧制高校のコンパ（集会）などで、この歌はよく合唱された。音曲にはなじみのうすい私の父も、これだけは知っていた。現在では、この歌はテレビ、ラジオでも、ほとんどきくことがない。

三島女郎衆は、お化粧が長くかかるので、お客さんが怒る。怒った客は石の地蔵さんみたいになり、石の地蔵さんは頭がまるいから、そこにカラスがとまり、そのかっこうは娘さんの島田髷《まげ》のように見え、その島田髷は情でとける。

「とける」という言葉を、雪と髪にかけてユーモラスにあしらった、いかにものんびりしたこの歌が『農兵節』と呼ばれていることは、三島大社の売店で「農兵節のれん」を買って、はじめて知った。

伊豆韮山《にらやま》の反射炉で有名な、幕末の先覚者江川太郎左衛門が、農兵調練のさい、鼓笛隊まで組織して、この歌をうたわせ、士気を鼓舞したという。たとえ、これが軍歌の役目をしたとしても、この歌詞は、あまり精神の緊張には向かないで、むしろレジャーをたのしんでいるようにきこえる。

この静岡県民謡の歌詞の説明では、大名行列の前を横切った罰で殺された一人の娘と、その娘を助けようとして失敗した一人の坊さんが実在し、そこから「頭のまるい石の地蔵さん」「娘島田」の発想が出て来たそうである。

処刑されたさい、娘小菊の髪形は「からすまげ」であり、彼女は今でも三島市東本町に言成《いいなり》地蔵としてまつられている。

もしもこの言いつたえが、ほんとうだとすれば、「富士の白雪ノーエ」には、わかき女性の無限の悲哀がふくまれていることになる。だとすると、農兵たちは、どんな気分でこの歌を合唱したのだろうか。

「命乞いがかない、坊さんが坊主にならず、このカラスマゲが止まり得たなら必ずや島田まげに成長し、よき娘さんとなり良き人妻となったであろうと、今も昔も変わらない人情を歌い、当時の武家の専横をなじりながらも、武家の怒りを避け、諷刺的につくり上げたものだと言われて居ります」

そうかなあ、あんまりうがちすぎているようで、にわかに信じがたいけれども、日本の民謡の根源には、予想もつかぬ悲劇が横たわっているのかも知れんなあ、と私は思う。

三島大社とその周辺が、源頼朝の縄ばりであったことは、国立劇場上演の「大商蛭ヶ《おおあきないひる》小島《こじま》」のポスターが、境内に貼られていることで、察しがつく。ヒルガコジマに流されていたヨリトモ氏が、ここで源氏の再興を祈願して、うまいこと彼の政権を確立できたのだから、鎌倉幕府の指導者たちが、にらみをきかせる前進基地として、ここを活用したにちがいない。

駐車場では地面に白い線をひき直すため、強そうな男たちが相談している。若い乾児《こぶん》を連れた老親分が「あいつ、おれたちのことサシャがった（密告した）な」などと、すごそうな言葉も吐いている。

今や、駐車場を支配することが、東海道の「親分」たちにとって、バクチ場を争うより有利なのかも知れない。

宝物特別展には、長さ三尺七寸五分の大太刀、源頼朝の下し文《くだしぶみ》、石器、土器、古代梯子《はしご》、鏡、笛、大高源吾の詫証文《わびじょうもん》。千両箱やら、関所手形やら、小田原提灯やら。徳川時代の羽子板やら、明治天皇御使用のオン箸。大サンショウウオまで、めったやたらとかき集められている。

私がおもしろかったのは、陳列場の入口に鎮座している、青黒い竜であった。

この竜は、ゴムタイヤでできているのである。

「この竜のこと、くわしく書いておけよ」と、私は彼女に命令して特別展の場内へ入った。

あとに残された彼女は「右足、８本のタイヤ。左足、７本のタイヤ。胴、四十三本か四本のタイヤ」と記録した。

由来記によると「かかる古い諺《ことわざ》にならい、昭和四十三年八月、三島大社夏まつりに協賛して作製し、パレードで一位に優賞されたもので、この竜は、Yゴムが乗用車タイヤの革命と云われ、高速安定性、経済性にすぐれているラジアルタイヤ、又GTスペシャルを基体としたもので、伊豆表玄関である三島市の今後の発展を象徴している」

Yゴム株式会社三島工場の寄贈である。

グロテスクなペンキ塗りで、俗悪と非難する人もいるであろうが、東名高速道路で普通タイヤがバーストして（裂けて）、あぶなく死にかかった我らは、ラジアルタイヤと取りかえていたのだから、それが竜に化身していることに、異様なる現代の「象徴」をみとめたのであった。

「あの竜のウロコは、マットレスのくずでできてるよ」

本殿では、団体客がかしこまって、おはらいを待っている。

彼女は、昭和四十四年神宮暦を買い、私はお守を買った。お守は、赤白二枚の折紙を四角にたたみ、その中に白紙で折ったエビス、ダイコクがおさめられてあった。「折紙芸術」なるものは、神社とつながりがあるのだろうか。

タイを釣りあげて、にこやかに笑っている、あのエビスさんは、実はコトシロヌシノミコトなんだそうであって、神社というものは、動物、植物、鉱物なんでも吸収してしまうものであるから、タイでもリュウでも逃がしはしないのである。

巫女《みこ》さんの一人は、小さな御堂をゴシゴシと、ぞうきんがけしている。もう一人は、敷石の上をいそがしく突っ走っている。

白衣紅ばかまの彼女たちが、羽田空港のスチュアーデスに対し、ひけ目を感じているのだろうか。どうだろうか。

追突。これを防ぐことは不可能である。

なぜならば、規則を完全に守って運転していても、ぶつかってくる奴は勝手にぶつかってくるからだ。

どんなに心やさしく、技術も正確、視力も健全、まちがいない「良心」と「才能」の持主でも、この被害を避ける方法だけは、今のところ無い。

人災ではあるが、あたかも天災の如くおそいかかってくる。

女房の背骨の何番目かは、このおかげでずれている。未だに鞭打症の痛みが、ある日いきなり発生する。私の首と胴体の神経は、どうもうまく繋がらなくなっていて、私の脳、手足、腹、背なかはおたがいに「造反」しているらしい。

小説の筆力が足らなくなると、私はいつも「おれがわるいんじゃない。これは、低能ガンのせいだ」と自分に言ってきかせる。胃ガン、肺ガン、喉頭ガンがあるなら「低能ガン」もあるはずで、それは低能になるガンであるから、患者は自分でそれに気がつかないでいられる。そして、この未発見のガン症状にムチウチ症がプラスされた場合、はたしてどんな症状になるか、それが私によって実験されつつあるわけだ。

事故のあと二カ月ほどして、女房は片足が動かなくなり、息の根がとまるほどの苦痛が、腰のあたりに発生した。一たんなおったあと、クルマで疾走中にこれがぶりかえしたとき、どうしたらよいか。彼女は麻痺してクラッチまでとどかない左足をタオルでしばり、そのタオルを左手で、引いたりゆるめたり。「エエッ、エエッ」と歯をくいしばって痛みに耐えながら、車の操作をつづけねばならない。

低能ガンの夫は、何一つ彼女を助けることはできない。彼女は座席の位置をずらせたり、おしりの高さを変えるため、いろいろのあてがい物を工夫するが、痛みのほかにマヒ状態が加わってくるから、クルマ責めのゴウモンにかかっているみたいになる。

ポーランド製の戦争映画だったろうか。輸送隊長が最前線で両手を打ちくだかれ、ハンドルに血だらけの両手をくりつけてトラックの運転をつづける悲壮なシーンがあった。

「少し休んで行ったらどうかな」

「だめよ。休んだら痛みがひどくなる。このまま行っちまうわ」

女輸送隊長は、すさまじい顔つきで忍耐力をふるい起こしている。「作家ハ常ニ傍観者デアル」という定理がかりにあるとしても、傍観している私が苦痛を全く感じないですむはずがない。

東海道五十三次のどこらあたりで、彼女の持病が発生するか。(発生させたらよろしいか)

「痛いのを、どこまで我まんできるか。やってみないとわからないよ。ここまで我まんできれば、もう少し我まんできるはずだから、我まんするのよ。それができたら、またもう少し。だから、我まんするのが、いい気持になるけれど、それができなくなったら、どうなるのかしら」


沼津の千本松原が、いかに長い松原であるか。片側に松林、片側にドライブインの立並ぶ路を車で走ってみて、はじめてわかった。あれは万本松原と称すべきだ。

中学二年のとき、沼津海岸で一夏、泳いだことがあった。高校の西洋史の先生が借りた家に泊めてもらい、先生の娘さんたちと暮らした。

娘さんとはいうものの、まだ小学生で、ヨーロッパ式を愛好する先生は、何かというと「さあ、ヤッチャン（私の兄）と、サッチャン（私）にキッスしてあげなさい」と命令するのである。そうすると海水浴で塩からくなった二人のお嬢さんが、小鬼の如く私たち兄弟にとびかかってきた。そうして、気みわるがるのもかまわずに、私たちを抱いたり、なめたりするのであった。

この貸別荘は契約がルーズだったため、町の顔役が談判にきて「すぐ出てもらおう」と、おどかしにかかった。気のつよい先生は一歩も後へ引かずに「では、別の家をあてがってもらおう」と主張する。荷物は、おっぽり出される。

先生一家と私は、掛合いが進行しているあいだ、小川のほとりのゴミ棄て場で、数時間、あたりが暗くなっても立ちつくしていなければならなかった。夕焼けの空は赤くなり、青くなり、やがて黒くなり、先生の奥さんと娘さんと私は、蚊や小虫に攻められながら、沈黙してかたまりあっていた。

ついに先生は一銭もはらわずに、別の家を獲得し、しかもその家の方が前の家より新しくてきれいだったので、西洋史学者としての学力はともかくとして、その実行力、そのがんばりからして、私は彼を尊敬せずにいられなかった。

沼津港は、魚くさい河口にあった。

この港から、もっと小さい港々に小さな便船が通っている。

静岡県、田方《たがた》郡、内浦村、重寺《しげでら》へも、漁船に毛の生えたか生えないのか、小さな船が往復していた。

ヴァレリーは、地中海の港の船つき場に沈んでいる魚類のハラワタや海草の、色さまざま、複雑きわまる色模様から、ヨーロッパ文明の複雑さを描写しているが、沼津港で蒲団包みやトランクを、古くなった木製の甲板に運び入れるときの私も、河口の青黒い水と、棄てられて浮かんだり沈んだりしている、ナマグサキもの、赤、白、黒だんだらの有機物と無機物との不可思議さに見とれたものであった。流れうかぶ石油や魚油にそめられ、水面は五色に光っていた。

「おまえん所、お寺だから重寺へ行くんだろ」

中学から高校にかけ、五年間、私はシゲデラの海で泳ぎつづけたから、友人たちはみんな、そう言った。しかし、シゲデラは漁村であって、寺院ではない。

沼津から静浦をすぎて、三津浜《みとはま》までの揺れのひどいバスも通っていた。

まがりくねって湾の奥へすすむバス道路は、ほとんど利用しないで、まっすぐ海を突っ切る船の上の海風をたのしんだ。

旅館一つないこの漁村では、沼津からの船がかすかなエンジンの音を響かせ近づくのが、海上はるかに眺められ、村人は突堤に出て、その到着を待ちうけた。淡島とのあいだの狭い海流に、大型の網を常置しておけば、カツオ、マグロ、サバ（ときにはイルカ）の群れがひとりでに導入され、淡島のてっぺんの見張番の合図で、網をひきあげればよい。

家々からの労働力の提供、家々への利益の分配、はては青年の合宿教育に至るまで、原始共産社会に似かよっていた。

アオベラ、アカベラ、シマダイ、カサゴ、海ヘビ、その他名も知れぬ極彩色の魚のゆらめきが、岩にかこまれた深い海底まで透かし見ることができ、フランス文豪ユーゴー氏の「海の勇者」の舞台まで想像することができた。

うっかりすると、ウニとガゼ（小形ウニ）の針が足に刺さるのだけが困るけれども、赤いヒトデや紫色のイソギンチャクや、口をあけたり閉めたりする貝や、浜べの虫類にしたしんでいると、

「人類はかつて海棲動物ではなかったか」

と思われてくるのであった。

寺から付いてきた女中さんが美女だったので、村の若い衆は、ひるとなく夜となく私た

ちを訪ねてきた。船着場にちかいその家の二階からは、漁船の出入りや網のつくろいが全部ながめられるので、わざと大声を発して、ダイビングをやったり、水しぶきをあげたりする、胸の厚い若者もあった。

それら礼儀正しく、あかるく働く若者たちが、なんとおびただしく戦死してしまったことだろうか。

短篇「海肌の匂い」をでっちあげるため、戦後、私はユリ子を連れて重寺へ行った。「ああ、それは戦死したです」「ああ、それも戦死したです」

私たちを泊めてくれた家の若主人の兄は、二人とも海戦で死んでいた。彼の両親も（私の両親はまだ健在だったのに）、過労のためなくなっていた。

漁船の石油が不足している上に、魚群はもはや、この入江に接近しなくなっていた。

一日二回の大謀網《だいぼうあみ》のひきあげのあと、村の女たちは、魚のいれてないバケツをさげて、元気なく帰ってきた。

蜜柑山を持つ村人だけが、上機嫌だった。

「たしか、可愛い妹さんがいなさったはずだが。おぼえているよ」と、長老がたずねた。

「戦争末期に家を焼かれて死にましたよ」

釣りが下手な長老を「シイラとりのおじさん」と、私と妹は名づけていた。「シイラ」

は釣っても、自慢にならぬ魚だった。

ダイボ（網）にこぎよせる船には女性を乗せない。

戦前の規律は、戦後も守られていた。女性の不浄が不漁を招くとされた。かこいのない上陸用舟艇のような、木組みがんじょうな、重い重い船の上で、漁夫たちの半分は不機嫌だった。

「どうせ、だめずら」と、獲物をあきらめていても、都会女にしては身なりのよくないユリ子が同乗しているのが、不満だったからだ。

「魚がとれねえときに、女のせりゃあ、なおとれねえのによ」

網干場で見送る浜の女たちも、不吉な表情をしていた。

櫓の動きもけだるく、深い海はものうげに静かだった。「もしも魚が一匹も入っていなかったら」と、私は気に病んだが、彼女と彼女の弟は、ただ珍しがって無神経に覗きこんでいるばかりだった。

淡島が影をおとす漁場には、網をたぐりはじめても、生き生きとした動きは少しもない。水滴の光る網の目は次第に、こまかくなる。だが、三方からせばめられてくる網のわくの中は、青黒くよどんでいて、盛りあがってこない。

「いだぞうっ」と、船首の一人が叫んだ。それでも、海面はまだ波だってこない。突如として、大魚の頭が魚雷の尖端のようにかがやいて突き出す。つづいて、突きあげられてくる大マグロの上半身は、たがいにぶつかりあう。活気づいた男たちは、長い鈎《かぎ》をのばし、木槌を振りあげる。ぬめぬめと光る、太りかえった魚は鈎でひきよせられ、木槌でなぐりつけられる。待ちきれなくなった若者は、血泡の中に跳びこんで、マグロの腹に抱きつく。魚と人間の格闘が、むごたらしく、元気よくつづけられるあいだ、都会から来た我ら三人は、まるで生きていない人間みたいに、その格闘からとりのこされ、なまぐさい水しぶきを浴びている。

「おねえちゃん、よく乗ってくれたな。久しぶりに大漁になったのは、お前様のおかげだよ」

いそがしい作業のあいだに、指揮者が彼女にそう話しかけると、他の男たちもエネルギッシュな笑顔を汗と海水で赤らめながら、彼女の方を見つめる。

「もう二カ月も漁がなかったんだ」

「ふうん。ぼくらはいい時に来あわせたな」

「いや。やっぱ、ねえちゃんのおかげさな」

厄介者から人気者に一変した彼女は、感謝のしるしにマグロ肉を、たっぷり贈られた。

だがそれでも足りなくて、彼女と弟は屋根に干されている小魚を、ことわりなくもらってかじっていた。

漁民が寝しずまってから、彼女だけ闇の中で泳いだ。水着などあるわけがないから、生まれたまんまのハダカで泳いだのだ。そういう所を目撃するのは、私は好きでなかった。

漁船の油の流れだしている船着場で泳いだため、彼女のからだは石油くさくなった。


「わたし。戦争中は工場見学が、つまらなくてつまらなくて。工場もきらいだったんだけどなあ。今度は、だんだんおもしろくなってきたわ」

富士市で製紙工場と機械工場。浜松市でオートバイ工場を見学したあとで、浜名湖の舘山寺温泉に一泊した夜、彼女は語った。

勤労奉仕で、手榴弾《しゅりゅうだん》づくりもやらされた。「ここには危険な劇薬が流れているから、気をつけなきゃいかんぞ」と、監督が説明したとたんに足をすべらせ、大やけどする女学生もあった。山梨の軍需工場へ通っていたころ、なまけて一日休んだ朝に、空襲で仲間がやられ、彼女だけたすかったこともある。

おまけに高所恐怖症なので、鉄材やコンクリートのからみあった階段や通路をのぼったり下ったりするのが、こわいのである。

「わたしだけ、ここで待ってる」と、応接室でしりごみするのを「だめだよ。夫婦で見なくちゃだめなんだよ」と、むりやり先へ歩かせたのである。

「わたし。はじめは臭いなあ、臭いなあと思ってたけど、しまいには臭くなくなったわ」

富士市に入った時は鼻をひんまげていた彼女が、富士市を出る時には平気になっていた。

東京を発《た》つときは、小雪がちらつき、箱根ごえは普通タイヤにチェーンをまかねばとあやぶまれたが、どうやら雨中をここまで来た。ガソリンスタンドの若者が、親切にフロントグラスをふいてくれた、その油雑巾にわるい油が付いていたらしく、はげしい冷雨でそれが固まったのか、前方がおぼろげにしか透視できなくなっていた。

前回、蒲郡からの帰途、ここを通過したのは、ようやく朝の光が富士山麓を青々とうつしだす時刻だった。富士市の小川は、快晴の夜明けのうすあかりの下で、公害とはエンのなさそうな田園のおもむきをたたえ、彼女は「あら。富士の白雪が溶けて流れてくるわ」と、観察していた。だがそれは、国道一号線の山よりの工場群から流出する、白い廃液の泡のかたまりであった。泡だけは雪の如く白いけれども、液体そのものは茶褐色であった。

旧東海道には名前すらなかった、急速に発展しつつある工業都市の、アラ探しなどするつもりは全くなかった。せっかく苦労して新しい大きな設備を建設し、エイエイとして貴重な品物を産み出してくれる住民に、よそ者の見学者がとやかく、文句をつける権利などありはしない。

臭くたって我まんして、いや、臭さなど気にしていられないほど労働に熱中する現地の人々こそ偉いのであって、労働もせずにああだこうだと批判ばかりする連中に何一つできたためしはないのである。

「あれ何かしらねえ。あの赤いような色をした山になっているの」

通りすぎるたびに彼女が不思議がっていたのは、チップの堆積であった。黒色のボタ山は廃物のヤマであるが、輸入チップの貯蔵所は紙づくりになくてはならぬ大切なヤマである。

北アメリカ、カナダなどから輸送されてきたチップは田子浦港《たごのうらこう》につく。港にはカニのはさみそっくりの起重機クラブ・バケットが待ちかまえていて、大きな手のひらにつまみあげたチップをコンベアにのせる。コンベアがはこんだチップは曲がり曲がった宙づりのクダを通って、チップ山に積まれる。そこには吸いあげて風送する仕掛けがあって、ひとりでに工場内におくりこむ。

たごの浦にうちいでて見れば白たへの富士の高ねに雪はふりつつ

百人一首のカルタとり。あれも少しすたれかかっている。現在でもたしかに、田子浦から昔ながらの松並木のかなたに雪のふりつもった富士山をながめやることができる。ただし二十世紀の日本人は、かつての歌人のように、ただ眺めやって詠嘆しているだけでは、おもしろくもおかしくもないのである。

「インドネシヤは政情が不安定ですからねえ。タイも少しあぶなくなってるでしょ。今のところ一ばん安全なのはマレーシヤですね。あそこは文化も進んでるし、取引がオジャンになる心配もないし。ゴムの木は何十年かたつと、ゴム汁を出さなくなる。つまり廃木になってしまう。誰もひきとり手のないゴムの廃木を買いつけて製紙につかおうかと、目下、計画中なんですがねえ」

「ゴムの木はねばりがつよいでしょう」

「そうなんです。そのねばりを処理する方法が問題なんです」

「ここで製紙が発達したのは、理由があるんですか」

「まず富士山麓は、良質の水が豊富なこと。それから用材に恵まれていたこと。今では、水も用材も困っていますが、チップ輸入はまだまだたしかですから、日本に森林がなくなってもやっていけますよ」

　水びたしの岸壁で、D製紙の人と会話しながら、私は柄にもなく、この港には千トン級の船は入れるとして、万トン級の船は着岸できにくいかなと考えていた。

　空気がくさかったり、河水が濁ったりしている現象は、旭川でもトマコマイでも、製紙地帯では経験ずみだったので、私は別だんおどろきはしない。石狩川の流れ、とくにカムイコタンの渓流は、真黒に変色していて、それがかえって「カムイ（神）の住むところ」の神秘性となって見物人をよろこばせているが、実は工場からの黒い毒水のためサケも棲めなくなっていることも知っていた。

東京、名古屋、大阪のスモッグについては二十年来、調査がつづけられてきた。ばかばかしいことに、調査のたびに公害はひどくなる。「調査でごまかすの止めにしな」と、叫びたくなる。

「大きな風車をこしらえたらどうかなあ。室内だって通風機で空気をよくするんだからなあ」

「だめよ。機械も電気もこわがっているくせに。およしなさい。みんなにバカにされるから」

「だけど、化学成分が何パーセントと、試験管やら何やらつかって、専門家が大ぜいかかって調査を発表するたび、おれ腹が立ってくるんだ。何パーセント、何十パーセントとふくまれているかいないか、そんなこと今さら何回も調査しないだって、ゼンソクや眼病、肉体感覚でわかりきってるじゃないか。調査してるのは要するに時間をかせいでるだけじゃないか。調査シマシタ、ぐらい厭《いや》ったらしいことないなあ。だから巨大風車かスーパー・エアポンプでもつくってさ。東京タワーなみのやつ建てて、わるい空気を吹きとばす実さい的なプランをねる方がいいんじゃないかねえ」

「ヘヘン。セン風機のでかいのでしょ。子供みたい」

「いや。決して愚者の夢ではない。おれは確信する。どうしたってマンモス風車を至るところにぶったてる以外に解決のみちはありませんよ」

「いやです。税金が倍になるもの」

製紙機械は、すばらしいスピードで回転している。世界で二つ、日本で一つの乾燥設備もあるらしい。コントロール室のほか、人影はほとんど見当たらない。人声もきこえない。

新式機械は、旧式の十倍の能力がある。しかし、旧式の方も棄てがたいのは、注文の用紙の種類が多すぎて、いちいち材料の質、製品の厚みや色をとりかえなければならないからだ。スーパー・マーケット用の厚い包装紙。航空郵便用の青いうす紙。辞典用のもっとうすい紙。表面はすべすべして、中は弾力があり、裏はざらざらした、層を重ねた紙もつくらねばならない。

「お札《さつ》の紙のスカシですね。あれは機械をちょっと調節すれば、簡単にできるんですよ」

「へえ。ニセ札の紙にはスカシがないから、すぐバレるそうですがねえ」

「ニセ札つかいの手記」を書いた私は、その話に特に興味があったが、どう調節するのかわかるはずはなかった。

上下左右で、水蒸気と白煙がもうもうと立昇っている。なるべくモクモクしている所をカメラにおさめてもらいたいけれども、それではアラ探しに来たようで、案内する人に迷惑をかけやしないかと気づかいなので、矛盾を感じた。

「左富士は見ましたか」と、案内の一人が言うと、もう一人は「それが今日は雨だからだめなんだ」と残念そうに言った。

「紙屋さんは一たん機械をすえつけりゃあ、あとは人手が要らないです。人手不足の心配なしにドンドンできる。だから、もうかりますよ。ただ、紙は単価がやすいけれど」

次に見学した製紙機械を製造する機械工場の主任は、そう語った。

K製作所のちかくの四つ辻には、村芝居の浅黄色ののぼりが立ち、門前には一本七円からのネクタイをぶらさげた屋台車もあった。

紙をまきとるロール。塗装されてまっくろに光るロールが、ロープで吊られて移動して行く。一万個にちかい孔をあけるため、ビッシリ並んだ錐の列が、金属円筒にきりこんでいる。ケガキヤさん（罫書係）が、鋳物部品に、ていねいに線を引いている。

暮れから正月にかけ、製紙機械工場が休めないのは、紙屋さんが休んでいるあいだに機械の研磨や修理をひきうけねばならないからだ。

ゴムのロールは鈍重で魅力がないが、無数の孔の一つ一つの切口が鋭く光る金属ロールは、ふるえがくるほど美しい。アブストラクト彫刻家の妄想をほしいままにした置物を買うぐらいなら、こっちの方がお買い得と思われる。

ステンレスや赤銅その他、鏡の如くみがきあげられ、キッチリとした線を削りとられた金属のさまざまな形の美しさに見とれたあと、宿に着いた彼女は「あれ、どれもたべたかったなあ。たべたくなったなあ」と、しきりにほめそやした。

もちろん、おなかがすいていたせいである。それにしても、歯のわるい私は、金属の美からただちに食欲をおぼえるまでに至らなかった。

同行のT氏は彼女の「食べたい論」をきかされたあと、ロール型の大チョコレートの夢を見たそうであるが。

原宿、吉原、蒲原、由井、興津《おきつ》。

古風な瓦屋根が軒をつらねた、このあたりは、五十三次らしき面影をのこしている。

しかし、旧東海道の面影をのこしていることは、つまり急激な変化から取りのこされていることになるであろう。

昔ながらの家並のつつましさ。暗さ。よりそって伝統を守っているたのもしさ。昔なつかしい、ひっそりしたたたずまいが、私だって、きらいであるはずがない。

江尻、府中、鞠子《まりこ》、岡部、藤枝、島田、金谷、新坂《にっさか》、掛川、袋井、見附、そして浜松。その一つ一つの地名には、それぞれの消し去りがたい想いがにじみ出ている。こもっている。くすぶっている。

いくら、なつかしがっても無意味だという予想は、はじめからあった。「なつかしがる」ことが、うまく「詩情」にむすびつくなんて、そういう旅心は、あきらめていた。

「すべてのモノは変化する。そして、変化するすべてのモノは、おたがいに関係しあって変化する」

これが、諸行無常の定理であろう。だとすれば、なつかしがる、惜しむ、さびしがる、昔を想い出すという態度だけが、諸行無常とむかいあう唯一の態度だとは考えられない。

全くそれらの古き詩情とことなった、あたかもそれに対立するかの如き反詩情が、かえって旅心になることもありうるのではないか。

水口屋―清見寺―坐漁荘―新居の関―丸子―久能山―日本平

興津の水口屋《みなぐちや》は、ホテルの看板はかかげていても、低い家並の海よりに小さい入口をひらいていて、玄関から奥へ入らないと、その大きさがわからない。

水口屋に泊まりたくなったのは、オリバー・スタットラー氏の「日本の宿」を、三浦朱門訳（人物往来社刊）で読んだからである。

ひろい芝生の庭は雨にけむり、生垣の向こうには、テトラポットが宇宙怪人のように押しよせている。海岸の埋立てがはじまってから、水位が高くなり、広間を流されたこともあったので、砂浜には下りられなくなっても、この新式防波堤に守ってもらわなければならなくなった。

「スタトラさん、スタトラさん」と、古株の女中さんは、なつかしげに言う。「スタトラさんの泊まった部屋は一つだけ残っていますが、あとはすっかり改築しましたから」

一九一五年生まれのスタットラー氏は、シカゴ大学卒、第二次大戦中は第三十三歩兵師団に加わり、ニューギニア、フィリピンに転戦した歴戦の勇士だそうだ。一九四七年から五四年まで、軍属として日本にとどまり、水口屋という一軒の旅館を主人公にして、日本の歴史をわかりやすく解説した、ベストセラー"Japanese Inn"を書きあげた。

訳書には「ニッポン　歴史の宿　東海道の旅人ものがたり」とタイトルが付されている。全くその通りで、信玄、信長、秀吉、家康など、戦国の英雄たちと東海道の結びつき。反逆者由井正雪。漂泊者芭蕉。忠臣蔵の忠臣たち。画家広重。朝鮮や琉球の使節の行列。次郎長親分と山岡鉄舟との友情。くずれ行く幕府体制。西から攻め下ってくる明治維新のいきおい。

それらすべての歴史的人物が、東海道を通過するさい、ここに立ちよった有様が、手にとるように描かれていて、まことに口惜しきかぎりではあるが、アメリカ人の筆の力でもう一度とりまとめて、日本史を教えられるような気持である。

「くそまじめな、礼儀正しい人でね。大男でした。毎日、お墓ばっかり調べに行くんですよ。何やってるのかしらと思ってました。独身でしたよ。ええ、今だって独身ですとも」

宿の奥さんは、楽しそうに語る。

「あの本を読んで訪ねてくる外国人が多いんですよ。女の外人が多いですわ。わたし、女の外人に好かれるタチなんです。週刊誌に一ページぐらい書いてくれるかと思ったら、あんな大きな本を書いたでしょう。筆のちからって偉大ですわよ」

彼女が持ってこさせた原書には、なるほど外人女性男性の名が、一面にサインされてある。

望月家の祖先は、敵方の家康に降服した武田家の武士であった。武家から旅館主人への変化が、当主のなやみであった。

「なにしろ代々、十五になると結婚するんですから、家の中は大へんでしたよ」

「男がですか」

「いいえ、女がですよ。うちは代々、養子をとってましたから、ヘンな話ですが女になると、すぐ結婚させられたんです。だから、おばあさんとお母さんは、姉妹みたいなもんですよ。家族がつみ重なって、嫁さんは息もできませんよ」

「スタトラさんは、酒を飲みましたか」

「いいえ。お酒といえば内田百閒先生がうちへ泊まったとき。あの先生にお酒がつよいと記者にけしかけられてね。わたしと、一升酒をのむ女中さんと二人で、先生をはさんで飲んだんですよ。いじめました。そしたら、さすがに内田先生は参ったと、おじぎされましたよ」

「西園寺さんが死んじまったし。西園寺もうでもなくなったし。お客は減ったろうな」

「ですから、今は学生さんや団体客も歓迎してますよ。うまいところ書いて下さいよ。海水浴も三保の松原へでも行かなきゃ、だめになってますしね」

「清水次郎長のおかみさん、お蝶さんというのはここの女中さんじゃなかったかなあ」

「さあ、どうですかね」

「この宿屋に一碧楼と名づけたのは、後藤新平でしょう。侯爵井上馨はここに別荘を建てて、東京の本邸の一部を移したでしょう。西園寺は七十歳から二十年間、ここに住みついた。なぜかなあ」

「そのころは暖房というものがありませんでしたからねえ。この土地そのものが暖房みたいなものだったからでないですか」

翌朝も雨であった。赤い実をつけた古木の幹が、雨にぬれて、いかにも骨ぶとに、コブコブたくましく立っているので「これ、何の木ですか」と、床をあげにきた老人にたずねた。

「はい。モチの木ですよ。鳥をとるねばねばのトリモチをつくるモチの木でございますよ」と、老人は教えてくれた。

清見寺の石段をのぼると、山門の下で、黄色い鉄カブトの男たちが、雨をさけていた。

東海道は、いずこも工事だらけであり、鉄カブトと白バイに遭わずにすむことはない。

(馬子、駕籠かき、茶屋女、お行列には遭いたくてもあえないけれども)

家康公お手植えの白梅の方は、さっぱり花をつけていないが、もう一株の紅梅はすでに花ひらいている。どんな偉人が植えた名木でも、私は「オテウエ」という言葉が大きらいだ。梅は梅、松は松、植物は植物の生命によって育つのに、どうしてわざわざ個人名をへばりつけて自慢したがるのか。明治天皇は、たしかに強力なる指導者であられたけれども、座敷や見晴らし台や「お召列車」や樹木に、いちいち「御」の字をつけて忠義がるのは、かえって大帝の「御こころざし」にそむく卑しいことではなかろうか。

レーニン様の御ミイラ。ワシントン様のお斬りになった御桜の木。ナポレオン様のお使いになった御小便のお壺。などとあがめたてまつっては、民主主義も社会主義もあったものではなかろうに。

清見寺の構えは、古武士の如くがっしりしている。

奈良朝時代に、すでに関所が設けられたと伝えられているから、要害の地である。あんまり要害の地、倔強のトリデでありすぎたため、この臨済宗の禅寺は何回も権力者の手で焼きはらわれ、そして同じ権力者の手で再建された。

本堂に上ると、血染めの天井板があったりして、取ったり取られたりした戦国のすさまじさが、感ぜられる。

T氏とユリ子が、寺の背後の丘の五百羅漢を見物し、埋立て工事中、ブルドーザーのかき乱している興津港を見おろしているあいだに、私は、本堂の正面、横手の庫裡の入口で何回も「ごめん下さい」と声をかけたけれども、出てきてくれる坊さんがいない。魚板を叩いて「たのもう」と、案内を乞わなかったのが、いけなかったのかも知れない。

しかし、あとで彼女が「ごめん下さい」と一声発したら、たちまち大入道のお坊さんが障子をあけてあらわれたのは、なぜだろうか。坐漁荘でも、私たち男性がいくら声をかけても、管理者が出現してくれなかったのに、彼女の一声で出てきてくれたのである。

「勝手にあがって見なさい」と、神経質でもなく、商売人じみてもいない簡単なそぶりの坊さんは、禅僧らしく、アッサリしていて感じがよかった。

ベタついた坊主がのさばって、宗派あらそいにうつつをぬかしているようでは、たとえ観光収入がふえ、名庭、名園の名が高まっても、仏教は精神的に死滅してしまう。その救いようのない危険な傾向は、あきらかに東海道をおおっていると、私は思う。

坊主の坊主くささは、かつて軽蔑された。だが、いまやその坊主くささすら失われた。仏、法、僧の三宝をそしることは、大へんな罪とされた。私だって、その罪を犯したくはない。

だが、悲しいことに、もしもこのサンタンたる状態に目をつぶって、宗団の自己保存のみにキュウキュウとしているとしたら、私が信頼する大僧正や管長や本山住職や布教責任者（彼らは私よりマジメな人物であるはずなのだから）に、少しずつ絶望して行くより仕方がないのである。

かつては、ほんとうの「お坊さん」がいられた。私は今でも「お坊さん」にめぐりあいたい。めぐりあえないのは、私の「旅」がなまけているからだろうか。今のところ、どこにとりすがっていいのか、迷わずにいられない。

「西園寺さんて、背がひくかったんじゃないの。でなきゃあ、どうしてこんな天井のひくい家を建てたのかしら」

「彼はたしかに、顔の大きいわりに手足がみじかかった。だが、京都の公卿だったから京風の家を京都の大工につくらせたんだろう。まさか、背がひくかったからたんて、そんな……」

「そうよ。背の高い人だったら、大臣も外国人もかもいに頭がつっかえちまうじゃないの。それから、お花さんはどこに住んでたの。この家のつくりじゃ、お花さんの居るところがないじゃないの」

小柄の管理者は、いかにも留守役にふさわしい生真面目な人で、めずらしい客に熱心にくわしく説明してくれる。しかし、どこやら淋しげな影がさしているのは、坐漁荘が犬山の明治村へ移されると決まったからである。

買物籠をさげ、入れちがいに一礼して外出した娘さんの父親らしい。身売りした建物と一しょに、彼が犬山へ行くわけにもいかないだろうし。水口屋も町民も移転に反対だとしても、それぞれ商売でいそがしいから、あきらめたり忘れたりできるけれど、彼のやるせなさはどう解決するのだろうか。

西園寺のそぞろ歩きした砂浜は、今はどろどろの工事場だった。

軍人の襲撃を警戒して、湯殿には倉庫への脱け路がしつらえてある。実さいは一度も使用しなかったそうだ。武装した集団におそわれたら、この二階建の木造家屋では、いくら隠れてもひとたまりもなかったであろう。知事官邸などへ避難したそうだが、それにしてもあれだけ憎まれ、ねらわれていたのに、よく助かったもんだなと思った。

老公が目をかけた近衛文麿や、現在北京にいる西園寺公一は、何回ぐらいここを訪れたのだろうか。

私は『貴族の階段』で、西園寺らしき男、近衛らしき男を登場させたけれど、深い闇につつまれた日本政治の中枢部にいた上層人種の、なやみや喜びの奥底など、ついにうかがうすべもなかった。トルストイ伯の邸宅も案外に小ぢんまりしていたが、坐漁荘の部屋のせまさは格別である。政治とは住宅の大小ではなくて、頭のはたらきの大小にかかわる謎なのかも知れない。

弟が住友家の養子だから、金に不自由はしなかったはずだ。女遊びや新聞遊びで大金をつかいはしたろうが、成金趣味をきらう質素で無欲な自由主義者だったのではなかろうか。

興津には清見の関所があった。

清見寺の本堂の壁にも、サスマタ、モジリ、槍などがかかげられてある。同じ静岡県の新居の関所にも、同じ武器のほかに火縄銃など並べてある。

箱根の関所だけが、あんなに有名なのは、東京に近くて観光客にめぐまれ、設備万端ととのっているからではないか。

東海道本線、あらいまち駅下車。浜松よりバス40分、関所前下車。

新居の関所跡は、車を門前にとめても叱られなかった。それだけ、通行人が少ない。ひっそりしている。箱根の関所跡のにぎやかさにくらべると、死んだような静かさだ。

「箱根の関所」とは称しても、その「御番所」なるものは、昭和四十年、箱根町に再建、復原されたもので、たしかに立派に復原されてはいるものの、実さいの旧建築物ではない。

新居関所の方も、かつて面番所、書院、番頭勝手、給人勝手、下改勝手、同心勝手、台所、盤会所、女改め長屋、土蔵、大門、高札場門前と門内などがあった。現に残されているのは、このうち「面番所」だけではあるが、しかしこれは、再建でも復原でもなくて、ホンモノなのである。

箱根の方は、御番所、上御番所、上段之間、座敷、勝手。それに二つの土間と一つの中坪まですっかり新しく、完全に再現されてあって、これをニセモノとけなすわけにはいかない。しかし、ホンモノと言ってのけるわけにもいかない。

それだのに箱根の方に人気があるのは、一つは、袴の裾をからげあげた武士や、ツク棒を手にした番所役人。いずれも、ものものしく突っ立っている。いろりの傍で考えこんでいる上役。つまり取調べたり、おどかしたりする関所役人の人形が、気味わるいほど実物そっくりに飾られているからであろう。

お人形など配置して、実感をそそるのは卑しいと私は思わない。イギリス人は蠟人形を愛好して、歴史残酷もののシーンを展覧しているそうではないか。

京都の二条城の面接の間でもそうであるが、公卿と武士の対面や、ひかえの女性群の姿が人形につくられ、これまた気味わるい実感となって、お客さんを呼びよせている。

服装や持物、髪かたち、立ち方、坐り方、めいめいの位置がぜんぶそっくりそのままなのだから、生きていない人形でも、生きている人間の役割をつとめることができる。

彼ら人形は動かないけれども、動かないところが、かえって絶対の真実味で迫ってくるのである。

人形さえ置かれてあれば「ホホウ。ホホウ」「いた、いた」とお客さんは感心する。人形なしの建物だけだと、たとえホンモノでも「なんにもないじゃないか。物置みたいなもんだ」と、失望する。

デパートのファッション宣伝場の如く、名所古蹟に実物大の人形を並べた方がいいか、わるいか。議論はわかれるであろう。

私は、人形どもを活用した方がおもしろいと思うけれども。

「この絵葉書、みてごらん」

「アッ。いやらしいなあ。こういう絵、好きな男の人いるんだ」と、私まで疑うようにして、彼女は言った。

その浮世絵では、関所の改婆《あらためばば》が、旅の女人の身体検査をしている。

この絵の女人は、若衆姿に変装した（つまり男のかっこうをした）オトコオンナであるため、改婆は天眼鏡を片眼にあてがい、しきりに彼（つまり彼女）を、とりしらべている。

出女《でおんな》、入鉄砲《いりでっぽう》が、もっとも厳重に禁止された。各藩からの人質として江戸に来ている奥方や娘御に脱出されては困る。また、物騒な銃器を江戸へ密輸送して、暴動を起こされてはかなわない。

すげ笠を脱ぎすてた、男まげの彼（すなわち彼女）は、着物の裾をからげあげ、両脚をふんばって、婆さんに下半身を見せている。

羽田空港では、しばしば金塊の密輸入犯人がつかまる。西洋女の犯人が多い。それを発見するのは、アラタメババではなくて、若き女性税関吏であるらしい。

男装した女性を、婆さまが身体検査したとして、では女装した男性を爺さまが、いびったり、のぞいたりすることがあったのだろうか。

好色趣味からではない。旅行者の性のちがいによって「旅心」もちがわざるを得ないのは、今も昔もかわりない気がするのである。

かつて、あら井の関は片側が海であった。陸路をきらって海路をえらぶ旅人も、舟から上がって、通行を許可してもらった。

山道の箱根関所では、ウグイス笛と「合鑑《あいかん》」を買った。この下足札のような板の関所手形には、関所の焼印があり、裏には「尾州」と、発行した藩の名がしるされてあった。

海道の新居関所の門前の小間物屋さんでは、朱の房のついた十手の文鎮と、「御用」と書かれた捕方用のちょうちんを買った。

この種の珍奇なみやげ物を、地球上のどこか他でも売っているのか、いないのか。世界関所研究会（?）で、アラタメていただけないものだろうか。

かねがね、モーテルには泊まりたかった。

東海道には、ヤジキタ時代の五十三次の宿屋の何倍のモーテルがあるだろうか。

アメリカ映画では、淋しい田舎のモーテルの若い主人（男）が、おばあさんに化けて、車で乗りつける客を殺す犯罪ものがあった。また別の映画では、モーテルの一室のドアをひらくと、女の死体があり、同宿のはずの男は行方不明、そこから選挙戦にからんだ暴力組織の秘密があばかれることになる。

モーテルは入口で鍵をもらい、だまって車を入れて、だまって泊まり、だまって立去ってもかまわない。女中さん、ボーイさんに口をきく必要もない。

セルフサービスの食堂と同じことで、人手を借りずに出入りできる自由がある。

車を置去りにして逃げる客はないから、車体番号だけ記録しておけば、モーテル側では、宿帳をつけてもらう必要もない。

モーテル専門家の談によると（たとえばドライブ・マップの製作者）、遠路の旅人ではなくて付近のカー族が、おしのびの一泊に利用することが多いそうだ。

車に乗ったまま出入りするから、当人も連れの女性も、住所氏名、顔も声もはっきりさせずにすむ。親切なモーテルでは、下足札のかわりに、車体番号をかくすカバーも貸してくれるそうだ。

大きなモーテルでは、部屋ごとにシャッターの降りる空間があり、そこへ車を入れてしまえば、車種もわからなくなる。

長距離トラックの運ちゃんに便利な、仮眠所。これこそ、やすくて簡単で、ヤジキタなみであろうが、われら老夫妻は若い衆に邪魔ものあつかいにされる。

労働者用の仮眠所（名は同じモーテルであるが）には、たいがい運転手募集の貼紙がしてある。ひっぱりだこのトラック乗りは、よりよき条件の会社があるぞ、職場をかえようかなと、ここで誘惑されるにちがいない。

悪戦苦闘した汗だらけのトラックが疲れを休めているような、この種の簡易モーテルの便所には、猛烈なラク書がしてある。

ユリ子は、それを見るたび、おもしろくてたまらないみたいに笑いころげながら、出てくる。とにかくギョッとする猛烈なのがあって、睡気や疲れが一ぺんにすっとんでしまうそうである。（その内容は、お知らせするわけにはいかない。もしも、トラック青年の政治とセックスに関する苦悩と復讐心にみちた心理を研究したい方があったら、まずラク書をつぶさに調査せねばなるまいが）

彼女があんまり感心し切って、いつまでも笑いを止めようとしない時は、私の方が肉体の一部や低能ガンをまさぐられたようにギョッとするけれども。

浜松の可美村役場（ハイカラでスマートな）の向かい側を左折して、噴水の設けられた池もある「高級」モーテルに泊まった。

監獄のように塀をめぐらして、裏手は水田であった。

情熱にもえあがっている若い一組や、かくれかくれてたどりついた壮年男女ならともかくとして、我らがわざわざここに泊まるのは、くすぐったいかぎりである。

ことに同行のT氏は「なにが面白くて一人が一部屋におちつくのか、もったいないぞ」といぶかしがられたりするから、さぞかし心苦しかったであろう。

赤い制服の受付の男子が、車の窓ごしにキイ、歯ぶらし歯みがきのモーニング・セットをわたす。

部屋鍵についている定期入れの如きものには〈貴方の番号はA32です。レストラン、バー、ロビー、和食コーナーは玄関東側にございます〉

すでにあたりは暗く、客の姿など見えない。

ここでは客どうし、相手の姿が見えないのが特徴であろうし、もっとおそくならないと乗りつけないのかも知れない。

「売店（かみそり、タバコ、パン、かんづめ、ビール、ジュース、牛乳等）はフロント南側にございます」と書かれているが、店は閉まっているらしい。

「五十三次の宿場を室名にしました。日本橋から浜松まで丁度30室あります」と説明があり、A32は、壁に掛けた浮世絵から推察して「興津」らしい。

Aグループに36番まであり、別にBグループに28番まであるのに、全部で30室とはおかしいと思い、彼女がくわしく書きうつしたモーテル平面全図を見なおすと、なるほど10の数字のついた室がないのであった。

「室」と言っても、和室とベッドルームのあいだに浴室、便所、入口、台所がはさまってある独立家屋風であった。

ただしこの「玄関」は、扉をあけるとき、脱いだ靴がじゃまになって、うまくあかないほどせまかった。

「モーテルの設計って奴は、若い建築家の腕だめしにいいんじゃないか。どんな形式がいいか、まだ始まったばかりで誰にもわからんもの」

「またはじまった。前には映画館を設計したいと言ってたじゃないの」

「アメリカは土地が広いから、問題は簡単だけどさ。日本みたいな狭い土地のモーテルには新工夫がなくちゃな。たとえば、トラックも乗用車も一緒に泊まれるモーテルなんか、できないものかな」

「だめよ。トラックの人は、一円だって節約したいから、こういう所でおカネつかいっこないし、乗用車の人は、トラック連をいやがるし」

「めずらしがり、お楽しみのカー族のためじゃなくてさ。役に立つ実用向きの大衆モーテルができないものかね」

「だめだめ。長距離トラックは、交替で走らせながら車内でねむる。金のある人は、駐車場のある大ホテルに泊まるもの」

「団体さんは夜行の観光バスで、睡りながら通過しちまうか。だが、まだまだ研究の余地はあるな。万国博の大阪じゃあ、モーテルはどうなってるのかな」

暖房は、水の漏れるようなチロリチロリンという音をたてている。浴室の湯口からは、トクトクトクと鳴って湯が出てくる。それは、素焼きの大徳利が湯口になっているからで、変わった趣向である。ただし、何となく見ぬかれている、アヤサレテイル感じだ。

国道一号線で、モーテルの林立におどろかされたので、この新ハタゴヤ群が気になっていた。太平洋モーテル。丸子モーテル。安倍川モーテル。モーテル・キャデラック。ドライブイン宿場。モーテルやじきた食堂。モーテル一号線。モーテル・フジエダ。大井川モーテル。モーテル一平。と通りすぎてくる間に、モーテル「愛」、モーテル「安全」もあったような気がするが夢かも知れない。

朝食ぬきで出発の予定なので、早くから室外へ出ると、おむかいの「江尻」でも、夫婦ものがすでにカーの掃除をしていた。

千葉ナンバーの車で、岡山へ行く途中だという。

赤ん坊を抱いた奥さんも、それをカメラにおさめる旦那さんも、着ふるした仕事着姿で、お客さんというより労働人種の感じだった。カー旅行は、服装に気がねせずにすむし、赤ん坊が泣いてもわめいても、モーテルなら宿に遠慮せずにすむから便利だという。

私は四時起きして、昨夜食べなかったウナギ弁当（冷えて固くなっていたが）で腹ごしらえをしておいた。何でも食べられるときに、食べられる物を食べておくこと。ロンより証拠、私は悠然としていたが、彼女とT氏は、どこのドライブインで朝食をとるか、走りながら目を皿のようにせねばならなかった。

助手席でカンビールを飲みつづけているため、宿の御馳走はほとんど食べられない。

東海道の宿では、エビ、イカ、アワビ、ハマグリその他の貝類が出る。歯がわるいので、それがかめない。箸もつけずに飲んでいて、朝は三時前に目をさます。持参しているチーズ（一円形で六断片に分かれ銀紙で包んだもの）をなめて、営養をとる。

彼女が目ざめるまで、ブドウ割りショウチュウ（これも持参）でごまかしているが、待ちどおしい。

　彼女は、できるだけ長く寝ていたい。私は、できるだけ早く出発したい。「いま何時ィ」とたずねてから、またここちよげにいびきをかく彼女を揺り起こすのは非人情のようだし。窓のカーテンをずらして光線を入れたり、消した電灯をまたつけたりして、ひたすら彼女の目覚めをうながすけれども、重労働のつかれから、そう早く回復するはずはなし、うっかり睡いまま起床されたら、その日の運転が危険になる。

「わたし、うなり声出さなかった？　こわい夢みたの。舌切り雀のわる婆さんが、つづらをあけたらいっぱい出てきた、あの化物ね。あれが、わたしの所へ出てきた」

　と言われると、暗い予感におそわれる。

　二十年以上のヴェテラン運転手でも、気のよわい男は、身の毛のよだつ車と車の急スピードのすれちがいを毎晩のように夢みるそうだ。

　カー旅行の危険性については、彼女はいっさい語らない。「こわい」とは、決して言わない。それだのに旅行中「お化け」の夢は、かならず見ている。それは、なぜか。

　おそらく夜食のさい、一皿のこらず食べつくすせいではないか。「寮のおばさんが、せっかく苦心してこしらえてくれた御料理、残したら気の毒よ」「そんなに、みんな残しちまったら宿屋のコックさんに悪いわよ。よこしなさい。たべてあげる」

彼女はたしかに、食欲不振の愛する夫を助けんとする義侠心から、勇を鼓して食べてくれる。おそらくその多すぎた食物が大量のオバケに変形するのではなかろうか。

岡本太郎のお父さん、岡本一平はなかなか偉い人だったらしい。

お母さんの岡本かの子の方が名を知られていて、一平はわずかに漫画家として記憶にとどめられている。

かの子『東海道五十三次』は、彼女がなくなる一年前、昭和十三年の小品である。

結婚の相談がまとまってまもなく、一平に連れられ、彼女は「東海道」なるものを、はじめてみた。

二人は静岡で夜行列車を降り、すぐ駅の人力車をやとっている。気をきかして距離をちぢめて「ゆるゆる走ってくれる俥の上」で、彼女は一平にいろいろと質問する。彼の方は東海道旅行の達人である。

あべ川餅屋、安倍川、遊女千手《せんじゅ》の前の生まれた手越の里。そして「はい。丸子へ参りました」と梶棒がおろされたのは、名物とろろ汁の藁屋の前であった。

「奥座敷といっても奈良漬色の畳にがたがた障子のはまっている部屋で永い間、とろろ汁ができるのを待たされた。……丸子の宿の名物とろろ汁の店といってももうそれを食べる人は少ないので、店はただの腰掛け飯屋になっているらしく耕地測量の一行らしい器械を携えた三四名と、表に馬を繋いだ馬子とが、消し残しの朝の電燈の下で高笑いを混えながら食事をしている」

この鞠子のとろろ汁屋は、今では大へんな繁昌で、丁子屋のほかに元祖や本家が看板をかかげ、団体バスの昼食にも使われるから、かの子夫妻の静かな旅情とは、おもむきがちがってしまった。

二階の上がり口に靴入れのロッカーがあり、靴を入れてから、めいめい鍵をもって部屋へ通る。

一階には黒ぬりの大きな仏壇のそばにカラーテレビがあり、二階にもカラーテレビが置かれている。岡本夫妻のころと異なり、とろろ定食には、むぎ御飯、すり鉢に入ったとろろ汁、たくわん八切、柿のデザートが付く。とろろイモのうす切りにワサビをそえた「ちりとろ」、揚げものにした「磯巻」もあり、永いこと待たされることもない。

かの子が娘から妻になる胸のときめきをおぼえながら、店の主人や一平から教えられたのは、「この東海道には東海道人種という、おもしろい人間がたくさんいる」ことであった。

東海道人種たちは、橋のほとりの宿、峠の茶屋、松並木や寺や社、行きつけの店に立ちよっては、顔見知りの仲間の消息をたずね、たまたま運が良くてめぐりあえば、ゆっくりと酒をくみ世間話をかわしたものであった。

彼らは、一度病みつきになると、もう東海道から足がぬけなくなって、五十三次をゆきつもどりつしていたらしい。

早いところ足をぬいた一平は、画家として立身出世できたけれども、ついに無名のまま消えて行った東海道愛好者が多かったのである。

莨盆《たばこぼん》なるものを用いている家庭が、何軒あるだろうか。

灰吹という言葉すら、忘れられかかっている。

岡本かの子の父上は潔癖家で、この灰吹を少女時代の彼女に掃除させるならわしであった。竹の筒を切って作る灰吹は、吐月峰ともよばれた。

丸子のとろろ汁屋の近く、この吐月峰という小さな山が突立ち、それを彼女がしきりになつかしがったのは、父に命じられた毎朝の仕事の想い出につながっている。

伊勢詣でのかえり、観光バスのお客さんたちは、とろろ汁の味の単純さにも不満であり、また吐月峰下の庵に案内されても「つまらないところ」「そうよ。京都ならこんな庭や寺、いくらでもあるもの」と、不平たらたらであった。

茶畑や蜜柑畑も見あきてしまい、先をいそぐ旅客たちが、宗長という連歌師、宗祇の弟子で一休に禅を学んだという男が、京から東へ移り住んでからも、京都文化を忘れかね、いくらか京風に似かよった天柱山、吐月峰の風景を背にして庵を結んだなどと説明されても、何のことやら見当がつかないにちがいない。

竹細工。それは、彼女の見たごとく今も、せっせとつくられていた。

観光バスは、かならず誰か一人が乗りおくれ、出発まぎわに騒ぎがおこる。

吐月峰でも出発が延びて「誰？　誰が足りないの」としらべると、ユリ子がまだ乗っていないのであった。

みんなが怨むように、からかうように私を見つめている。やがて彼女は長くて太い竹筒を一本かかえて、乗りこんできた。

「わたし、ここの竹は有名だから買いたいと思っていたので、一本切ってちょうだいと頼んだのよ。だけど他のお客さんが竹細工を買ってるから、それを売りおわってから、積んである中から一番いいのを切ってくれたの。時間がなくなりかけて急いだんだけれど、頼んじまったのに今さらことわれないし」

「いい竹だよ。だけど何にするのかね」

「この竹を横にして、その上を足でふむのよ。そうすると健康にいいんだって」

「なんだ。生け花につかうんじゃないのか。あんまり風流な話じゃないな」

「竹製のビールのジョッキ。あれ、買えって言ったでしょ。湯のみやコップ、竹製のものは色がついて汚くなるから止めた方がいいと、このバスのおじいさんが注意してくれたから止めにしたわ」

熱心に顔面を紅潮させ、両手でもちきれないほど竹細工品をかかえこんだ主婦もあった。その旦那さんは、すっかり不機嫌になり「さあ、もう今月は何も買えないぞ。もう今月はダメだからな。いいか。もうダメだぞ」と妻に言いきかせていた。

とにかく丸子のあたりは、往来がはげしくなっていて、道路の横断もむずかしい。

「東海道資料館はどこかね」

とたずねると、白服のコックさんが、

「ここだったんだ。今はやめてるよ」

と、背後のジンギス汗焼きレストランの方へ首を向けた。

木枯しの身は竹斎に似たるかな

鈴鹿を越える前に一平が口ずさんだこの句が、かの子にはわからなかった。

「東海道遍歴体小説の古いものの一つに竹斎物語というのがあるんだよ。竹斎というのは小説の主人公の藪医者の名さ。それを芭蕉が使って吟じたのだな。確か芭蕉だと思った」

「では私たちは男竹斎に女竹斎ですか」

「まあ、そんなところだろう」

岡本太郎の両親はチクサイをわが身にたとえたが、太郎も我ら両人も、もう少しなまぐさくて、とてもチクサイに似たるかなの身ではない。

東海道人種のひとりが死ぬ。その息子の技師が一平に会いにくる。街道すじの景色や人情に魅せられた亡父と同じように、技師もまた亡父の旧友にこう語りかける。

「こんなに自然の変化も、都会や宿村の生活も、名所や旧蹟もうまく配合されている道筋はあまり他にはないと思うのです。で、もしこれに手を加えて遺《のこ》すべきものは遺し、新しく加うべき利便はこれを加えたなら、将来、見事な日本の一大観光道筋になろうと思います」

このような「人種」のせつない想いは、あとを絶たない。

新刊の大冊『俳句東海道』。これは俳句雑誌『ももすもも』東海道探勝会同人六名が、日本橋を昭和三十六年十一月にたって、三十八年八月に三条大橋についたその行程の文章と、先輩の俳句、自分たちの俳句を録したもの。前後九回にわたる旅行。八年ちかい歳月をかけている。

これも、他の五十三次ものの例にならい、広重の絵と現在の写真を、巧みにあしらっている。

府中では、

駿河路や花たちばなも茶の匂ひ

鞠子では、

梅若菜まりこの宿のとろろ汁

島田では、

五月雨の雲吹落す大井川

芭蕉の句の足どりを、この書物でたどって行くうちに、岡部のくだりには夏目漱石の、

大粒のあられに逢ひぬ宇津の山

があったりして、なかなか楽しい。

泉鏡花には『俳山水』があり、田山花袋には『新撰名勝地誌』がある。広重のほかに、横山大観、今村紫紅、小杉未醒、下村観山の合作した『東海道五十三次』（大正四年）もある。

東京漫画会の『東海道漫画紀行』もあり、同じ漫画家の水島爾保布《にほふ》『東海道五十三次』もある。

『俳句東海道』によって教えられた数々の名著名画のほとんどを、私はまだ目にしていない。悲しいことに、近眼の眼がねをはずして、両眼をくっつけるのはドライブマップであ

る。

「久能山、わたし好き」

「そうかねえ。東照宮、古くさいと思わないかねえ」

「気に入った。ごってりと漆やなんか塗って、隅から隅までまんべんなく、色がはっきりしてるから好きだわあ」

「あの農村婦人団体のひと。好きじゃないらしいよ。ロープウェイは喜んでたけどさ」

「ううん。わたし、柱でも欄干でも屋根でもなんでも、ごまかさないで金色や緑や赤や、ていねいにやってあるから好き。白木づくりのワビとかサビとか、きらい」

トロへ行く途中、石垣イチゴの色づきはじめた走りにくい路、久能山の高い石段の下を通過したさい、彼女は東照宮にも権現さまにも、まるで興味をしめさなかった。その時はまだビニール栽培のイチゴばかり買いたがって、徳川建築など頭になかったはずだ。

高所恐怖症の彼女は、日本平ロープウェイの乗口ですでにそわそわし、乗ってからも眼をつぶるか下を向くかして、窓外眼下の絶景を決して楽しもうとはしなかった。

日本平と久能山のあいだは、やわらかい土質が、もろくもくずれ、深く深く谷がくいこんでいる。

「気候が温暖だし、物産もゆたかだし、それに少年時代からの想い出もあったにしても、家康はどうして死後の永眠の地を、ここにえらんだのだろうか。家康のころは、こうまで深く崖のはざまがえぐられていなかったにせよ、資材を運ぶのは至難のわざだったろうになあ」

たくましい古木が、廟を守るように立っている。海も見える。売店では山岡荘八選「家康公遺訓日めくり」がうられている。「竜王町保育部」の赤いリボンを胸につけた女性たちは、もっと奥まで入場料をはらって石段をのぼるべきか否か、相談をしている。樹齢六百年と称する大蘇鉄には、おみくじが白く、おびただしく結んである。その横に自動案内機がある。二十円いれるとテープレコーダーが鳴り出すので、われら二人は耳あて器を分けあって、解説をきく。

「あら、ポコ（死んだ彼女の愛犬）にそっくりだ」

楼門のわきにひかえた、めずらしくもない高麗犬《こまいぬ》に、彼女は感心する。家康の墓へ達するため、初穂料三十円のほかに、また別に五十円はらう。

武田信玄が久能城を築いた。武田氏滅亡ののち駿河の国一帯は、徳川氏にぶんどられ、久能山もその私有物となった。武田の軍師山本勘助が掘った、深さ三十三メートルの井戸が残っている。この勘助井戸の方は、五十円はらわなくても見物できる。カンスケ羊かんを十本も買った男が、かえりの空中車に乗っていた。

スターリン賞をもらったソ連女流詩人は「ワタシ日光ガスキデス」と私に語った。ここの東照宮はニッコウの先駆である。では詩人でもロシア人でもないユリ子は、なぜここが好きだと言うのか。

「景色がみんな、アスファルト道路の色に見えてくるのよ。運転しているあいだ、ほかの色なんか目に入らないもの。道路ばっかり見つめているから、全部だんだん道路の灰色に見えてきちまうのよ」

たしかに車の疾走する道の色は、一定している。きまりきっている。乗せてもらっている私は、かすめすぎる両側の風景の微妙な色あいを観賞できるが、安全保証の責任ある彼女にとって「道」とは要するに、克服せねばならぬ距離にすぎないのである。それは、ただただ無限につづく灰色の線であるにちがいない。

「ははあ。その絶対的な、のがれることのできない灰色の連続にうんざりしている彼女の眼には、ゴテゴテ極彩色の東照宮が、いやでも気に入らざるを得なくなってるんだ。なるほど、この原理はそうとう重要な未来性をはらんでいるのかも知れないぞ。たんにドライバーにとってのみならず、日本国民にとって」

中国大陸の宮殿や寺院や廟、公園や庭や町々の建物に、なぜあれほどゴテゴテ極彩色が愛用されているのか。あれは、どこまで行っても単調に土の色のひろがっている黄土地帯。土色ににごって海の如くはば広くながれている黄河や揚子江。そして、山もなく、凸凹もなく、はてしなくつながっている単色の大平原の中で暮らしている人々には、よほどハッキリした色彩、よほどデカデカと頑丈なしろものが眼前にあらわれないかぎり、何の感じも得られないからにちがいない。

古来、日本人の色彩感覚は、世界に類のないほどキメのこまかい、繊細きわまる、やわらかくも傷つきやすいものであった。だが、ユリ子の例によって明らかなように、マイカー族の色彩感覚は、全くちがった、あまりにも断定的な「好ききらい」に変質しつつあるのだ。

「カッコいい」などという低級な日本語が、これこそ現代だと自慢しているみたいに横行している世の中である。「カッコいいから、どうしたと言うんだい」と、われら死にかかった老人は冷笑したくなる。「カッコいい奴らが、一体何を生み出してくれるのか。消費だけしてキャッキャッとさわいでいて、それがカッコいいなら、カッコいいことこそ恥ずべき無神経ではないか」

ドライバーの色彩感覚から、話が妙に曲がってしまったけれども、私は彼女を叱責する（そんなことができるはずがないではないか）つもりでなくて、カッコいいがっている連中、イカしてると錯覚している連中が、やがてハナもちならぬコチコチの石頭に転化するのがありありと予想できるので、彼らをカー族からしめ出してやりたいと策をねっている最中なのだ。

自動車産業の経営者諸君に申上げたい。

クルマなるものは決して少数のスピード気ちがいや、無責任なみせびらかし屋のために製造されるものではない。彼らの軽薄なカッコいいぶりを絶滅する方向で、堅実な生産者たちの日ごと夜ごとの努力がみのるべきであると。

久能山詣でのさいは、日本平に泊まらなかった。

日あたりのよい食堂で大いそぎでカレーライスをたべ、汗が大いに流れた。「日本平はあったかい所だなあ」と思った。

泊まったのは京都からのもどりで「結婚のしあわせを演出する」観光ホテルであった。玄関に入るとき私はカンビールの空カンを腕いっぱいにかかえていた。ボーイ長か副支配人か蝶ネクタイ黒服の好男子が出迎えてくれたので、彼にカンをわたすことにした。彼は迷惑そうにして、それでも手をのばしてくれたが、カンの二、三が落ちてカランコロンとひどい音をたてた。堂々たるホテルマンの彼にとって、空カンを始末させられることは侮辱だったにちがいない。

毎日新聞社の方で予約しておいてくれた部屋は、私たちが寝起きしている赤坂のアパートの一隅より面積がひろかった。宇宙遊泳でもしているようで、どこに坐り、どこに寝ころんでも落ちつかなかった。

一個の空カンが運転中の彼女の足もとにでもゴロゴロしていたら、危険きわまりない。ぼくらの後部に置いてあっても、互いにぶつかりあって神経にさわる音をたてる。ドライブインに着いて、棄てるべき場所に棄てるのを、つい忘れてしまう。飲んだのは彼女でないが、飲んだ私はおっくうがりであるから、自然と車内にたまってしまう。たまりたまった奴をホテルの玄関でかかえおろすから、かんばしからぬ野ばん客の様相を示すことになる。

「だんだん暗くなって行くにしたがって灯火がつきはじめ、港と町の夜景は美しい。とっぷり暗くなると、めちゃくちゃに美しい」という彼女の記録は、どうもあやしい。ヤケクソになって書きなぐったふしがある。私がいくら「いい景色だぞ。見ろ見ろ」とすすめても、彼女は夜の清水港も朝の駿河湾も少しも眺めようとしなかったのだ。

それよりも彼女が精神を集中したのは夕食の料理の選定だったと、私は思う。彼女は長いこと考えてから、六百五十円のランプステーキを食べた。サーロインステーキより安いからであろうが、とにかくビフテキを食べなければ気がすまなかったのだ。私はその半額ぐらいのシチュウを食べた。

清水生まれの編集者は、小学生の遠足で日本平に登った話をしてくれた。下りは男の小学生がすこぶる速かったのは、彼らだけ女の小学生にかまわずに、蜜柑やお茶の畑を突っ切って走りおりたからだそうである。

「清水と静岡では、人の気っぷがまるでちがいますよ」

という彼の主張は活気にみちた清水をひいきにする様子であった。清水人と静岡人のちがいまで、私にはわからない。温泉宿にたてこもって世間をさわがせた金某が、猟銃を手にして遊んだキャバレーは清水市内にある。東京にも少ないほど大がかりな遊び場らしい。

登呂 - 三保の松原 - 浜松 - 姫街道 - 舘山寺

「こちら××の交番ですがね」

おだやかな警官の声で、電話がかかってきた。ユリ子は車で外出中である。彼女が在宅のさいは、私は電話口へ出ない。その方が彼女の機嫌もよい。

「お宅の車の番号は、品川めの五八五五じゃありませんか」

「さあ。はっきりおぼえていないんですが。たぶん、そうだったと思います」

「お宅の車を運転してる人、あの女のひとは誰なんですか」

「うちの車を運転している女は、うちの女房ですが」

「ああ、そうですか」と、警官はしばらく声をとどめた。

「お宅の車が轢逃げしましてね。今、交番に訴えがあったんですがね」

「うちの女房がひき逃げしましたか」

「都バスの運転手さんが、今ここへ来てるんです」運ちゃんと警官、男二人のささやきがかすかにきこえる。

「たしかに、うちの女房ですかね」

「それは、こっちじゃわかりませんよ。若い女が乗ってて逃げちゃったと言うんだから」

「それで、その女は今どこにいるんですか」

「いや。それをこちらがききたいんですよ」

「その女は、ひき殺しておいて逃げましたか」

「たしかに逃げましたがね。誰もひきころしちゃいませんよ」

「ハハア。そうすると彼女は誰をどうやってひいたんですか」

「人間じゃないですよ。都バスにぶつかっておいて、そのまま行っちゃったんですよ」

それから受話器には、「大丈夫だ。相手はわるい奴じゃないらしいから」と運ちゃんをなだめる警官の声もききとれた。

「それで、どうしたらいいんでしょうか。彼女、今うちにいませんよ」

「どこにいるんですか」

「衝突事故で死にかかっている友人がいましてね。そうです、自動車にひき逃げされた女。その女の友人のところへ……。え？　その女はひき逃げ犯人じゃありませんよ。うちの女房とは別の女で、ひき逃げされて病院にいる女。そうそう、彼女のいる病院に彼女が急行しているはずなんです。あとの彼女が、ぼくの女房で、運転していた女です。で、どうしたらいいんでしょうか」

「出頭してくれれば、いいんですよ。その彼女、いや、お宅の奥さんが帰ったらですね。すぐこの交番に来てもらえばいいんです」

「その都バスは、どうなったんですか。おかしいなあ。うちの車がぶつかって、バスがこわれますかねえ」

都バスの運ちゃんの何やら叫ぶ大声がきこえた。

「ひき逃げと言うことは……」

「ともかく来てもらいます」

「ハア。そう申しつたえます」

彼女は私の代理として、救急病院へ急行していたのだった。

七回目の東海道旅行からもどったばかりで、私より彼女の方が疲れているのは明らかだった。事故に遭ったのは、私たち共通の友人なのだから、私にも見舞いに行く義務があった。

その責任を私は彼女に押しつけた。したがって彼女がどんなに夜おそく帰宅しようが、ほんとうは起きて待っていなければならないはずであった。おまけに彼女は、帰宅したらただちに交番に出頭せねばならぬ運命にあるのだからなおさらである。

強いて言いわけするとなれば、私は森豊著『発掘――登呂の碑《いしぶみ》』（小峯書店刊）を一刻も早く読了しなければならなかった。そうしないと「五十三次」の登呂遺跡のくだりが書けないからである。

だが、私は要するに我まん性がないため「××交番より電話があった。ひき逃げ事故とりしらべのため、帰ったらすぐ交番へ行って下さい」と記したメモを食卓にのせて、ベッドにもぐりこんでしまったのである。

「もしもぼくが愛する妻を守る感心な夫であるならば、彼女にかわって、とりあえず交番へ直行せねばならぬはずだがな」

と、私は靴下もズボンもぬがぬ両脚を毛布の下で、のうのうと伸ばしながら考えていた。

「しかるに、ぼくはこうやって自分ひとりだけ安眠をむさぼろうとしている。タイジュンよ。汝の妻は汝を助けようとして、かいがいしく疲れも忘れて運転して事故をひきおこした。汝はこのさい（つまり事故発生直後のいま）、汝の車と汝自身とは全く関係ない、ただただ彼女のみが車の関係者であるが如き心理状態に満足して、かわりない日常の睡りに入らんとしている。彼女は悪戦苦闘している。それだのにお前は一体何をやっておるのか。行動せよ。良心家ぶって後悔するぐらいなら誰だってできる。起きろ。歩け。そして警官諸君の裁きに直面せよ」

また一方では、悠久の想いで現瞬間の判断をごまかそうとする、ずるい考え方もわき上がってくる。

「昭和十八年七月、静岡駅南の住友プロペラ工場建設敷地から、古代の丸木舟、弥生式文化期の水田の大遺跡が発見されたんだ。どうして、この登呂の古代農村は一挙に埋没してしまったのか。あるあらしの日、安倍川デルタの中で、稲作に適した一ばん低い地帯に、氾濫した水が流入し、倉庫も住居も木柵も溝も押しながし、埋めつくしてしまったんだ。発掘された人骨が少ないのだから、おそらく住民はどうやら逃げのびたのだろう。だが、それは致命的な天災であった。とても自動車事故などのさわぎではない。根こそぎ、やられたんだ。そんな異変のさいでも、ぼくみたいな怠け者は、女房まかせで眠りこけていられたろうか。いくらなんでも、そんな非常時なら……。いや、どうだろうか」

翌朝、救急病院と交番、両方の報告をする彼女は、いきいきしていた。

まるで洪水災害を切りぬけた農夫のように、いつもより楽しげであった。

「前の方でゴツンと音がしたのよ。だけどそれだけだから、そのまま走って行ったのよ。先も急いでいるしさ。そしたらバスの前のバンパーをあめのようにねじまげたらしいのよ。そのバスの運転手さんが田舎から来た練習生なのよ。練習中にちょっとでも事故おこしたら成績がさがるでしょ。だから、よけい騒ぐのよ」

「おまわりさんの方は、どうだった」

「若い人と中年の人。三時間もしぼられたわ。若いおまわりさんはテレビタレントみたいな美男子でね。あれは、女にはもてるだろうなあ。だから女にはやさしいのよ。バス会社の方に行って、向こうで話をつければそれでいいと、すぐ許してくれそうにしたのよ。そしたら、もう一人の中年の人が許さないの。きっと先輩なんでしょうね。若い警官に『お前、相手が女だと思って手ぬるくしちゃいかんぞ』と怒り出してね。『ひき逃げは何より罪が重い』。それはたしかに、そうなのよ。届け出てればよかったのよ。でもわたし、バスが傷《いた》んだなんて、ほんとに知らなかったのよ」

「泣きゲバはやらなかったのか」

「泣いたけど。涙もさかんに流したけど。女は泣きゲバでごまかそうとすること、向こうも知ってるもん。しまいには、もうどうにでもなれと返答もしないで無表情で、ハイハイと首をさげてただけよ。さからっちゃいけないのよ。わるかった、わるかった。すみません、すみません。それ以外にないのよ。一言《ひとこと》でもさからったら大へんよ。Kさん（文芸雑誌の編集者）が、あやまるときは、できるだけ可愛いみたいに、おとなしぶって見せろと言ってたでしょ」

「フランケンシュタイン（西洋怪物）みたいな顔をしていて、あれで可愛子ちゃんみたいいなフリしたって効きめはないものな」

「そうよ。グロテスクになるばっかりよ。小細工もだめだし、抵抗もむだよ。ひたすら誠実で、よけいなこと言いっこなしよ」

「でも、よかったねえ。許してくれて」

「ほかに衝突事故が発生したからよ。その方は負傷者が出て、車が二つともメチャクチャになったのよ。その方に出向かなくちゃならないから、わたしを叱ってるひまがなくなったのよ。でもねえ。人気のある好男子のおまわりさんと、人気のない年寄りのおまわりさんと、対立したり矛盾したりする、あの心理。わたし、わかるなあ」

「そして、彼女の方はどうなったのかね」

やっと安心して、私は友人の負傷の状態をたずねた。

「追突されたんじゃなくて、横突ね。全治三ヵ月だって。もしかしたら廃人になるかも知れないんですって。どっかが砕けているのよ。意識不明で、いい気持でねむっているだけだわ。あれは一生、後遺症でなおらないわよ」

『発掘』の著者の森豊氏も、昭和二十三年八月、借りもののトラックの荷台に乗り、遺跡へ案内する途中、ころげ落ちて人事不省におちいっている。

急停車したトラックの運転台をのぞいているあいだに、走り出した車上で足をすくわれ、もんどり打って道路にとばされたのである。

「登呂」は交通便利な平地にある。だが私たちが、行きすぎて安倍川の堤へ出てしまったり、折れ曲がって農家の庭先でつっかえたりしたのは、どこも道路工事で行きどまりだったからだ。

いきなり「登呂」を見物しても、学者、研究者、学生、新聞記者（考古学のみならず、あらゆる分野の古代好き）たちの戦中から戦後にかけての労苦にみちた発掘と再現の過程は知る由もない。

農村婦人団体などは「ここも穴だけかい。どこも屋根はあるけど、なかは穴だけで何もないじゃないかえ」と、つまらなそうにして歩いたり立ちどまったりしている。

「トロ、トロと言うからどんな所かと思ってたけど。これじゃ、お百姓さんはつまらながるだろうな。自分たちのところに、いくらでもあるもんだからなあ」

私も彼女と同様、なかなかこの遺跡の真価がわからなかった。

「登呂の家が復元された年の秋に、直土の上に莚《むしろ》を敷いて、わたしたち十数人も新築の宴を開いたことがあった。秋の夜のことで、中央の炉に肉を焙《あぶ》り、濁酒を傾けて遠世の人をしのんだものである。酔いにほてった頬をさましに戸外に出ると、秋夜の天の川が白く、遠汐騒の音もかすかに聞こえてきた。物音絶えた登呂の野は太古のままに、こおろぎのすだく声のみであった」

森氏の記述にあるように、太古の奥へ沈みこんで行くような思いを真に味わえるのは、やはり発掘と復原に参加した人々のみではなかろうか。

「もしも箱根関所や二条城のような人形の群が、庫に掛けられたねずみがえしの梯子を登ったり、小屋の内部でシカ、イノシシの肉を食べたり、丸木舟に乗って稲を刈りとっていたりしたら、団体バスのお客たちもきっと、へええ、昔はこんなことやってたのけえと、喜ぶにちがいないのであるが」

資金や予算の不足はおかまいなしに、寒暑や空腹や労働をおそれなかった学者、研究者たちの一本気な熱情。あとからドヤドヤときてドヤドヤと去る我ら観光客のあいだには、埋めがたいギャップがあり矛盾がある。

日本最古の布、ハタオリ機、臼、杵《きね》、ザル、ガラス玉、腰掛などと言っても、その貴重さが急にはのみこめない。「おれの村にもころがってるわさ」と、現代の農耕人種に、がっかりされることが多かろう。

「仕方がないんだろうなあ。どっちが悪いわけでもなし」

元駐日大使、ライシャワー博士は「もしも仁徳天皇陵が発掘されたら、エジプトのツタンカーメン王遺物の発掘より世界中の話題になるだろう」と発言したそうであるが、果たしてそうだろうか。

バス会社と彼女の交渉は、さほどの出費もなしに、うまくまとまった。トラック会社と彼女の談判では、こっちが取ったけれど、今度は大体おなじ額だけ取られたのである。

それにしてもトラックやバスの会社、あらくれ男のたむろする職場に単身で乗りこみ、「話ヲツケル」には、女性の方が（殊に彼女の夫がだらしない場合）有利なようである。「男は反省するからだめよ。女は髪ふりみだして、あくまで自己の正しさばかり主張するから、事故のときは女の方が強いのよ」

と言う彼女の意見は、世界に通用する定理であるかどうか。

三保の松原には、天女の羽衣をかけた松がある。天女の棲息していた時代のマツが、今まで生きのびているはずはない。だがあの白砂の浜べに立って、太い古木の枝ぶりをながめていると、たしかに天女がここらあたりで羽衣とかいうものを脱いでヌードになり、天女と人間とのあいだに愛情が通いあったという伝説が、不思議でなくなってくるのは不思議である。キツネやツルや雪女と結婚して、やがて悲しき別れとなった山男がいたのだから、異国、異世界、あるいは火星か金星の「天女」とスキ、スキ、スキで好きあった海男がいたって、さしつかえないではないか。

「しまいに、天女はどうしたのかな」

「七人も子供生んだのよ。七人もうんだらどこへも行かないと思ってたら、一人を背なにおんぶして、両腕に二人ずつかかえたのよ。ふところに一人入れて、一ばん小さい子を口にくわえて天に昇っちまったのよ」

「そうか。それでカズは合うわけだなあ。すると彼女は羽衣をとりかえしたわけか」

「そうよ。押入れにしまってあったのを取出して、それを着て逃げたんですからねえだ」

「へええ。だけど絵葉書にもシオリにもそんなこと書いてないぜ」

私は三保の松原で、天女の舞っている極彩色のタオル（一本は黄色を、一本は藍色を主とした）を買い、清水周辺の絵葉書をむやみに買いあさっていた。

「この話は三保の松原のお話じゃないかも知れませんよ。だけどたしかに天女は、七人も子供生んだって、それでも逃げるときには逃げたんですからねえだ」

「羽衣って、たいしたもんだなあ。日本銀行の金庫へでもしまっておけばよかったんだ」

「だめですようだ。天女だったら何だってできますからねえだ」

「天女がいてくれたら、男はたすかるなあ。だけど天女と一しょに暮らすなんて、できるわけないものなあ」

「へん。うまいこと言って。わたし天女なんかじゃありませんからね。逃げてなんかやりゃしない」と、彼女はにらむようにして言う。

活気ある産業には、どこかに軍隊式の規律がある。ぐうたらの集団ではなくて、一致団結した行動のための、よく訓練された「軍」を想わせる。

競争はげしき自動車産業においては、「突撃！」の号令一下、一兵卒に至るまで勇猛果敢、ダンコとして任務のために、平和的弾丸の雨あられと飛びかう下を、地を這い空を駈けて前進しなければならぬ。停止は敗北である。変革なきものは、退却あるのみ。ススメ、ススメエ！

本田技研の浜松工場に入ったとたんに、そう感ぜざるを得なかった。

男性、女性を問わず職員はみな一様に純白の作業服。女性のズボンは戦争中のモンペにひとしく、はたらきたがってウズウズしているようでエロティックである。

ミニスカートの脚まるだしが魅力的であるのは申すまでもないが、平凡な労働服にピッチリ包まれた女性の両脚も、パリ・ファッションには無い新鮮な魅力ではなかろうか。むき出すばかりが能ではあるまい。真価は、役に立つか立たないか。幸福（どんなものか良くはわからぬが）を生み出せる実力ある「脚」であるか、否か。そこが、かんじんなのではないか。女性のハダカの脚の大好きな私ではあるが、ハダカの足なら誰でも二本持っているのであるから、ナヨナヨばかりしていないで、見せるためだけでない、労働できる（つまり我らの労働に協力してくれる）脚をたたえたくなってくるのだ。

浜松付近では、小学生も鉄カブトをかぶって自転車を走らせている。それだけ、あぶないからだ。

これは、何もハママツの罪でもなければ、ホンダの罪でもない。要するに、国道一号線を突っ走る、よそからの車の被害をこうむっているだけの話である。

「アラン・ドロンの主演したフランス映画で『あの胸にもういちど』というのがありましたねえ。オートバイにうちまたがった女性ドライバーの心理をよくあらわしていたように思いますがね。素肌に黒革のジャンパーとタイツのつながった革の服を着て、オートバイを両脚でしめつけて、アラン・ドロンと恋愛するために国境を越えて突っ走って行くと、演習中の兵士たちが口笛ふいたりして見送る。疾走するにつれ、熱情がたかまって行く。

あそこがねえ」

「あれは女が最後に衝突して死ぬようになっているので……」

と、説明役はあまりあの映画を好まない様子だった。

女性を乗せたバイク男は、少しおとなしい。彼女がうしろから両腕をまわして、彼を抱きかかえるようにして走って行く。しかし、忍者の如き黒衣に鉄カブト、プロレスラーの賞品のようなバンドをしめて走るバイク男たちは、私たちの車の運行をさまたげるように、右から前へ出ては左へ走り、ななめに傾いては馬首をたてなおすようにして、横切ったり追越したりするので、かねがねにくらしい奴と思っていた。それにチビのくせに、あの騒音が、うるさくてたまらなかった。

浜松には、ホンダ、ヤマハ、スズキなどあって全世界の六〇％のバイクを生産しているのだから、浜松で二輪車のわる口は言えない。

そしてホンダのバイクの八六％は国外で売られているそうで、アメリカへは「善良なる市民がのる車」として宣伝輸出され、南ベトナムへはすでに三十万台以上送りこまれ、ホンダガールなるものも発生しているらしいから、うるさい騒音はせいぜい海外でとどろかしてもらって、外貨を獲得するのが良き方針であるだろう。

ハンヨウキ（汎用機）という日本語も、はじめてきいた。耕作機械など、作用のひろい機械のことらしくて、ヨーロッパ、ことにフランスの農村などでも、ここのコウウン機が使用されているときかされて「フランス文学、フランス・ファッションにうっとりしているあいだに、日本機械が逆にフランスに侵入しているんだなあ」と、愉快になった。

アルミ再生装置。これは工場でたまったアルミ屑をどろどろに溶かして、ふたたび使える材料にする仕掛けである。この装置の職工主任さんは、「純血種とか同族結婚とか、そんなのは人間でも役に立たんからね。多少、まじってる方がアルミでもいいんだよ」と、なかなか皮肉なことを言う。「ほら、この段階では、アルミ粉はこんな具合だ。ほら、これはだいぶ変わってきてるだろう」と、火やけした厚皮の手のひらに熱い金属粉をのせて、見せてくれる。その丈夫な手のひらには赤インクで、忘れてならない数字が書きつけてあった。

国際的技術提携と言うのだろうか、ホンダ・ライスハロー歯研機なるものも見せてもらった。歯車。そのハを切ったり磨いたりする機械は、音もたてずに静かに作業をやってのけているが、歯車のこれがなければフランス女優もセックスとスピードの結合快感をあじわうことができないのである。

ユリ子が注目するのは、社員食堂。

「食券をいれるプラスチックの円筒。チケットがヒラヒラして入れたか入れないか、わかる仕掛け」「今日の献立（定食五十円）。黒板に書いてある。ローストチキン、スパゲッティソース。別の行に、かす漬焼、筑前煮とあり。洋食と和食とわかれているのか」「セルフサービスで円卓がまわっている。その上に載っているのを取ってたべる。たべおわると皿、ホーク、ナイフを別々の洗い場にいれる。食べ残しは別の所にいれる」

　工場見学者は、めいめい勝手な部分に注目する。

「ここの蛍光灯は全部でいくつありますか」と質問する中学生もいる。「八千本ぐらいです」と答えるまでに、案内係りは計算しなおさなくてはならない。

　モデル・チェンジ競争は、すさまじい。世界中に全面停戦が成功しても、この「戦争」だけは停止しない。日産とトヨタ、二つの企業雄藩にはさまれて、ホンダ一三〇〇はどこまでのびられるか。


「今来られた道をもどって、右へ折れれば舘山寺へ出られます。姫街道と言って、浜名湖の北へぬける路ですから」

　本田技研の工場長が、そう教えてくれた。オートバイに乗った多数の男女の絵を裏側に印刷したカード（昔はトランプと称した）をもらい、あまり広くない路を上り下りし、折れ曲がって浜名湖に向かって走る。

「ヒメカイドウ」。このやさしげな名称は初耳であり、かつ忘れられなかった。女性専用道路。いやヒメたちが他の通路をよけて、選んだ傍街道《わき》とは何なのであろうか。甘ったるい女くささを想わせる呼名ではあるが、実は苦しく冷たい旅の実相をものがたることばである。

大島延次郎『日本交通史概論』には、次のように記されている。

「今切渡しの通過には、まず遠州灘の風波に危険があり、関所で婦人は厳重な取調べをうけた。その上とくに輿入れのために往来するものは『今切』の名を忌んでこの通過をきらった。ために浜名湖の北岸を迂回して、気賀、三ヶ日より、本坂峠を越えて嵩瀬《すせ》より御油に出て東海道に合した。これを本坂通りといったが、婦女が多く往来したので、姫街道ともいった」

婦女が多く往来したのは、喜んでではなくて、仕方なくてであった。

京都の姫君と江戸幕府の将軍その他重要人物との結婚がさかんになり、江戸へ下るオヒメサマの行列がはなやかに東海道を飾った。

徳川家重、家治、家慶、斉昭、家定がみんな京オンナ、皇族や公卿の娘をもらっている。「御降嫁」と言えば、きこえはいいが、政略結婚（あるいは奪略結婚に類した）、ウムを言わせぬ結びつきであった。

有名なのは、徳川家茂の妻となった（ならせられた）仁孝天皇のヒメさま和宮《かずのみや》である。彼女の江戸ゆきは、反対派の武士の襲撃を警戒して、すこぶるものものしくて、東海道を避けて中山道をえらんだが、道路の改修、宿場や渡船や川越えの準備など大さわぎだったらしい。彼女はこの姫街道こそ通らなかったにしても、彼女が通過せねばならなかった御大そうな旅路も、また象徴的なヒメカイドウであったわけである。

皇族や大名のオヒメサマだけが、女性であったはずがない。百姓町人のムスメさんたちも傍街道を通って、結婚しなければならなかった。だとすれば、ヒメカイドウの「ヒメ」とは高貴とか下賤とかの区別なく、男性でない人間の一種類すべてを意味していなければならない。

ヒメとは不自由きわまる人間、差別された人間もどきの別称にほかならず、その名を冠した街道は、およそ息ぐるしい地獄の入口みたいなものだったにちがいない。オヒメサマが存在できなくなったおかげで、女性の自由がはじめて実現できたのに、新種のオヒメサマになりたがる女性がいるとすれば、おかしな話である。

舘山寺をまちがえて、寒山寺と書く。

これは蘇州の寒山寺が有名すぎて、ついそうなるのである。中国の寒山寺の方が古い遊覧地で、異国の名所にあこがれる日本文士がむやみにほめそやしたが、現在の江蘇省寒山寺はそんなに風景絶佳ではない。

寒山寺でない舘山寺の方は、ホテル旅館のギッシリ詰まった温泉街の一区画である。

昭和十五年の春。まる二年間の戦地生活から帰国してまもなく、舘山寺の湖畔で泊まったことがある。

私たち中国文学研究会の発行する「月報」が、浜松で印刷されていた。むずかしい漢字の多い印刷を、開明堂は厭がりもせずに引受けてくれた。その御礼の意味もあって、同人諸君が工場を見学に行った。印刷工場の作業をはじめて、ことこまかに拝見した私は、文章を書くのがつくづく恥ずかしくなった。

その開明堂が現在の浜松市のどこらへんにあったのか。また二階の広間から、ひろびろとした湖面を眺めわたした宿が、どんな建物だったのか。全くおぼえていない。たしかそのホテルにはダンスホールがあり、せっかく美少女たちが客を待っていたのに、我ら支那文学書生どもは一人として踊ることができなかったのである。

「日本だなあ。ここらは日本だなあ。日本というもんだなあ」

浜や松や瓦屋根や青い水に接した二十代の帰還兵士は、しきりに感嘆して、次の宿の蒲郡では日本の芸者さんを呼んでもらい、日本情趣を味わおうとしたところ、若き彼女は小学校の先生が、いかに好男子であったかと、それぱかり述べたてるので、興ざめしたのであった。

「ぼくより良かったのか」「そうねえ。顔が大きくて男らしくて、くらべものにはならないわねえ」と、田舎くさい彼女は正直に語るのであった。

「ぼくの呼んだ芸者はサービスがわるいぞ。もう一度呼んできてくれ」と、海月楼の女主人に談じこんだので、彼女は一度帰ってから次の朝、また顔を出さねばならなかった。海月楼の名をおぼえているのは、その女主人が（わが芸者さんより）おっとりした美女だったからだろうか。

しかし、田舎くさい彼女の正直さは大いに気に入ったので、京都へ着くと彼女にたのまれた舞扇を、こっちも正直に郵送してやったのだった。

女の立去ったあとのアサリの味噌汁。これが、おいしかった。そのアサリ貝が特別大ぶりで、おかみさんの煮方が念入りだったからだろうか。今回も東海道のところどころで、ドライブインのアサリ、シジミの汁をすすったけれども、あの朝のようにしみじみと舌をたのしませてくれないのはなぜだろうか。

青年よ。多情多恨なれ。青春はふたたびもどって来てくれはしない。

当時、中国全土には日本の砲弾爆弾が降りそそいでいた。そしてわれらは、まるで知らぬ顔で酔ったり遊んだりしていた。

三ヶ日―豊田―犬山モンキーセンター―明治村―蒲郡

三ヶ日町は、突如として有名になった。

東名高速に三ヶ日のインターチェンジができて、ここから浜名湖の北へ出て、レイクウェイを南へ走りぬけるドライバーがふえたからだ。私たちは、ひなびた三ヶ日の町をまわり、多米峠を越えた。峠までは、みかん畑がつづいている。植えたての子供みかんもある。トンネルを通りすぎると、愛知県豊橋市である。その前に、ユリ子は関東おでんの屋台で、谷の風に吹かれながら熱いチクワを一本たべた。豊橋、豊川、岡崎のあたりはチクワが名産なのである。

豊橋市には電車が走っていた。味もそっけもない話であるが、ともかく電車というものが走っていた。

そこから豊田市までの道順が、どうもあやふやなので書くのに困ってしまう。

「豊川（海の入口の青い河）。御津町。二四七号線。三谷の毎日荘入口をすぎてカタハラ。カタハラ温泉。碧南↑。本宿→三ヶ根ロープウェイ」などと、つながりのわるい私のノートである。

「矢作川《やはぎ》をわたり豊田へ10キロ。国道二四八号線。堤防の上を走る」

　ユリ子のノートの方は、

「朝、食べないで出発。蒲郡大津海岸のMドライブイン。海が一面にきらきら輝いていてスペイン風の廻廊式のかざりの建物。店の前にオレンジ色の花がいっぱい。ここも始めたばかりの様子。ビール二本（なまぬるし）。カニタマ一、スブタ一。やさいサンド一、牛乳一――ユリ子」それからすぐ「一時、トヨタ本社着」とある。

　自動車会社なら、どこも同じだろうとタカをくっていたが、トヨタ藩の城内に入るに及んで「これは、これは。さすがに、なるほど。来てよかったわい」と感じた。

「人は城。人は石垣。人は堀」

　武田信玄のこの名文句の「人」を「カー」に入れかえれば、それが豊田市のありさまである。長く長くめぐらされたカーの石垣。何重にも警備できるカーの内堀、外堀。いかめしいカーの城門。どっちの方角にも向けられたカーの銃眼に守られたカー城は、何となくものものしい。トヨタ産でない車でここへまぎれこんだ私たちは、敵地に潜入した忍者のごとく緊張しなければならなかった。

　デトロイト。アメリカ第一の自動車都市とくらべてどうか、それは知らない。

あっちこっち、守衛さんのきびしい眼に監視されながら（その眼はいずれも、どうしてこんな車が平気でわが社にやってこれたのかと、いぶかしがっていた）、本社入口に到着できたものの、駐車場はすべてトヨタの車。走りまわっているのもトヨタの車。住宅、病院、クラブ、陸上競技場、教育センター、道路、水、空気すべてトヨタならざるはなし。

本社工場のほかにトヨタ市内には、元町工場、高岡工場、上郷《かみごう》工場がある。三好工場も市内にちかい。

従業員が三万三千人。トヨタの乗用車で通勤してくる者が八千五百人。（名古屋のタクシーが六千台と言うから、それより多い）古参の者は車を買うのがおそいが、若い大学出は入社して半年のうちに半分は買うという。

昭和四十一年八月の調べでは、オートバイの通勤が一六・四％。自家用車が一六％。まだオートバイの数が多かったけれども、四十三年八月には、このパーセンテイジは逆になってきた。

矢作川の西岸沿いに、商店街を中心に南北にのびている農村地帯。この挙母《ころも》の南端に六十万坪の荒地があった。

雑草、雑木におおわれ、岡崎に通じる県道と刈谷に通ずる名鉄三河線にはさまれ、陸軍の演習のほかは役に立たぬ土地。

この広大な土地が坪三十銭で買収されたのが、昭和十年の暮れであった。
なにしろ豊田自動織機製作所自動車部が、やっとつくり上げたトラックの第一号車は、「会場へ出品するために、刈谷から東京へ運転していく途中、その出品車が沼津の手前でピットマン・アームが折れてダウン。別の車で、箱根でハンドルを破損して動けなくなるなど、SOS続出の事態が起こった」(『トヨタの歴史』)

そう言えば、戦地の輜重兵は、古いフォードのトラックには乗りたがったが、日本製新トラックはきらっていた。中国ゲリラ部隊が道路を深い溝で中断しているので、その穴へ降りてから登るとき、日本製はエンストしてしまうからである。

一台の車をつくるためには、約六千種類、三万点の部品が要る。いくら軍にせきたてられても、そもそも良質の部品をうむ鋼材、工作機がそろっていなかったのだから仕方がない。

(「軍」の字が車つきなのは、おもしろいことであるが)

戦争末期には、ガソリンの代用として、アルコール、木炭、たき木、木片、コーライトガス、アセチレンガス、天然ガス、石炭ガスを燃して走っていた。

昭和十九年、軍需会社の指定をうけ、徴用工、学徒、女子挺身隊、坊さん、囚人たち八千名をはたらかせ、飛行機から舟艇用エンジン、ロケット式特攻兵器のボディの生産まで行なっていたのだから、とても乗用車などかまっていられなかったであろう。

昭和二十年の生産高は、三二七五台であり、乗用車はゼロであった。

かくて敗戦。二十年十二月八日、占領軍第6軍司令部は、トヨタ自動車に対して民需転換を許可した。「さあ、つくってよろしいよ」と許していただいたけれども、前途には思いもかけぬ危機がまちかまえていた。

昭和二十四年二月、ドッジ公使が来日した。

GHQは日本政府に、経済安定十原則(次に九原則)、企業三原則などを指示し、インフレ防止をはかり、単一為替レートの設定によって日本経済を世界経済にリンクさせようとした。

いわゆるドッジラインの企ては、意外にも不況をまねいた。

経済界は金づまり。生産はちぢかまり。失業者は増加。倒産が続出する。占領軍の払下げの形で、外車の輸入がさかんになる。中小企業が金づまりのため、国産車が売れない。二十四年から五年にかけ、七千六百万円の赤字。トヨタ労組とのもみあいの末、千七百名の退職者を出す。

会社解散の寸前まで追いつめられた、その最大の危機を救ってくれたのは、朝鮮半島の戦争、それにともなう特需ブームであった。

よきにつけ悪しきにつけ、自動車産業の発展は、戦争の有り無しと結びついているようだ。

「はるけくも来たるものかな」

トヨタのみならず、あらゆるカー業者は平和時代の自家用カーの激増を目にして感慨にふけったにちがいない。だが、その安心と喜びのあとには、またもや「交通戦争」なるもののとどろきが迫っていた。

一九六七年、世界自動車メーカーの順位は、GMが一番。フォードが二位。クライスラーが三位。トヨタは六位。日産は八位にのしあがっている。さて、輸入制限その他、特別保護を失ってから東海道を走る車は、どこのどんな型であろうか。いや、それよりも世界五十三次を走りまわる新車は、はたして何国の何年型であろうか。

羽田から飛立つジェット旅客機のすべては、ざんねんながら外国製である。空を飛ぶ方で勝目がないなら、せめて地上を走るぐらいは、わが国産車にまかせてもらいたいではないか。

「外車は左ハンドル。国産は右ハンドル。だけど、これは注文すれば、どっちにでもつけかえてくるでしょ。輸出する国産車だって、左ハンドルにつけかえて売るんだから」と、彼女は言う。

「タウナスに乗った人はタウナス、フォルクスワーゲンに乗った人はフォルクスワーゲンをすすめるわよ。たしかに、いいところがあるらしいよ。だけど、国内で部品がうまく間にあわないでしょう。それともう一つ困るのは、停めておくとミラーやマークやいろんなものを珍しがって、もぎとられるし盗られちゃうでしょ。ちかごろは少なくなったけど、鳥の翼かシッポのように出っぱった外国の大型車。あれは日本の道では近所迷惑よね。それから外国車は悪路を走ると腹をこすっちゃうでしょ。日本は、いい道ばっかりじゃないものね。問題は高速道路で、どっちがいいか。アフターサービスをどこまでやってくれるかよね。それから、ガソリンをうんと食うのは御免だしね」

ガソリンの値上がり。あるいは輸入ストップ。これはもっともおそろしいけれども、

「ガソリンの買いだめはできないもの」と彼女はため息をつく。

名古屋の毎日新聞本社へ寄るために、ラッシュアワーの名古屋市内に入り、えらいめにあう。

目的のビルのまわりをぐるぐるまわりしても、どこへ駐車してよいのか不明のため、車をかきわけて、ゆきつ戻りつする。

名古屋ですでに真っ暗、犬山へついたのは七時半を過ぎていた。

犬山のホテルの夜食は、私はナマガキのみ。ユリ子は千三百円の定食。その内容は、ランプステーキ、コンソメスープ、プリン、サラダ、コーヒー。

朝早く出発。サル山へ行ってみたが、まだサルが出てきていない。こちら側にまだ陽が当たらないので、山の向こう側にひそんでいるのである。この分では、日本モンキーセンターもたいしたことはないだろうとタカをくくっていたが、行ってみてびっくりした。今までの私のサル論は一変してしまった。われらは、その日の入場者第一号。朝日の明るく射しかける丘の上では、われらを歓迎するごとく、サル諸君の叫び声がきこえる。李白や杜甫、唐代の詩人は、サルの声を詩にとりいれているが、私にはその理由がよく分からなかった。ここへきて、サルの叫び声は、宣伝カーのミュージックより、はるかに効果的、つまり、ものものしく大きい。しかも、その音声は複雑怪奇で、おびやかすがごとく、訴えるがごとく、楽しむがごとく、恨むがごとく、別世界に足をふみ入れた思いがすることを知った。

レクチュアルームと展示室を持つビジターセンターで、少壮学者の説明をきく。私のメモには「サルを心理実験に使う。旧世界のサルと新世界のサルの知能比較。日本プラス、南米マイナス（?）。日本ザルは赤いものが好き。オランウータンの絵かき、チョコレートとまちがえて茶色の絵具をたべて下痢をおこした」

ここらのサルは戦争中、桃畑を荒らすので害獣として一匹のこらず殺されてしまった。人類は（サル学からいえばヒト科とよばれる真猿類であるが）他の動物を全滅させることも出来るし、繁殖させることも出来る。

学者がもっとも熱心に語りたがったのは、二匹四千万円、飛行機で輸入したゴリラの男女の話であった。植物検疫所で食物をすっかりとられてしまったので何を食べさせていいか分からない。いろいろ工夫して食欲を満たさせたが、二匹のサルの大好物のバナナの幹が貨車で到着したのは、二匹が死亡したあとであった。死んだからといって、貴重なるゴリラはあくまで貴重である。いかにしてゴリラを剝製にするか。はがした皮は乾いてしまってちぢかんでいる。それを出来得る限りひきのばし、ぬけた毛の代わりに熊の毛もうえなければならない。お葬式から剝製の完成まで、学者たちは、十日も徹夜して、太陽が黄色く見えるようになったそうだ。

この死せるマウンテンゴリラは、雄のムニディ、雌のエミー、あたかも生けるがごとく硝子箱に納まっているが、それが、いわば、モンキーセンターの基礎をきずいた人柱、いなサル柱であった。

サルのお尻やのどが、むやみにふくらんでいたのは季節のせいであろうか。さわれば破裂しそうに、風船のごとくはれ上がっている赤いお尻もあった。

モンキーセンターにて

ホエザルの声はホラ貝を吹くようである。吠えないで啼くサルも、自由自在に檻の中で動きまわり、叫び声をわれらにふきかけるようだ。日本ザルは、アフリカ産、南米産にくらべ、少しおとなしすぎるようだ。顔の色も人間に似て単純である。西アフリカ産のマンドリルは、目の上、鼻すじ、鼻先、唇が真っ赤である。おまけに鼻の両側は白い。中央アフリカ産のブラッザグエノンは、額の毛は茶褐色、鼻の下の毛は純白である。東アフリカ産のアビシニアコロブスは、全身黒色であるが、顔のまわりに白い毛をはやし、長い大きな白いしっぽをさげている。南アメリカ産のヨザルは胸とおなかが真っ赤である。しかも眉のあたりは白く、顔のまんなかは黒い毛である。南アメリカ産のホホジロマーモセットは、顔が赤くてそのまわりが白く、全身が黒で鳥に似ている。

このような複雑かつ鮮かな彩りにくらべ、地球上の人類は、何と貧弱な色彩をしていることだろう。ヒト科のメスが口紅だ、お白粉だ、アイシャドーだと騒ぐのは、原猿類や真猿類のお仲間たちにくらべ、見劣りするという本能からであろうか。ジャングルの中のアフリカ土人（男性）には、マンドリルそっくりのお化粧をして出陣するものがいる。

ユリ子が近づくと、あるサルは同類だと思ったのか、長い手に力をこめてガラス越しになぐろうとした。もしかしたら彼女が毛皮の帽子をかぶっていたせいかもしれない。もっと小さいサルが仲よく並んで彼女を見つめていたが、それも同類がきてくれたのを喜んでいたのかもしれない。

「ユリ子、あのとき何か感心していなかったかな」

「何にも感心していないよ。だってわたしサル嫌いだもの。でも学者が写真をとろうとしたらサルのやつが横を向いてとらせないようにしていたところ、あれ面白いじゃないの。あれ、人間の気持よ」

クモザルの島の橋を渡るサルは、二匹ぐらいしかいなくてさびしかった。

マングースキツネザル、レッドコロブス、ゴールデンライオンタマリン、ドリルなど、まったく異種異類の趣のある連中を眺めくらべてみると、サルとは何であるかを決定するのは、人間とは何であるかを決定するより、はるかにむずかしいと思われる。

「地球上の人間は、白、黒、黄、褐色、みんな同じようになってくる。サルのようにはっきりしたちがいがなくなってくる。ちがいがなくなってくれば平和になれるのかもしれないが、しかし、サルたちのように色、形、なき声、動作が明確に区別されなくなるのは、もしかしたらつまらないことかもしれないな」と私は思う。

低能ガンの私は、ひろびろしたモンキーセンターの丘から丘へさまよい歩いているうちに、次第にヒューマニズムからサルマニズムへ、文化人類学から文化猿類学へ、つまるところ国民精神から衆生精神へと飛躍的に進歩しかかっていたのであるが、われらの旅はいそがしすぎて、「哲学」をかもし出すゆとりがないのであった。

明治村。これも私は馬鹿にしていた。

だが、実さいに見もしないでバカにすることこそ、すなわちバカにされること、バカのままでいることなのである。

小田実には名著『何でも見てやろう』があり、国際舞台で勇敢に活躍せよと、日本青年の志気を大いに鼓舞した。私にはとても小田君の如き無銭旅行はできないけれども、それでもやはり冥土の土産に見れるものを見ておきたいという執念だけはあった。

童話風の夢の世界へ溶け入って、お母さんのふところに甘ったれたいような気分。明治村の聖ヨハネ教会堂、西郷従道邸、鷗外・漱石邸、東山梨郡役所、歩兵第六聯隊兵舎、菅島燈台付属官舎などは、湖も丘も林もひろびろした空間に、おたがいに邪魔にならぬように配置されてあって、こちらからあちらへ歩みをうつして行くあいだに、一つ一つの味わいを重ねあわせたり、かきみだしたりしないで見物できて、それが楽しいのである。

できることならば、ディズニー氏にまねてドリームランド、奇想天外の遊園地、まぼろしの庭をつくりたいと夢想している私にとって、明治の建築物群の新しい組みあわせが、その移された地形の中で、かくも想いがけぬ「世界」をかもし出していることが、たまらなくうれしかったのである。

さわやかな風の吹き入る「京都市電」の窓からは、東京は佃島《つくだじま》の渡船が、はるか下方に眺めおろせるのであった。

安田銀行会津支店は、雪ふかい東北から重い石材もろともに移されて来たものであり、そのとなりには、もっと雪ふかい札幌から移されてきた、もっと重くるしい電話交換局も並び立っているのであった。

この「村」の入口には、二重橋の飾り電灯が、そしてこの「村」のはずれには長崎阿蘭陀屋敷25番館が、まちがいなく存在しているのであった。

なんという目もくらまんばかりの怪しき「第三の現実」が、ここに発生したことだろうか。

この村に入ったとたんに、人物はみんな可愛らしく見える。ヨハネ教会を正面や横からスケッチする女学生。鷗外・漱石邸の縁側に、まるで自分のうちのようにして腰をかけ、スタンプをおしたり、土産ものやノートを見せあったり、バッグの中みを整理したりしている女学生たちは、誰にも気がねせずに、のんびりしていて可愛らしい。

私たちも可愛らしい人物になったつもりで、東松邸の裏木戸をあけ、中庭から二階へ登り、三階まで見せてもらう。

明治村を案内してくれた人は、体格、服装、態度、ことばづかい、顔の色まで興津の坐漁荘を案内してくれた人に似かよっていた。二人とも、明治大正の匂いのしみついたやせた人であった。

「昔の木造建築は、ペンキ塗りより、もとのペンキをうまくはがすのがむずかしい」「煉瓦造りの建物の移転復原はこりごりです」「ここでは何々組と土木建築会社の名しか書いてないのですが、腕のいい職人は組の名だけで自分の名が残らないのをきらいます」「佃の渡し船をここまで運ぶには、夜だけ運んで昼は運べないので運賃が大へんでした」

ペンキをはがしたり、塗りかえたり、煉瓦や石を運んだり積んだりするのは、私も山小屋で経験がある。

だが、明治の大工さんが見よう見まねで作った洋館は、ドアーの上のかざりの半円形も、コンパスを用いないから正確な半円ではない。洋館の天井のしっくいの日本式松竹梅の絵がらも、今では復原できる職人さんがいない。

したがって、日本歴史はじまって以来の仕事を手がけた明治の職人さんの苦心。また、それを復原する昭和の大工さんの苦心が、二つ重なって、微妙なおもしろさをかもし出している。

西郷邸の内部の家具は、明治調ではあるが、西郷邸そなえつけの物ではない。

「あら、これも明治のものですか」とユリ子がめずらしがったのは、裏口にとりつけられた消火器の容れ物であった。

「いや、それは現在の防火設備で、今度とりつけたものです」

個人銀行を経営していた東松邸の木造三階建。その二階には、階下のお客さんの動静をひそかに見ることのできる、覗き戸がある。

「あら、これ子供のとき女中部屋にあったわ」と、彼女がなつかしがったのは、土間につるされている電灯の笠であった。白いガラス製で、アイ色がかった空色のフチがあり、それが金魚鉢のフチのように波打っているもの。

「いや。これも別のルートで入手したものです。明治ガラス、明治浮世絵など高くなって、こっとう屋でも買いにくいから困るんですよ」という答えであった。

関東、関西で放りっぱなしにしておいた明治建築を、中京がもらいうけて保存する。これは、たしかに愛知県が自慢のタネにしてよろしいであろう。

東松邸の二階の女中部屋と次の間には、タトウがひろげられ、紫色あざやかな矢がすりの女物。えんじのハカマも脱ぎすてられてあった。おそらくこれは、茶会か小宴会のさい、現代女性がこれを身にまとって給仕したものであろう。明治村の一つ一つの建物に、それぞれ、半日か一晩すごしてみたら、過去と現在の奇妙に入れまじった、感慨を味わえるであろう。

大阪の旧牛肉取引所の建物のとなりでは、牛なべ、牛めし、肉うどん、牛弁当など、文明開化の味でにぎわっていた。

私たちは、明治村おにぎり定食をたべた。

味噌汁と三個のおにぎり。一つには小魚の佃煮、一つにはハマグリの佃煮が入っている。もう一つは梅干。それに、黒みがかったコンニャクに濃い味噌をつけたおでんが二本。あぶらあげ、トリ肉の細切りにぜんまいをそえた煮付け。それからタクワンも。

案内役の人はトースト二人前、牛乳ツウカップをとって、ゆっくりとたべていた。彼が「おい、砂糖、サトウ」とウェイトレスに命令したら、いそがしい彼女は「中に入っていますよ」と答えている。「ああ、この人はきっと、おにぎり明治村定食は飽きてしまっているんだな。いくら愛している職場でも、毎日案内ばかりするのは味気ないだろうなあ」と、私は思った。

この日は、犬山で予定の時間を超過したので、名古屋市街を通りぬけ、名四道路へ出て、桑名、四日市から鈴鹿峠を越え、ついに京都入りするまでに、ユリ子の神経はそうとうにいらだっていた。

たとえば名四道路（これはメイヨンと呼ぶらしい。シが死に通ずるせいだろうか）へ入るまでの幅のひろい路は、トラック群がクツワを並べた荒馬みたいに疾走していて、その車体にかくれて道路標識が見にくくて、どこでいつ右や左に折れればいいのかわからないからである。

彼女は信号待ちの十字路で、となりにストップした小型トラックに「四日市へ行くには、どっちでしょうか」と、きいた。「おれの車についてくればいいよ」と若い運転手は、めんどうくささがらずに答えてくれた。

「あら、足立ナンバーだわ。東京の車に遭うとなつかしいわね」と、彼女はうれしそうに言った。ハム会社の車であった。

しかし大型トラックが横あいから割りこんでくるので、親切な東京の小型トラックを見失いがちになる。すると運転手はうしろをふりかえり、彼女（私たんた問題ではない）がついてくるかどうか、たしかめてくれる。右折、左折のたびに、彼女の車に注意する。

やがて、鉄道線路を越えた分かれ路で、ハムさんの車は左側へ寄って「これから先は、ひとりで真っすぐ行けよ」と手を振って合図してくれたので、彼女は彼にうやうやしく目礼して彼を追越した。

トラック騎手の騎士《ナイト》道精神に感激した我らは、その会社のハムを常食にしたくなった。

同行のT氏は後部座席で、ドライブマップに眼鏡をひっつけて前途をたどっているのだが、ハムさんに導かれて彼女が突っ走ったため、つい予定の進路がわからなくなり「あれえ。まだこんな所ですかあ」と、沈黙のあとで急に言ったりするので、彼女の方も「あれえ?」と思うのである。

庄内川、筏川、鍋田川、長良川をわたり、彼女はスピードを増す。夕暮れになると、河原も峠も坂も家並も並木も、広重の画にそっくりになってくる。現代的な設備がすべて、うすくらがりに消えて、街道の原形が夕焼け空にうかびあがる。

名古屋周辺を巡り歩くため、新ヤジキタは蒲郡で三泊していた。したがって、そんなに手がるに京都入りをするわけにはいかない。

私たちの後続車「大岡昇平号」が、うまく間にあってくれるまでは、くるまの連載運行をストップするわけにはいかないのである。

「大岡の『レイテ戦記』は、ますますさかんだから、終わりそうもない。彼は大磯の邸宅を売りはらって、東京へ引越しするため、設計図を二回もやりなおさせていると言うしなあ。山梨県南都留郡鳴沢村の山小屋で近所づきあいしてるから、おたがいの家庭事情は知りすぎるほど知ってて、かえって具合がわるいんだ。レイテの仇《かたき》を東海道でとられちゃ、かなわんしなあ」と、私は心配する。

「このあいだ、田村俊子賞の会で湯浅芳子さんに『あんた、旅行記ばっかり書いてて、どうして小説書かないの。そんなにもうけなくてもいいじゃないの。男って、年とると女房ばっかりたよりにするようになるらしいね』と皮肉を言われたしなあ」

四月十六日、北鎌倉の東慶寺で俊子忌があって、佐多稲子、瀬戸内晴美、阿部光子その他女流文学者が雲かすみの如くあつまるから、またしてもこの独身主義の女親分に会わねばならない。しかも「年をとってたよりにする女房」の事に乗せてもらってだ。そうすれば、なおさら原稿が書きにくくなる。

どうせこっちは、彼女の紹介するロシア文学者、チェーホフやゴーゴリやゴーリキーの足もとにも及ばぬ、無能文士なのだ。チェーホフの「サガレン紀行」には寒々とした凄みと熱烈なる理想がこもっている。こっちの紀行文は猥雑なる寄せあつめにすぎないのだ。

チェーホフは上手に「犬をつれた奥さん」を書いた。私は「車と亭主をつれた奥さん」を下手でも書かねばならぬ。

新聞社（あるいは何かの会社）の寮に泊めてもらうには、膝栗毛の御両人とはちがった心がまえが必要である。

社のために全身を賭けて貢献し、社と運命を共にする忠実なる社員でもないのに、それと同じ待遇をうけるのであるから、客ひき女を相手にするヤジキタ両氏とはちがって、わるふざけや無礼は一切まかりならず、あくまで寮の規則を厳守して礼儀正しくせねばならぬ。

タダとか割安とか、うまい条件の下にするするともぐりこんだ身としては、模範的な「客」であるのみならず、息をひそめた罪人の如く、すべて寮の監理者の一言一句にそむかないようにしなければならない。

箱根、蒲郡、大津。どこの寮でも我ら夫婦が、いそいそとこの条約を信奉したのは、要するに、できうるかぎり我らの旅をヤスく、ヤスアガリにつづけようというエゴイズムのためであったことは、今さら申すまでもあるまい。

蒲郡の寮は、別だん探しにくい地点にあるわけではなかった。海岸線に沿ってまっすぐに突っ走り、標識の立っている細い坂路を登れば、すぐ見つかるのだ。

だが道路工事にぶつかり、手ぬぐいでほおかぶりして赤旗を手にした労働婦人に教えられたとおり、村道へまぎれこんだのがいけなかった。

その前にはガソリンスタンドできいただし、そのあとは中学生や爺さんにききただし、神社の裏や、できたての新道を曲がりくねって、すっかり暗くなっていた。

寮の玄関先まで来ても、急な坂道はまだつづいていて、その先は樹木にかこまれた谷ぞいの道らしいので、どこへ駐車してよいかわからない。どこまで行けば、下へずり落ちない安全な場所があるのか不明だし、疲れ切ったユリ子は一刻も早く、どこでもいいから車を片づけてしまいたい。ちょうど寮の向かい側に別荘があり、うまいあんばいに駐車場つきで、それに灯火の消えた別荘には人の気配がなかったので、かまわずそこに車を入れた。

彼女が車の始末に困っているあいだに、私は荷物を寮の中へ運び入れ、「どこへ車を駐めたらいいですか」とたずねると「どこかそこらへんに。ただし前の別荘に駐めてはいけませんよ」との答えだった。

二階へ案内されてから、「どうする？　向かいの別荘には駐めてはいけないと言われたよ」「だって、道がまっくらで、うっかりすると車が下へ落ちてしまうんだもの、仕方ないじゃないの。今さら車を移すなんて。いいわよ。叱られたら叱られたで、そのときのことよ」と、二人は管理人にきこえぬよう、ひそひそ声で相談した。

翌朝早く、食事の前に管理人が私の部屋へ、少しむずかしい顔つきで来た。

「困るじゃないですか。あそこへ駐めてはいけないと言っておいたのに。やっぱり駐めちまったね。あの別荘の前へは、ここへ来る東京の人はよく車を駐めるんで、そのたんびにあの別荘の人に私たちがひどく叱られるんですよ」

「ハア。すみません。何しろ女房もくたびれていたもんで」

「駐める場所はほかに、いくらもあるんですから」

「ハア、わかりました。申しわけありません」

昨夜も七時半すぎに到着して「ここでは夕食は六時半ときまっているんで」と、厳格に申しわたされていたし、私たちはひたすら規則を守ることにつとめた。

私たちだって、自分の山小屋の門前に到着したさい、そこに他の車ががんばっていて、私たちの車が入れられなかったとき、カンカンになったユリ子はその車を無断でのりこませた人に文句をつけに行った。だから、その別荘の人がカンカンになって寮へどなりこみ、叱られた管理人もカンカンになって駐車した客をたしなめるのは、当然なのである。

東海道の（いや、日本あるいは世界の）旅のどこで車を駐めるか。いざこざなしに駐められるか。それはスフィンクスの謎の如く、永久に解決しがたい難問題である。

なかきよの とをのねふりのみなめさめ なみのりふねのをとのよきかな
読みにくいひらがなで、なぜわざわざ印刷していただいたか。逆に読んでも「長き夜の」と同じ歌詞になる呪文のような古歌を味わって頂きたいからである。

そして、宝船の絵にこの歌を書きそえた「竹島弁天之宝船」は、一枚の紙にすぎないが、蒲郡竹島の八百富神社へ行かなければ買えないのである。

小雨のふる朝早く、私たちが竹島への長い桟橋をわたったとき、まだ参拝の人影はなかった。

神社の仕事に関係のない車は、桟橋をわたれないので「こんなところ見物して、何か意味があるのかな」と、私は心細い気持で、灰色によどむ浅い水面に突き出したノリソダを眺めながら「あんまり石段が高かったら、神社まで登らずに石段の下でごまかしてしまおう。それでも写真さえとっておけば、来た証拠にはなるからな」と、おっくうになっていた。

鳥居をくぐって島の岩岸に下り、八百富神社の石碑の下に立った姿のほか、岩岸に下りるとき両手を岩肌につっぱり横向きになった私をユリ子が写したのを、あらためて見ると、そんな所で大の男が何をやっているのかと疑ぐられるほど、無意味でおかしなものだ。

「島につくと電気工事の小型車が一台とまっていて石段を三人の男がおりてきて、それに乗って帰って行く。石段の両わきに寄付金の石が立っている。百円は小さい。千円はとても大きい。石段を上りきると右に茶店。左に竜のかざりのついた手洗鉢（？）あり」と、彼女は記録している。

「店先にワカメ、ヒジキのような海藻が干してある。店の奥に漁船の大漁旗に似た色どりの、うす水色、だいだい色、赤、みどりなど使った大きなのれんに字が書いてある。その字は『なかきよのとをのねふりのみなめさめ』の歌。私の大好きな歌。あののれんを売ってくれるなら買いたいもの」

彼女がなぜ、この頭と尾をひっくりかえしても同一になる歌を大好きなのか、それは精神病理学的に興味がある。結婚してからこのかた、彼女がそんなものを大好きとは、私は全く知らなかった。

「前後左右に小さいお宮がある。馬の銅像もある。海へりに出ると『眺めよろし』の立札あり。八大竜王神社は、うす水色に塗ってある。社務所でパンフレットを買いたいと思って声をかけるが人が出てこない。そのうち、さっき茶店で立話していたお爺さんが小さなカバンをさげてやってきて、中へ入って戸をあける」

そして彼女は例の「宝船」のほかに、福種銭《だね》三コを百円で買ったのである。おはらいをした十円硬貨が入っている「お守」である。福のタネだから、今後ふえる見込みがあり、一袋は彼女、一袋はやがて彼女の世話をしてくれる娘、もう一袋は南の島にいる島尾敏雄夫人へのつもりで買ったらしい。

宝船の袋の由来書きによると、「すでに室町時代、上流社会の婦人が枕の下に敷いて、吉い夢を見るまじないとした」そうだ。

桟橋を逆もどりして、茶店へ寄る。

その茶店で教えられ、安全な駐車場所が見つけられたので、お礼の意味もあって、彼女はニギスの目ざし四本を買った。キスに似た小魚だからニギスと言う。

店さきで、おばあさんと中年婦人が、すばやい指さばきでエビの頭を黙々としてむしりとっていた。エビせんべいにするためであった。小さいけれどエビなのだから、かき揚げか何かにすればおいしかろうし、せんべいにするなら頭をむしるのはもったいないなと思った。

例の宝船の絵。タテ髪かヒゲか、とにかく長い毛をなびかせた竜神が船首になり、帆にはマルに「獏《ばく》」（夢をたべる獣）と記され、打出の小槌、サンゴ、宝珠、弁財天の琵琶、ずしりと重い宝の袋など満載している。

その夜、ユリ子はこの宝船の絵を枕の下に敷いて睡った。そして寝ぐるしくて困った。彼女の見た夢は、カケス（鳥）に道をきいても答えないので、頭をなでてやり、何回も道をききなおすところ。カケスの頭の羽根はふさふさしていたそうであるが、言葉が通じないし、答えてもくれなかった。そのあと例によって、お化けぎらいの彼女は雑多の化け物の連続出現を見たのであった。

「わたし、ヘンな声を出さなかった？　ひどいいびきをかいたでしょ？」と彼女がたずねても、私は「いいや、きこえなかった」と答えるばかりだった。

静岡と岡崎のあいだに高速道路が開通したばかりで、私たちはその前日、牧の原のサービスエリアで中食をとっていた。「祝開通東名高速道路　コカコーラ」その他、スポンサーつきのアドバルーンが赤白だんだらで十コ以上も揚がっていた。食堂の外の植込みでは、ほおかぶり、モンペ、ズボン、かっぽう着の女性人夫が地ならしをしていたし、水道も故障断水中であった。

東京を出発してからほとんど無言だった彼女は、食堂でカレーライスとサンドイッチの食券を買って椅子にすわってからも、それを女給仕さんにわたすことも忘れ、ポケットにいれたままにしていた。

「ぐうたらぐうたらしやがって。まるで時間のカンネンのないみたいに。デクの坊みたいに、ろくに返事もしやがらないで！」と、私はむしゃくしゃしていた。あたりはいやに明るくて、けだるい景色で、彼女の表情も感覚を失った白痴のようであった。

三十分以上たっても皿がはこばれて来ないので「食券、わたしてないんじゃないのか」と私がどなってから、やっと彼女はポケットを捜しはじめた。

その日の彼女のメモ。「左の眼、痛し。眼につれて頭がワーンと痛し。てんかんの如し。食券をポケットに入れたまま、三十分休んでしまう。そのあと一二〇Kから一三〇Kで走る。ガソリンのへって行くのが早い」

あのまひるどきの彼女の失神状態と、次の夜の悪夢のことを考えると、私は何となく深い深い穴の底へ入って行く想いがする。

「外ではたらいている人が、ぼんやりと食堂の中の私をながめている。私もぼんやりとその人たちをながめている。まだ造成完了していないサービスエリアは、ばらばらの感じで、まだ全部ぼんやりしている」

たぶん、その瞬間、彼女にとってはこの私も、ぼんやりした外界の、ぼんやりした存在に化していたにちがいない。

このぼんやり状態から、彼女が急速に回復できたのは、宝船のおかげだったろうか。では、このぼんやり状態におちいった原因は何だろうか。それを追求するのが、私にはおそろしかった。

三谷温泉のあたりは、海ぞいに手ごろの丘陵地がつらなり、その丘のいただきに観光用に急ごしらえしたらしい人間の立像が灰白色に立っている。一つは乃大将軍、一つは弘法大師。

子安弘法大師は赤ん坊を片手で抱きかかえ、片手は錫杖を突立てている。目鼻だちがすこぶるはっきりして、猛烈な意欲をあらわし、将軍の方がやさしげに見えるほどだ。この二人は少しはなれた二つの丘の上に、別の方角を向いて立っているが、お客さんは同時に二人を観察することができる。

「コウボウダイシ？」伊勢詣での団体バスの中で、幼稚園の女の子が、お母さんにたずねていた。「そうよ、弘法大師。わからないの。バカねえ」「ああ、そう。わかった。あれコウボウダイシでしょう」「そうよ。よく見ておきなさい」「うん。見たわよ。わたし、コウボウダイシ、好き」「そうそう。わかったでしょ」「うん。あのひと何やってるの?」「なんにもわかってないじゃないの。あのひとなんて言って。あのひとじゃありません。あれは弘法大師さまです」「わかったわ。大きいひとでしょう。あんなに大きいひとは人じゃないものね」「あんた、さっきっから食べてばっかりいるじゃないの」「わたし、おなか、すいた。今度また何か買って」「まあ、恥ずかしいわ」「だって、あのおじちゃんは、さっきからタコ焼十コもたべてるじゃない」

そのおじちゃんと言うのは、私のことであった。

恥ずかしい話であるが、豊川稲荷の境内で買って試食するまで、私はタコ焼の味を知らなかった。朝早く店びらきしたばかりの屋台は、まだ焼きはじめていなくて、三軒目でやっと焼きあがったのを二十コ買うことができた。たっぷりかけてくれたソースが容器からにじみ出すので、注意しなければならなかった。タコとは言うがたぶんイカの足のきざんだの、サクラエビ、キリズルメ、青ノリなどがメリケン粉に混入していて、実に複雑な味がするのであった。あんまり私がほめるので、東京のデパートで黒い鉄板に丸い凹みのいくつもある、その日本フライパンをユリ子がすぐ買ってきてくれた。イタリアのピッツアとやらより、この方が微妙ななまぐささ、やわらかみ、形のおもしろさがある。

蒲郡から名古屋へ出るのに、どんな路を走ったか。

その前に忘れないうちに記しておくと、豊川稲荷で買ったのは、タコ焼のほかに鉄製の焼印である。職人や農家で道具の木の部分に、ジューッと焼きつける焼印が、どんな字でもそろっているのがめずらしかった。四角に「武」かマルに「武」か迷ったあげく、マルに「武」を買った。ユリ子も百合の百の字を買おうとして、それが山がたの下に「百」などあるにはあったけれども、使うあてもないので止めにした。

鳥居、御神灯、石灯籠、おキツネ様、線香をたく鼎《かなえ》。去年のダルマとお札を納める鳥ごやみたいな場所。宝箸引換所には「初詣で前売割引乗車券付引換券」「引換時間9時―17時」と書かれている。

人相手相易判断の幕のはられた店には、まだ易者がきていない。線がきの大きな片手の横には、日本まげの女の人の顔があり、その顔の中にいろいろの説明が書きこんである。そのまた横には十二支の午《うま》やいのししの絵が書いてある。その気味のわるい図柄は、横尾忠則のサイケデリック・ポスターのようで却って妙に現代的である。

もう一つ忘れられないのは、駐車場からお稲荷さんへ行く途中の細道で、おじいさんがたった一人で、おしめを洗っていたことだった。私は、料理屋などで出す「おしぼり」を洗っているのかと思ったが、ユリ子は「おしめだ」と断言する。屋根の低い長屋のつづく脇参道は、少し陰気で淋しくて、易者さんや産婆さんが住んでいるらしかった。

竹島遊園地入口のタバコ屋兼食料品店で、名古屋へ出る一号線への道をきく。「そこからまっすぐ。それからは左へ曲がってな。床屋んところを右へ曲がってな。それからまたまっすぐ。それから新箱根を越えると一号線へ出るだ」とおじいさんが教えてくれた。「あのおじいさん、大丈夫かなあ。新箱根がこんなところにあるなんて聞いたこともないけれども。だんだん山の方へ入って行くじゃないか」

開通して間もないドライブウェイらしく、砕石場に白々とした石肌がむきだしていたりして、心細かった。ユリ子のメモには「綱島温泉のようなスケベ臭いようなところ」とあるが、それはペンキ塗りたて、開店御祝いの花輪、ドキッとするような「現代式」なモーテルの看板、ともかく新築また新築、どんな小さな山道の出っぱり、へっこみにも、ずらりと並んでいる「新箱根」の匂いのせいであろう。

一号線に出てから、左折して岡崎へ。岡崎から東名高速道路（二五〇円払って）に入り名古屋へ行ったこともある。東名高速を頼らずに、そのまま一号線を頼って行ったこともある。岡崎や名古屋の手前で、トラックが混雑する時間であるかどうか、それがよそ者になかなか判定しにくいので、スタンドの若い衆などの意見に従ってきめる。

本部田－知多半島－渥美半島－名古屋

私の父の故郷は、愛知県海部郡本部田《あまぐんほんぶだ》という農村である。

少年の私は、父につれられ、クリークのような小川に小舟を浮かべて、父の生家の裏手についたものである。低い橋の下をくぐるときは、丸木舟のような小さな舟の上で、体を横に平らにしなければならなかった。つまり、車の通れる道など全くない、水田地帯だった。父はお寺の小僧さんになって、はじめて白米と油あげを充分に食べられて嬉しかったと述べているから、小作農の中でも貧農の仲間だったと思う。わが家は士族ではなくて、家系図など何一つ残っていないから、祖先のことは分からない。真宗の信徒だったわが祖先は、岐阜から真宗のお坊さんが移ってくるにつれ、それにつき従ってきたという。

苦しくなければ、人間は信心ぶかくなれない。モーゼの指導の下に沙漠や荒野を漂泊しなければならなかった、追放され脱出した古代ユダヤの民のように、私の祖先が、お坊さんだけをたよりにして未知の土地へ移り住んだとすれば、財産も地位も名誉も、守ってくれるもの、助けてくれるもの、先の見こみ何一つない絶望状態にあったと考えてさしつかえあるまい。

名古屋駅でタクシーを拾えば、わけなく行ける距離にある。蟹江《かにえ》とか弥富《やとみ》とか、父の口からきかされた地名も覚えているのに、いざ自分の車で行くとなると、はじめての路に迷わざるを得なかった。

くもり日の朝、それに霧雨でけむっていたせいか、名古屋の工場街をおおうスモッグは、東京に勝るとも劣らぬように感ぜられた。

金魚の養殖で有名な弥富を過ぎてから、大きな飯屋で道をきいた。「飯」という大きな文字が、五つか六つ、店のあちこちに書いてあるのが、今どきたのもしく思われたので。

年よりが二人、ミルクコーヒーを飲んでいたので、ユリ子が「本部田へは？」とたずねると、老眼鏡をとり出して地図をつくづく眺め、ていねいな言葉づかいで教えてくれる。

「この先、三キロほど行って信号を右折しなさい」と教えられて、車を走らせると、そこが弥富であった。右折して線路をまたぐと、佐古木《さこぎ》という小さな駅があった。駅前のトラックにきくと「このへんはわからんでなあ。すみません」と、あやまるように言われた。

果実も置いた雑貨店に入って、二人の女店員にきく。

「この道をまっすぐ行くと線路にとりつくからね。とりついてからもっと行くとムラがあるでな。それがおわったところあたりを右へ曲がるけど、そのへんでもう一度ききなさるがいい」

右折する地点はこのあたりと見当をつけ、ネコ（運搬用の一輪車）を押して行く農夫に、またもや「ホンブダは？」とたずねる。「この路をずっと行くと、とりついたムラが本部田だあ」と答える。またまた右折して、水田の中の道を行く。鋪装がなくなってきた。大きな家並の村落に入る。十字路を越した左側の家の前に人がいるので、そこでまたたずねる。

ほかの家よりは小さくて、少しさびれたおもむきがあり、家財道具がいっさい庭に投げだされた形で、中にはガラクタもまじっていた。引越しの支度をしているのかも知れなかった。

ネコ（これは一輪車のネコではなくて、生きた猫）を抱いている男もぼんやり立っている。

「大島文義さんの家は？」とたずねると、おかみさんの方が「もどってな。十字路を左に曲がって行くと、お相撲さんの記念碑があって、その前の大きな家がそうだよ」と教えてくれた。

ユリ子は庭のむしろに干された農作物をふみつぶさないように、バックして車をまわす。右側は見わたすかぎりの水田。左側に石垣の家が並ぶが「おスモウの記念碑」は見あたらなかった。ビニールハウスと温室がつづき、行過ぎたようなので、大島という表札のある家の前で車をとめた。そこで声をかけると「二、三軒もどりなさるだ。温室のある家の隣だから」と言われ、車をもどしてもう一軒の家に入ると、そこも大島姓であったが、名前がちがっていた。三軒目まで行くと、庭にとめた小型車から痩せがたの長身の男が出てきて、ユリ子の姿をみとめるとニコニコと笑っていた。表札をたしかめると「大島文義」とあった。電話で通知してあったので、息子さんが待ちうけていてくれたのだった。

私の父は次男だった。父の兄、つまり長男が農業の家をつぎ、そのまた長男が今の当主だった。父の兄は東京の父の寺へ出て来て泊まっても、食事のあと、寝る前、湯からあがって一休みするとき、いつでもたえまなしに「ナムアミダブツ」と唱えていた。

郎下のガラス戸をあけはなって、陽のあたる縁側で私たちを迎えた当主も、やはり念仏をとなえていた。なまじ専門の坊さんが、ナムアミダブツと大声をはりあげるより、農民の素人が称名念仏する方がホンモノらしくて私は好きだ。

農家へ行けば農民の味方のような顔つきをし、工場へ行けば工場労働者の味方のような口ぶりをする、よくないくせが私にはあった。わざとそうするように心がけないでも、自然にそうなってしまうのである。「人情がらみ」は軽蔑、拒絶せねばならぬと、冷徹な観察者らしくふるまっていても、いざ現地の実物の実生活に接すると、どうしても人情がかってそっちへ肩入れしたくなってくる。

伊勢湾台風でひどい目にあったはずであるが、庭にはたくさんの庭石が組合わせおもしろくあしらってあり、子供の勉強部屋には英語、数学の参考書のほかに夏目漱石の本もまじっているし、額にはまった図画や習字の表彰状、健康優良児の表彰状、その子供の作製した石膏の首や、馬の浮彫もかざられている。

他人に気に入られる方法ばかり研究している私は、すぐさま伊勢湾台風のあとの苦心談をきくべくノートをひろげた。はたして、七十歳の当主も、その長男と嫁さんも、その災害のはげしさについて口をそろえて競争するように話しはじめた。

ここらは蛇の名産地で、父の父が半身不随で寝たきりの寝床のまわりには、蛇が何匹もはいまわっていたという話だった。

「その蛇もはあ、海水が入ってきたもんで、みな死んじまって居ないようになったです。木の上にはい登って助けを求めていてもはあ餌がないもんで」

災害のあと、蛇の全滅のほか諸動物の運命の激変が見ものであった。まずエビガニがふえたいだけ、ふえた。次にのさばったのが食用ガエル。それにかわって雷魚の時代がつづいた。その雷魚はさかんにナマズをたべたので、ナマズ族も衰亡した。そして雷魚が没落したあとは、ドジョウの天下になった。

最近ではドジョウ族はウナギ族にくらべ勢力範囲が縮小され、北海道は夕張炭鉱でたべたドジョウが絶品と思われたくらいだから、本部田にいまだにこの田園風味が残っている話が私にはうれしかった。

昭和三十四年九月二十六日夜、黒々とした波が、堤防を破り、近鉄の線路、国道一号、関西線の線路、林までを乗りこえておしよせてきた。家々は三カ月水につかり、三年間お米がとれなかった。当主の四、五歳の頃にも一回、木曽川がきれたことがあった。今度は、潮水ならすぐ引くだろうと思っていたが、集中豪雨のため、水かさが増すばかり。二階へ上がっていたが、どちらの方角へも一時間はかかる水の中の離れ小島であった。

お嫁さんが豚小屋とビニールハウスを案内してくれた。親豚は十頭ほど、小豚はかなり大きいの、中位の、小さいの、区別して柵の中に入っている。「小ブタの眼は黒眼でハッキリしていて、パッチリあけてこっちを見るが、大ブタは眼の色が薄くなっていて、人間の眼のように魚の形をしていて、まつげは白く長く、ウス眼をあけて、流し眼でこっちをみる」と、ユリ子の記録は長々と続いている。「ひっくり返って大いびきの豚、全然、後ろをむいてしまっている豚、柵の低いところに頭をもたせかけて枕のようにして正式に寝ている豚、鼻をつき出して首を曲げたつもりになっている豚、この大豚どもの表情たっぷりなこと。私の心理状態と似ていること。共感を覚える。小隊はピンク色で、耳と鼻など、セルロイドのようにきれいに光っている」

お嫁さんの説明の方も、なかなかくわしい。「乳の足りないときは粉乳をといて、ちょっと塩味にしてのませます。ミルクをやった小豚は、私の声を聞くと、すぐ一匹だけ駈けて、そばにやってくるよ。小豚でねているのと起きているのとあるでしょ。起きているのは空腹だからで、腹いっぱいになると寝てしまうのよ。親豚は知らない人が柵に入ると怒りますよ。おとうさんと私には怒らないけれど、おばあさんには怒るからね」

一番小さい豚の柵の中には保温器が入っていて、小豚はそこに全部、重なり合うように集まって寝ていた。もうすぐお産で鼻息の荒い大豚もいた。

「陣痛です。もうじきお産がはじまるでね」といわれて、よく見ると、短い手足を宙にあげて、少しけいれんしている。「大へんなところへ来てしまった。そんな重大な場面を見るわけにはいかない」と、私はそそくさと外へ出た。

ビニールハウスで感心したのは、鉄線とビニールのかこいの中に、汲みあげた井戸水が一面に入っていること。水をめぐらして土手のように盛りあげた泥そのものが、すっぽりビニールにくるまれ、それがまた竹枠とビニールの別の屋根をもっていることであった。

三十センチほどにのびたトマトは、大切そうに包装された長い泥の棒パンの背なかを飾る、みどりの砂糖みたいに見えた。

深さ二十センチほどの水の中を歩くには、ズボンのようなゴム長靴をはく。自然には花粉受精しないので、トンという農薬を噴霧器でかけてやって実を結ばせる。

「青いうちにもぎとって、ベトナムへも飛行機で出荷するです。伊丹からね。ちょうど向こうにつくころ食べごろになるようにせにゃならんですから、むずかしいです。東京よりも横浜へ多く出すです」

そうするとここのトマトは、南ベトナム駐在のアメリカ兵士が食べるわけかと、私はおどろかされた。ユリ子の判断によると、おそらく南ベトナム政府の高官がたべるのだろうと言うことだが。

昼食を御ちそうになった。奥の間の立派な仏壇を写そうとしてユリ子は苦心したが、光線が暗いと赤い舌を出すカメラが、どうしても赤い舌を出すので中止した。

「昔は、はあもうこんなラクなもんじゃなかったわさ。暑い夏の最中に泥んこの中へはいつくばって。お前らには、わしらの苦労はわかりゃせんわな」

と、当主は息子夫婦に言ってきかせる。

息子さんが時々席を立つのは、豚小屋が気がかりだからである。それにつれて、ユリ子も外へ出て行く。農家の御ちそうの方も好きなのであるが、やはり豚のお産が見たくてたまらないのである。

私たちがここへ来る途中、木工所の工場があった。ここらの主婦は一時間百二十円で、パートタイムに働きに行く。「私も行きたいけれど、うちに仕事がたくさんあってダメだと言われるもんだから」と、お嫁さんは不平をのべた。

「寒いから、あったかい御飯をたくさん食べて行って」と、言われた通りにユリ子はしたが、それでもそわそわと腰がおちつかず、豚小屋方面に耳をすましていた。なるべく時をかせごうとして、土間のひろい炊事場など写真をとりまくっていたが、ついに時間ぎれで運転席に入った。それでもあきらめず、エンジンをふかしてから、また下りて行く。私はかなりのあいだ待たされた。

「見に来てごらん。産んでるから」と、駈けもどった彼女の両眼はかがやいていた。もう五匹も生まれていた。六匹目も生まれてきた。息子さんは柵の中へ入り、気絶した赤ん坊をピタピタと叩いて、目をさまさせる。口や鼻につまった汚れものは布でふいてやっている。よろめき歩く赤ん坊は柵のあいだに首をつっこんだりするので、彼がそれをつかんで母ブタのおなかにくっつけてやる。

ユリ子がうれしげに、「おめでとうございます」と言うと、お嫁さんもうれしそうに「ありがとうございます」と言った。ひるまのお産はめずらしいそうで、ほんとうにおめでたい気分が豚小屋の一隅にみなぎっていた。私たちが柵の中へ入ると、母親がこわがって、お産を途中で止めるという話であった。

「窒息ブタは布とワラでピタピタと叩いてやると咳をして、くしゃみのようなのをして息をしはじめる。産道を出てから、しばらく休んでから息をはじめる。親の乳にとりついてから乳を吸出すが、最初にとりついた乳房が自分のものとおぼえているらしく、必ずその乳房を吸うという」

彼女の記録では「産道」という言葉が用いてあるが、男の私には（たとえ知っていても）とても使えず、使う気持になれなかった。

「親ブタはとても子ブタを可愛がり、なめてきれいにしてやったり、雨が降って寒いときは、自分の腹の上に子ブタを全部のせて体温で保温してやる。お腹の傾斜をすべり台にして、子ブタをのせては滑らせて遊ばせてやる」

生まれたての子ブタが次々と乳房にとりつく。そして乳房をもむ。それが親豚のお腹を刺戟するマッサージの効果をして、次の赤ちゃんが次々と生まれやすくなるらしい。

お産の経験のある彼女と、経験のない私とでは、ブタのお産に立会ったさいの観察と感覚がまるでちがっていることだろう。私は、飼猫のお産のほかに、産む、生まれるという現象を目撃したことはなかった。猫の場合も見ないようにして逃げて行き、「チョマの奴、生まれてから死んだ自分の子、食べちゃいましたよ」と、女中さんに言われてゾッとした。

志賀直哉氏の小説で、夫が自分の妻のお産をしまいまで見とどける場面があった。それを読んで「ぼくにはできないことだなあ」と、私は思った。したがってその日も、私は「見た」とは言うものの、彼女の熱中ぶりにくらべれば「見ない」も同然なのであった。

正午に開始されたブタのお産は、半日かかり、七時ぐらいまで大島一家は付きっきりでいなければならなかった。

雨はかすかに降りつづいていた。風も加わっている。私たちは、知多半島の新舞子まで行かねばならなかった。小作農の子を父にもちながら、私は農村、農民について、まるで無知であった。人間を描かねばならぬ作家として、それは恥ずかしいことであった。これは、第一次戦後派全員の欠点でもあった。私たちはあたかも「お産」を直視するのを避けるようにして、農業、農村、農民をよけて通っているのだった。

私の父の故郷を訪問するのに、ユリ子は気乗りがしなかった。しかし、行ってみてブタのお産に立会って、すっかり機嫌がよくなっていた。

だが、これから行こうとする知多半島、新舞子にも彼女はまるで興味を示さなかった。私の兄とその妻が水族館長の若き一家として、自分たちの子供を産み、その子供を育て、水産学の仕事を次々と実現した海岸と言ったところで、それは彼女にとってエンもユカリもなく、「フウン。そう。それがわたしにとって何だと言うのさ」と言いたくなる、つまらない場所にすぎない。

　彼女は、彼女の知らない私の過去の想い出の地点や人物を、私がなつかしがるのを極度にきらうのである。東海道五十三次を計画してからも、彼女は自分にかかわりのない、つまり彼女が関係できなかった、かつての私の身のまわりを、彼女の意志と感情を無視して、私だけで回想したりするのを、「チョッ」と舌打ちして、にくらしがるのであった。私だって彼女の機嫌を損じて、衝突事故でも起こされては、と、なるべくひかえ目にしているのではあるが、このさい行ける所へは行っておきたいのであった。

「なつかしがるとか、追憶にふけるとか、そんなこと、おれがするわけないじゃないか。商売の必要から、ソントクを考えてやってるんだ。それに対して、とやかく文句つけることないじゃないか」

　と、私が説明してやっても、彼女は無気味なくらい厳然として、怒りの女神の如く無言でハンドルをにぎっているのである。

「つまんない所ね。こんな所、わたし住みたくないなあ」

　と、彼女はケチをつけはじめる。

「田舎なんて、ちっともロマンチックじゃありゃしない。ふうん。お兄さんは助教授になると、すぐヨシ子さんと結婚して、ここへ来たのね。ふうん。東大の先生なんか、あこがれの的だったんだろうな。戦争中、海軍士官が女学生のあこがれの的だったこともあるしな。だけど、その海軍士官が梅毒になって、私の友だち、えらい目に遭ったわよ。ふうん、淋しい所だなあ」

熱田から右折して、常滑《とこなめ》へ向かって、西知多産業道路を、まっすぐに私たちは突進している。運河のような川があり、工場街があり、古い松並木もあった。空はくらく、雨ははげしくなる。

名古屋市東区東門前町のスタンドでガソリン（九二〇円）を入れてきたから、その方は心配なかった。新舞子の旅館や料亭の看板が目につきはじめる。町に入ると、彼女は駅前の化粧品店で、八十円の櫛を買った。櫛を忘れた彼女は、宿につくたび女中さんに借りていたからだ。

「駅前広場を入って、踏切をわたってすぐの遊園地に車を停めなさるといい。それより先に行くと急に砂にふんごむからな。ふんごめば車は出られなくなるでなもし」

と教えられた。海岸に並ぶ茶店には板戸が打ちつけてあり、水族館の門柱には「四月まで閉館」の札が下がっていた。

季節はずれの、犬さえ寄りつかない海水浴場。海は海だけ、砂浜は砂浜だけになって、人影のない海岸。雨にぬれしょぼれ、閉館された水族館。

名古屋の東山動物園でも、雨の日の午前、園内の人かずより、動物の数の方が十倍も百倍も多かったので、「雨ノ日ノ動物園ハシズカナリケリ。小ナルワニモ大ナルカメモ睡リオリテ、シズカナリケリ。動カザル彼ラハ砂ト土ヲカブリテ何ゴトモ主張セザルナリ。死ニタリヤ生キタリヤ、大蛇モタダシズカニネムリテアリタリ。雨ノ日ノ冬ノ動物園ノシズカナルコト、ヨロシキカナ」と歌いたくなった。

昭和十一年、新舞子に東大農学部臨海実験所の付属水族館が設けられたとき、それは東洋一と呼ばれた。

今、その水族館が廃屋のように、さびれはてて見えるのは、雨の日の陰気な空と、春を待つまでのひと気のなさのせいばかりではなくて、東海道のみならず日本列島いたるところにおいて、水族館なるものがおどろくべき発展をとげたからであった。

わが日本の如く細い陸地のつながりだけを拠りどころにする国家にあっては、陸族であるとともに水族的性格をも充分に発揮して、水陸両棲類の能力を大いに利用しなければならない。そのためにも（たとえ観光用と罵られようと）、水族館がさまざまな智慧才覚を結集して、「これではまるで水中帝国ではないか」とあやしまれるまで、海中、海底、海のはてまで「館」をおしひろげて行かなければならない。スイスのピカール博士がバチスカーフ号で水深一万メートルまでの下降に成功したニュースをきいたとき、私はくやしくてたまらなかった。「海のことならニッポンにおまかせ下さい」と、なぜ主張したり自慢したりできないのだろうか。

もうじき、わが日本はウジョウジョと虫のように密着した陸好きの人類の繁殖によって、足のふみ場もない有様になるのはわかり切っている。「海国男児」という掛声は、あれはほんの気まぐれの空いばりにすぎなかったのだろうか。海は陸よりもひろい。陸の道はかくも混雑して、あわれなる交通戦争をなげいているが、海の道の収容量ははてしないのである。

小さな遊園地の片隅に、童児の石像が立っていた。人形塚、昭和八年と彫られてある。人形塚の前で、ダンボールの箱や仏壇に供えた枯れた花をもやして、女の人が焚火をしている。広重は街道すじの焚火を、彼の画にたくみにあしらっている。ユリ子が近寄って行くと、その主婦はニヤッと笑う。そして洗濯物の干してある戸じめの茶店の中へ入り、もやす品物を持って出てくる。二人の女は何も話をかわさない。横に流れる、うすい煙を前にして、だまって仲良く手をかざしている。

浜にひきあげられた漁船、一段たかい警察官詰所、丸い屋根をもつ展望台。すべては見すてられ、置忘れられたように、雨に打たれている。

この浜には民間機の小さな格納庫があり、戦争中そこも機銃掃射をうけたと言うが、今はどうなっているのだろうか。

私の兄は新舞子の水産実験所で、伊勢湾、三河湾の重要水産資源の生態に関する研究をつづけていた。

その「資源」というのは、モエビ、アカエビ等のエビ類。クロダイ、アイナメ、ギマ、イカナゴなどの魚類である。次に「ボラの川養殖に関する研究」「人工魚礁に関する研究」「魚の成群行動に関する研究」「汽水池におけるスズキの養殖」「日本アミの生態に関する研究」を、おとなしく根気よくやっていた。

私もおとなしい人間であるが、兄は私以上におとなしい男であったから、海辺の仙人みたいな実験生活が性にあっていた。

知多半島と渥美半島は一匹のカニの二本のハサミの如く、知多湾と渥美湾をかかえこんでいる。その一本の渥美半島の伊川津にも、実験所があった。

兄に連れられ、二十代の私も伊川津へ行き、助手と二人で長い時間をかけて網をひいている兄の作業を見物した。「こんなこと、ほんとうにやってるのかどうかわからないんだから、いいかげんにして『やりました』と報告しておきゃいいのになあ」と、若い助手は不平を言ったが、誰も見ていないから怠けてすますというやり方は、学者はやらないものだ。

私の目撃したその、ばかばかしく根気の要る作業は、昭和十五年から十七年まで、三年間、干潟をふくむ浅海の藻場《もば》（アマモ、コアマモ、通称アジモの繁茂地帯）が稚魚の成育場として重要であるから、まるで小説家が「全体小説」をつくりあげるようにして、内湾沿岸の稚魚の種類、季節につれてそれらの種類がどう変化するか、どの位の大きさになるまでそこに棲息するか、網にかかってくる小魚雑魚のすべてを調査分類せねばならないのであった。

また、政治青年と宗教青年のあいの子であった私は、毎日、たべきれないほどのクロダイの寸法や目方をはかっては、棄ててしまう兄の、ゆっくりさかげんが、何の役に立つのかと腹立たしくなるほどであった。「ウロコの輪でクロダイの年齢を調べてどうなるのか」という私の性急な観察はまちがいであった。

おそらく私の作家仲間の誰一人として御存知ないであろうが、クロダイさんは元来、雌雄両性で、二年目に精巣が熟し、三年目に卵巣が熟しまして、オスの機能からメスの機能をとるようになります。これを「雄性先熟」と申しますぞ。エヘン。「おれは男だぞ」「わたし女ですもの」など、いい気になってはいられないのである。ユリ子がオスになり、私がメスになることだって、クロダイ社会では許されるはずだ。

兄の助手は「下りウナギ」と称する大型ウナギの卵巣、精巣の熟度もしらべていて、今でも伊川津の実験所では、アジモもくさるほど湾内の水質がわるくはなっても、老朽の実験室で太い太いウナギにホルモン注射をしたりして、ウナギの人工受精までいま一息といった状態である。もっとも、東海道はウナギとニンゲンの共存共栄であり、ウナギ臭の充満するところ、人臭もまた充満しているのであるが。

敗戦後、小説家の卵になりかかりのころ、新舞子の隣の村で、私は一ヵ月をすごした。『愛』のかたち」という作品を書くべく努力したけれども、ついにその漁師の家の離れでは、一枚も書けなかった。

私はいまだに、男女の愛情、人類愛、愛する、愛される、要するに「愛」なるものについて真相をつかむどころか、ますます混迷の闇につつまれる思いがしている。「愛」とカッコつきにしたのはそのためで、その小説の結論は、愛にはカタチなんかないという、まことにかたなしのものであった。

椎名麟三、梅崎春生の両氏が講演会の帰途、たち寄ってくれたのが何よりうれしかった。三人は並んで暮れかかる海を眺めながら楽しく語りあったが、ついに「愛」については語らなかった。語ることができなかった。むやみに「愛」なる言葉を口にするのを恥ずかしがる点で、三人は共通していた。

さて私と「愛妻」とは焼きものの町、常滑まで下ってから、知多半島を横断して、半田市へぬけた。常滑では至るところに積まれた土管、瓦、植木鉢が雨にぬれて光っていた。赤い粘土の山、土管やタイルの破片の山、東京では見られなくなった立派な瓦屋根、黒い瓦の一部分を赤い瓦で補修した屋根。雨は降りやまず、風は吹きつのってくる。

「台湾坊主」と称される強風が、カニのハサミに似た二つの半島めがけて近づきつつあった。

半田市には、古風で大がかりなミツカン酢の木造の工場があった。境川の河口、衣浦湾には、キヌウラ大橋が雨しぶきにけむっていた。このような優美な長い鉄橋が、私たち以外に車も人もほとんど通行しない土地に、突如としてあらわれて来て、もう二度とこのすばらしい橋を渡ることもないのかという感慨が、横なぐりの雨と風の淋しい光景の中で、わきあがってくる。

「きっと、こんなところ、もう来られないわね」

東名、名神高速道路や国道一号線をはずれた路を走るとき、彼女はいつもそうつぶやき、私はいつもそう思った。

高浜町、碧南市、西尾市、一色町、幡豆町。八十キロのスピードで、これらの市や町のどのあたりを走りぬけたのだろうか。

白ヘルメットをかぶった女学生の自転車は、強風によろめいている。息をひそめたような古風な町の古風な家並。和菓子屋の店先では、「さくらもち」の貼紙が今にも風に吹きちぎられそうになっている。「さくらもち買いたいな。買おうかしら、どうしようかな。たべたいんだけど」。貼紙の前を通りすぎるたび、彼女は腰を浮かす。だが停車しないのは、風雨があまりにもすさまじくなりはじめたからである。

蒲郡の競艇場から流れ出した車で、海岸の路は混雑する。バス停留所では、もうけたのか、すったのか、ぐしょぬれの男たちが寒がって足ぶみしている。色も光も失った海は、無愛想で殺伐なおもむきである。

「風がごおんと鳴って吹く。裏山の松にあたる風らしい。冷えてくる。便所に入るとしんしんとお尻寒し。便所に入ると本当によそに来ている感じがする。枕を工夫して寝たので、首の具合ややよろし。目の具合もそれにつれて少しよろし」

次の日、私たちはもう一度浜名湖周辺を見たくなったので、豊川インターチェンジから東名高速へ入り、三ヶ日で浜名湖北岸へ出る。豊川のゲートには「強風のためハンドルをとられるから注意」と貼紙があった。雨は上がったが、風はますますはげしい。台湾坊主はついに、本格的に上陸しつつある。

蜜柑畑の霜よけは、わらムシロや黒、空色、グリーンの蚊帳のような布、半透明の白いビニールなどさまざまで、それが一せいに風にあおられ、苦しげにうごめいている。

レイクサイドウェイの出口で、湖水を眺めるため停車したが、吹きあげる風に足もとが危くなり、たちまち車内に追込まれる。

国道一号線を豊橋方面に向かって引きかえす。汐見坂をのぼり、海面を見おろすと、たしかに白髪をさかだてる如く、潮が噴いている。

長谷という所で「伊良湖岬へ五九キロ」の標識を見つけた。渥美半島の突端まで行くには、豊橋から半島の内側を貫通する、田原街道の良く鋪装された快適なドライブウェイがある。私たちが他の路をえらんだのは、同じ道を往復するのをきらったからであった。

はじめは走りよさそうだった道は、すぐさまやっかいな道路工事ではばまれた。泥んこの工事現場で、車は大ゆれにゆれて左右に傾いた。サングラス、ピースカン、ノート、ボールペン、手袋など運転席の前にのせてある品物はころげ落ち、拾いあげるとまた落ちた。やっと難関を突破して、鋪装の路がつづく。するとまた悪路がやってきた。次に気持のよいバイパス。それからまた工事の男女のたちはたらく、ぬかるみの路。「こんな路、こなければよかった」と、必死でハンドルをにぎりしめる彼女は、私をうらむように言う。

「ああ、もうあと五分でもいいから鋪装された路がつづいてくれればいいのになあ」と、私は神に願っているのに、絶好の路は、急に悪質きわまるデコボコ地面と化するのであった。

おそらく、半島の外側を走るこのバイパスは、この夏には申し分ない観光道路にまで成長するにちがいなかった。その産みの苦しみになやまされた私たちは、それでも道路誕生という科学的難事業をつぶさに知ることができて、「道路を走る者は道路をつくりあげた者に感謝せよ。われらは何たる恩知らずであるか」と、おくればせながら悟ることができた。

キャベツ、白菜、大根の畑。松林の赤い土の丘陵のあいだを走っているので、烈風のことは忘れかかっていた。赤羽根町に近づいて、海が見えはじめると、荒い息を吐く台湾坊主の大きな手が私たちをつかみにかかった。

全く、花の半島であった。

温室の中には、白、黄、赤、ピンクの花が咲きそろっていた。露地栽培の金盞花《きんせんか》は、あふれ出るように花のさかり。ストックの紫とえんじとピンクは、染められた布か紙のように、これが自然の花かと疑いたくなるほどに濃厚であった。温室の外の花は、道の両側に低めにしがみつき、やっと風をこらえている。今にもちぎりとられそうに揺れうごく花の魅力にひかれて、カメラを手にして外へ出ようとした彼女は、一度あけたドアが風で打ちつけられ、片足を挟んでしまった。

「ここをうつせ。あそこをうつせ」と号令を発している、私の足もともおぼつかなくなった。

菜の花の畑。大輪の矢車草の畑。みんな花ざかりで、しかもみんな風のため苦しげである。

吹出橋という小さな橋。たけだけしく変貌した海水が狭い入江に入りこみ、山のふところに漁船の群れが避難している。

「ここは面白いぞ。この景色うつせよ」と命令しながら、車の外へ出た私は、たちまち風に煽られ、石橋の石柱に押しつけられた。

彼女は自分の側のドアをあけようとしても、あけられない。私の側、つまり助手席のドアをあけて外へ出たが、カメラをかまえたまま、見えない手で引きずられるように後ろざまに退がって行く。

吹出橋という名前を見れば、そこが烈風の吹きぬけるトンネル状の地勢だとは、すぐわかるはずだった。真っ黒に陽やけした中年男が、橋の手前でバイクを下りている。風にさえぎられ、二輪車が走らせられないのである。車にもどっても、腹から背へ風が吹通りでもしたかのように、冷気が全身にしみついている。

温室村はつづく。花はますます数をまし、そしてあたり一面にゆれさわいでいる。

フラワー・センターに入る。大温室の熱帯植物を見る。二階の食堂で、私はオムライス、彼女はチャーハンをたべる。温室も、食堂も、ガラス窓、ガラス戸は風にきしみ、風にしない、風にうなっている。自分の注文した炒飯がおいしくなかったので、私のたべているオムライスを、彼女はうらやましそうに見つめている。

「食べろよ。こっちの方がうまいこと、おれ知ってたんだ」と、私が自分の皿を押しやると、彼女はすぐさま大きなスプーンと大きな口で食べつくした。

休日を楽しむ少女が一人、下の売店で買ってきたグリーンの石の指環を、何回もあきずにいじくっていた。その傍では、保険集金人のおじさんが、黒カバンをテーブルに置き、すごい速さでカレーライスをかっこんでいた。そのほかに、客はいない。

伊良湖岬はどこか。海はもはや完全に、陸地なるものを軽蔑し切って、好きなように白い波の歯をむいている。坂をのぼりつめてストップすると、車は風のいたずらで持って行かれそうになる。藤村詩碑、芭蕉句碑。そんなものを見に下りる気にはなれない。

「おれはお前たちなんかきらいだ。おれを見るな」。銀灰色にかがやく風の日の海は、そう主張している。

蜜柑、メロン、パインアップル、ヤシの実を売る店。どこにも客がいなかった。

女学生が二人、岬のはずれで風のため歩けなくなっていた。自家用車の青年が二人、彼女たちを乗せてやるため、車を停めている。風に逆らって、やっと立ちどまり動けなくなった女学生は、乗せてもらおうか、どうしようかしらと迷っている。もしも二人の青年が悪漢だったら、へんな所へ連れて行かれ、へんなドラマが発生するのかも知れない。もしも乗らないで、このまま歩いていたら、彼女たちは烈風のドラマの幕の中にとじこめられ、くるくる舞いをするだろう。彼たちと彼女たちの会話は、吹きちらされて、私たちにききとれるはずがなかった。

「わたし、いつも花ちゃんに、知らない男が乗せてやるとさそっても、絶対乗っちゃいけないと言いきかせてるよ」

私はひそかに考える。「乗るべきか、乗らざるべきか。だがいずれにせよ、ユリ子だったら、平気で乗りこんじまうだろうにな」

歩行者は一人もいなかった。バイクや自転車がたまにすれちがっても、みんな車を下りて押していた。バス停留所の標識も、ぶっ倒れている。田原街道を豊橋へ向かう。快晴。だが風は、巨大なキック・ボクサーみたいに透明な手足を動かして休むことをしない。

雨、雪、霧がドライバーの大敵であることは知っていた。だが、風魔のため二輪車と三輪車はすでに通行できなくなっていた。のこるは四輪車。風魔一族に抵抗する戦車の如く、われらは突進する。ときどき彼女が「ウウッ」とうなるのは、ハンドルをとられそうになるからだ。

乞食が一人、海草のように何枚もボロ布をまきつけて歩いていた。気ちがいか、仙人か。彼はなぜたった一人、何の目的もなしに、強風にさからって歩きつづけているのか。両手で自分の上半身を抱きしめるかっこうで、強健そのものの彼は、聖者の如く白痴の如く、吹きさらしの街道をだまりこくって歩いて行く。彼だって歩きにくいことは、彼のゆがんだ顔つきでわかる。残飯や小銭をもらうためだったら、繁華街や寺町の陽だまりに坐ってさえいればいいのに。彼は彼の身のまわりの風景や人事、つまり「この世」について何一つ関心をもたないかの如く、ひたすら二本のたくましい、鉄棒のような脚をうごかして進んで行く。

「あれにはかなわないぞ。どうしたって奴にはかないっこないぞ」と私は思う。

「ああいう人、丈夫なのよ。丈夫でなかったら、すぐ死んじまうもの」と、彼女は別に感心した様子もなく車を走らせる。

もしも乞食男が「東海道五十三次」を書いてくれたら、異様にあざやかで根源的な教訓が突風の如く我らを襲うだろう。だが、彼らは決して、書きはしない。「書く」という行為より、もっと重くるしく抜きがたい、神からあたえられた「任務」のようなものがあって、彼らは断コとして乞食以外のものになろうとはしないからだ。地上とは何か。道とは何か。歩くとは何か。彼らの方が私の百倍も知りつくしているのだ。

杉浦明平氏には、ルポルタージュ『台風十三号始末記』（岩波新書）がある。氏が町会議員となっていた福江町が、今では泉村、伊良湖岬村と合併して渥美町となった。

昭和二十八年に渥美半島を通過した台風十三号、その災害復興のさいの、町長、町会議員、小学校長、村の有力者、東京からきた「検察官」の動きが面白おかしく手にとるように語られてあって、花の半島の土着住民の実態が、われらドライブ旅行者にはとうてい、探ることのできない、くわしさで報告されている。

助さん格さんを連れた水戸黄門の漫遊は、地方政治の乱れ、あさましさ、困った状態の調査のためであった。われら夫婦にはそのような観察力のもちあわせがないけれども、無数のマイカー族がもしその気になって目や耳をはたらかせれば、案外、それが地方政治の改革に役立つかも知れない。今のところ、その逆で、非難批判さるべきはマイカー族のみと相場が決まっているようではあるが、それは心がけ次第というものではあるまいか。

下半身を泥だらけにした車を、豊橋のスタンドで洗ってもらう。もちろん給油もした。

「遊びですか。それとも仕事ですか」若い衆がすこぶる愛想がいいのは、東京の品川ナンバーに気がついたからであった。

「そうねえ。仕事でもあるし、遊びでもあるし」

「いいなあ。仕事で遊びながらスリーSに乗ってるなんて最高じゃないですか」

彼らも、ほとんど全通したばかりの東名高速道路で東京へ出かける予定なのであった。

東京までの道筋、距離、時間などにつき彼女が彼らに答えているあいだ、私は窓を密閉した車内にのこり、車の屋根や横腹にぶっかけられる水道の水の迸りの下で、おとなしく腰かけていた。「仕事でもあるし、遊びでもあるし」という、われらのあまりにも特殊すぎる旅行条件が、何とも恥ずかしくてたまらなかったからである。


名古屋市で一ばんの買物は、ゴリラの手形であった。

手のひらのしわや、五本の指の指紋まで黒く捺《お》された色紙に、肩を並べた三匹のゴリラの写真までついているのは安いと思う。

「東山動物園の人気者ゴン太君で生後約一〇年のオスです。この手形は昭和四三年四月一日に飼育係が苦心してとったもので、そのときの体重は一九三kgでした。漸く成人に達したところで、人間なれば二〇歳ぐらいに相当するでしょう。お相撲さんより大きい手のひらをご覧ください」

ゴリラの手のひらは、足のうらよりも大きいと察せられた。これはユリ子が一度動物園の外へ出てから、また引きかえして買ったものである。犬山モンキーセンターで、ゴリラの剝製《はくせい》には感心しなかった彼女は、東山動物園でホースの水を浴びているゴリラが、ホースの水先にお尻やお腹や、好きな部分を向け、しまいに両掌で水をうけて顔を洗う有様にすっかり感激したのであった。

動物園、水族館、植物園とそろっていて入園料五十円とはたしかに安い。ただしモノレールは七十円であるが、それに乗らなくてもさしつかえない。

私が記録した彼女の感想を、まとめて紹介すると、大体次の如くである。

「動物は自意識過剰じゃないなあ。だから人間は動物が好きなんだなあ。動物はふらふら歩いているからなあ。ピューマは脚が太いわりに顔が小さいなあ。トラの顔は大きいなあ。トラは日本人みたいだなあ。このトラにはウサギやなんか食べさせるのかなあ。あそこに飼われていたウサギも食べられるのかなあ。水槽のエビがけんかしていた。エビがこねこねと取っ組みあって、ひっからまったまま水の中でジッとしていた。キツネダイは真っ赤で気もちわるかったなあ」

名古屋城では、きしめんを食べた。めずらしく私の方が百円の玉子とじきしめん、彼女が五十円のただのきしめんを食べた。五十円のでもホーレン草入りで、花鰹もかけてあった。店番の中年婦人が毛糸の編物をしながら、安田トリデ陥落の話をしていた。「とじこもった学生の中に、女が一人まじっていたそうだね。女ひとりで、他の男の学生みんなの御相手したんだろうかね」

と、びっくりするようなことを低い声で、平気で言った。特に学生をきらうとか、大学を攻撃するとかいう口調でなしに、ただただその点が気がかりだという様子であった。

名古屋城にかぎらず、どこの城や城跡へ行っても「お城というものは、たいしたもんだなあ。来てみてよかった」と私は思う。

封建領主が民の膏血をしぼり、自己保存のための根拠地を築いた結果にはちがいない。寺院建築、宮殿建築、教会建築、城郭建築、いずれも私たちが自分でつくることの不可能な、ぜいたくきわまるしろものである。

しかし骨組みのがっしりした、石材木材をふんだんに集めた、広大な敷地にそそり立つ、巨大建造物へ自由に出入りできるということは、それだけで我らに許された「ぜいたく」の権利を獲得できた喜びである。かつては、領主様や奥方様やその臣下たちだけが、人民どもをおどかしたり、すかしたりして支配するための秘密の天上界であった、その「お城」が「さあ、みなさん、どうぞ八十円はらって天守閣までエレベーターで登って下さい」と、客を招いていることは、いかなる恐ろしき権威もやがては変化して、遊び半分に見られる形骸となるという諸行無常の定理を示しているのであって、城門をくぐり石段を登り、曲がりくねった城壁や廊下を勝手きままに歩いていると、強者と弱者とを区別して、あがめたてまつったり、さげすんだりする絶対不動の秩序なるものが、いかにはかなき幻想にすぎなかったかと、われら弱き愚民どもにまで感得され、ゾクゾクするほどうれしくなってくるのだが、世界各国は、まだまだ堅固な「お城」を築き、城中ふかく忠臣どもを参内させることを止めようとはしない。「お城」があるかぎり、おえら方も存在する。

小田原城の入口には、毛色のわるいライオンが檻の中で、つまらなそうに寝そべっていた。

静岡の駿府城あとは、ほんの申しわけに城の石垣をのこすのみで、県庁その他の役所の敷地と、だだっぴろい公園風の空地と化していた。児童文化会館では、最新流行アブストラクト、サイケデリック風の子供絵画が展覧されていたし、超モダンな公会堂も人目をひくかっこうで建てられてあった。城あとを如何に利用するか。それは住民の意志によって決められているのだろうか。

葵の御紋の本場だから、家康お手植えの蜜柑《みかん》があった。それは良いとして、白い石像が立っているので近寄ってみると、紅衛兵のようないでたちの少年少女二人組の記念像だった。

少年は戦闘帽、少女は女学生の制服とズボン。それに、はちまき。戦争中、空襲された工場で死亡した、生徒たちの慰霊の碑であった。表には「やすらぎ」ときざまれ、裏には勤労奉仕で死んだ生徒たちの名がはめこまれてある。

「題字は岸信介である。岸信介や土地のえらい人たちによって、寄ってたかってやすらかにされちゃったみたいである」

これは彼女の意見であって、私はそんな「あたりさわりのある」ことは言わないことにしている。

名古屋の平和公園には、平和塔がある。ここは名古屋市内の各寺院の墓地を、一ヵ所にまとめた広大なる丘陵地で、当時の市長はずいぶん思い切った事業をやったものである。お墓のジャングル、お墓のメガロポリス、お墓の前進基地の如くであって「地球の面積は限られているのに、死者の数は永久にふえつづけるのであるから、やがてお墓なるもので地球がうまってしまうか、それとも、お墓なるものをあきらめ、全廃してしまうか、いずれかになるであろう」と感じさせられた。

蜜や砂糖にたかるアリの如く密集し林立する、おびただしい墓石の中心に立つ、その平和塔には「やすらぎの塔」よりはるかに複雑な想いがこめられてあるらしい。

オリンピック風の裸体。男女恋愛風の（もしかしたら交合かと錯覚する）裸体。母性愛風の裸体。仁王さま風、天使風の裸体。ガイ骨と鉄砲や大砲の図、空襲の図などで、この塔の四方の壁はうずめつくされてある。悲しみと呪い、祈りと願い、にくしみと怒りを盛りこんだこのレリーフをつくづく見つめていると、白く光る平和や「やすらぎ」を表現するためには、黒々とした何かが必要なのであるかと肌寒くなってくる。

わざわざ平和公園まで来ないでも、新しく開通した高速や有料の道路、バイパス、ドライブウェイを走ると、急に眼前にむきだされた墓石や墓地にお目にかかる。そして遺族が祖先を「ハカ」のかたちで記念することが、はたしていつまで許されるかと疑いたくなる。公共の記念碑、記念塔にも、やがては一つの家族、一つの家系の墓地や墓石とおなじ運命が迫ってくるのではなかろうか。

長島温泉 - 専修寺 - 鈴の屋 - 伊賀上野 - 伊勢神宮

富士川、安倍川、大井川、天竜川、矢作川。

三重県に入る前のこれらの川は、それぞれ一本ずつ離れて海に注いでいる。ところが木曽川、長良川、揖斐《いび》川は三本が一つに合体しそうになって、勢ぞろいして伊勢湾に流入している。

このデルタ地帯に達するまでにも、庄内川、新川、日光川、鍋田川など、目まぐるしいほど多くの河川を渡らなければならない。そうして、いわば日本河川全集のページをめくって最高潮に達するのが、長島町のある三角洲である。

「水滸伝」、百八人の豪傑が時の政府に反抗してたてこもった梁山泊。あの根拠地で彼らが官軍をなやましつづけることができたのは、そこが沼沢や河川にかこまれ、水路の入りみだれた特別の地区だったからだ。

一たん豪雨があれば、どれが木曽川、どれが長良川などと流れを分けるのが不可能なほど、全面的な水害におそわれる。ここらを「輪中《わじゅう》」と呼ぶ、その「わ」とは「くるわ」

の輪であって、水の暴力から一致団結して農地を守らねばならぬ農民の「郭」の意味であった。

水にめぐまれすぎて迷惑をこうむる不幸な土地であった。だが、自然の暴力がいじめぬいた、このデルタ地帯は、いざ政治的暴力でいじめられる段になると、守るにやすく攻めるにかたい究竟の防御陣地となることができた。

大自然は、自分のちからで押流した土砂で盛りあげてやった河口の土地を、安全無事に放任しておいてはくれない。同様に、天下取りを夢みる武将は、あんまり税金収入のみこみのない長島デルタをも見のがそうとはしなかった。

あくまで織田信長に抵抗した長島の一向一揆の本城、願証寺は今では長良川の川底に沈んでいる。

伊勢一円は、浄土真宗の布教前線である。すでに一四八〇年代に、領主の伊藤重晴がここから逐っぱらわれていた。蓮如上人の第十三子蓮淳が、ここに願証寺を建て、宗教のみならず政治の支配権をもにぎったからであった。

「日本全国征服をくわだてる、おれの前に立ちふさがる坊主どもとその信徒ども。奴らがどうしてもおれの政権をみとめないなら、攻めほろぼし焼きこわしてやろう」

織田信長は、比叡山延暦寺の焼打ちには、あっさり成功している。しかし、長島梁山泊を攻めおとすことはむずかしかった。

一五五六年、織田孫十郎は長島攻略に失敗して自害した。七〇年、信長の弟織田孫七も敗退して自殺した。信長自身も、七三年に侵入して敗退。一五七四年には信長父子が総攻撃をかけてきて、十八年ぶりに願証寺は落城した。長島の町人百姓、二万人が占領軍によって殺しつくされた。

これらの史実は、グランスパー長島温泉の「観光バスガイド・テキスト資料」なるものに、くわしくのべられている。一向一揆の勇ましくも悲惨な史跡で、お湯につかろうとは、夢想もしなかった。

名神高速を通って大垣のインターチェンジへ出るにしろ、国道一号線の尾張大橋と伊勢大橋をわたって桑名市へぬけるにしろ、または名四有料道路で四日市市へ達するにしろ、私たちは常に木曽川、長良川、揖斐川の鉄橋におなじみになっているはずであるが、この三本の合流地点の尖端に、大温泉が出現しているなどと知るよしもなかった。

ひるのあいだは、団体バスの発着がはげしくて、どこへ駐車して、どこからホテルの入口へたどりついたらいいかわからぬくらいの混雑。日が暮れると、ひっそりする。と言うことは、一風呂あびて遊びくるって日帰りという、「大衆的」な客が多いからであろう。天然ガスを掘りあてようとしているうちに、温泉が噴き出してから五年。伊勢湾台風の前と後に根気よくつづけられた護岸工事、干拓事業、用水路と排水路と道路の整備のおかげで、血なまぐさい古戦場、ありがたくない水害地が総合レクリエーション・センターに生まれかわった。つまり「諸行無常」なる淋しそうな真理が、逆作用して繁栄、金もうけの原因となった好見本である。

ここの円形大浴場は、うそいつわりなく大浴場で、丸天井が高くのしあがっているので屋内競技場のようだ。私は部屋づきのバスでまにあわせたが、彼女は夜おそくそこへ出掛けて行った。

そして「アウシュヴィッツみたい」と語った。

これは、決して悪口でそう言ったのではない。

鍵のかかるロッカー（こわれているロッカーもあるので）に衣類をつっこみ、そこからタオルだけの裸で浴場入口へ行き、階段を下り湯船につかるまでの道すじが長い。アーチ形の階段には（丸みえではいけないので）ホンコンフラワーの如きビニール製の葉や蔓が飾りとしてまきつけてあり、中年の主婦も老婆も女の子もぞろぞろと裸で歩いて行く。手を振ったり足をはこんだりする、そのやり方がヘンな具合になり、自分でもヘンだと意識するので、手ごたえのない、ふにゃふにゃした歩き方になる。螢光灯の色のせいもあって、裸人間の皮膚の色もヘンな色に見える。

彼女はおそらく、ナチス残酷研究の翻訳書の写真で、収容所を裸で歩かせられるユダヤ女性群の姿を見おぼえたにちがいない。

海岸や河岸の日光と風の中で堂々とかけ出すならまだしものこと、細長く密閉された路を並んで、ハダカで歩いて行くのは、ハダカ行進になれていない女どもにアウシュヴィッツを想起させるのかも知れない。

都はるみ、北島三郎、ダイマル・ラケットなどが出演する演芸ホールが二つもあり、映画館では『キングコングの復讐』を上映中だし、ゲームコーナーには「ねずみ退治」という珍しい仕掛けがあって、ベルトに乗ったネズミ（こしらえもの）を鞭のようなもので、めったやたらと叩いて、うまく叩ければブザーが鳴って点数がかせげたりして、万事は平和そのものの歓楽境であるのに、突如として彼女が「アウシュヴィッツ」などと口走るのは、なぜだろうか。

四日市では、白昼でも煙突から噴く火が見える。ふつうの工場街は夜間だけ黒い夜空に赤い光が見えるが、四日市では青空の下で、赤い三角旗のように火のはためきが眺められる。

何回もここを通過して、この煙突の火の三角旗を目にすると「ああ、四日市に来たな」

と感ずる。雨の日。風の強い日。風のない日。海からか海へか、風の方向によって、いわゆる四日市の公害の臭気の程度が違う。富士市では「第二の四日市にするな」というビラが貼られているが、天候と温度など、工場街の空気の流動の変化で、富士市より四日市の方がクサクナイときもある。日曜の昼と月曜の朝では、ニオイが違うのはあたりまえだし。

「あれ。今朝は公害の煙霧がないみたい。四日市らしくないわ」

豊里をへて津の市内に入る予定である。その前に、三重県津市、一身田《いっしんでん》町の真宗高田派本山に立寄ることにした。

右折すべき地点をうっかり通りすぎ、塔世橋のたもとの洋服屋さんで道をきいた。「左側に大学があったでしょう。あそこまでもどって、『左、関町』と道標のあるところを、左へ曲がりなさい」。教えられたとおり、逆もどりして田んぼの中の路を走ると「大きなお寺が見えたぞ。あれだな」と、細い田舎道を左へ折れ、高田高等学校の前を通り、本山の正門についた。

京都でも東京でも、私は東本願寺、西本願寺の大殿堂に行ってみた。東京では築地に西本願寺があり、浅草に東本願寺がある。私は浄土真宗から妙にひいきにされて講演をたのまれるが、たいていはことわるにしても、ひきうけてから「お西」だったか「お東」だったか、うまく判別がつかない。だから三重県の、こんな農村地帯にオヒガシでもオニシでもない高田派の本山があっても、特に行ってみたいと考えたことはなかった。

何も仏教にかぎらない。キリスト教のカトリックにせよ、プロテスタントにせよ、その分派あるいは分派の分派、またその分派のおびただしいこと、素人には迷路だらけのジャングルに迷いこんだようで、とてもきわめつくせない。

仏教はおシャカ様、キリスト教はイエス様と根源はそれぞれ一つであるのに、二十世紀の世界では、群雄割拠、邪魔者ハ殺セ、敵ヲ許スナとばかり宗団宗派は、こまかくこまかく分裂対立しているので、Aの教義がいいと言ったりしたら、B派が怒り出すし、Cの殿堂をほめればDの信徒が嘲笑したりして、寺院や教会へ立寄るのさえ、うんざりするのである。

縄ばりあらそいをやめるための宗教、それが縄ばり争いの張本人になっているようでに、とても分裂抗争は止みそうにない。カミさまホトケさまの信仰でさえ統一が望めないのだから、当分は、全人類の平和的統一などあきらめるより仕方がない。この宗教人種たちの浅ましき現状を、もしも神さま仏さまが、あきれかえって罰したり、ほろぼそうとなさらなかったとしたら、それはホンモノの神さまでも仏さまでもない。

雄大な瓦屋根に圧倒され、外観だけで「大きいなあ」と感心するのもよいけれども、やはり日本の大寺院は内部をめぐり歩いて「大きいなあ」と感心すべきである。

かつての京都の如く、政治と文化の中枢部に、石を投げればテラにあたると批評したくなるほど、各宗各派の寺院がむらがり集まるのは、不思議ではないけれども、一身田町の専修寺のようにポツンと一つ大伽藍《だいがらん》を擁しているのにぶつかると「どうして、こんなところに、このような木造大建築を誰の手で完成できたのだろうか」と問いを発したくなってくる。

「丹羽文雄先生が、うちの宗派でしてね。四日市にお父さんのお寺があって」御影堂への長い廊下や縁側を通って、中年の坊さんが案内してくれた。「田村泰次郎さんも、四日市かその近くのはずです」

高田派は東西両本願寺派にくらべれば、勢力範囲が小さいから、味方となれば作家でもなんでも自慢したくなるにちがいない。

丹羽氏は両親をはじめ丹羽一族の生態を、遠慮なく克明にえがき出していて、四日市の真宗寺院の内面が手にとるようにわかる。人間の美しさばかり歌い上げないで、醜さをも大切にすることは親鸞の教えである。

丹羽氏は昨年の暮れ、四日市の浜田町にある崇顕寺を訪れたさい、自分の生まれた寺の在りかが判らなくて、煙草屋で「崇顕寺はどこでしょうか」と訊いたそうである（『大法輪』五月号)。

鉄筋コンクリートの庫裡や、四階建の保育園になった寺そのものばかりでなく、四日市ぜんぶが変貌してしまったからだ。

「私のころは、庫裡のうしろから伊勢湾までの視野いっぱいに菜の花が咲いていた。西には鈴鹿山脈が紫色にかすんでいた。関西線の汽車がながながと黒い煙をひいて、ゆっくり走っていた。山門の右隣は、だんご屋であった。そのとなりは、しもたや、つぎもしもたや、そのつぎもしもたや、農家、小さい鉄工所、傘屋、茶碗屋、また鉄工所、そして私たちが新川と呼んでいた阿瀬知川があった。何軒かのしもたやの跡は、キャバレーに変わった。厚化粧のイブニングの女が表に立って、客を呼んでいた」

そして氏は最後に正直に語っている。

「もし私が崇顕寺の十八代目の住職をつとめていたならば、再建はできなかったろう。寺のためには私の家出はよかったようである。皮肉なことである」

専修寺では、親鸞聖人の木像「鏡御影」を安置した御影堂の方が、アミダ様を祀った如来堂より大きい。阿弥陀如来の信仰が根本であるにしても、各宗各派の争いのなかで生残るためには、どうしても個人崇拝、開祖開山の坊さんの絶対化が必要だったのである。

たたみ七二五畳を敷く御影堂は、一六六六年、津の藩主藤堂高次の強力な援助もあって、再建された。「内部は外陣を除いて、柱には金襴巻を施し、丸彫の欄間を入れ、頭貫より上を極彩色として、その華麗さは眼をみはらせる」

「わたし、外で待ってる」と言って、しぶしぶ付いてきた彼女が、ここの本堂で感心したのは「中がアッサリしている」からであった。アミダ一仏の外には、おつきの仏像群が何一つ取巻いていないからである。

玄関には「西御殿スリッパ」と書いたダンボール蜜柑箱が置いてあり、その西御殿には現在の法主《ほっす》が住んで、彼の後つぎが東御殿に住んでいる。

「へえ、そうですか。すると皇太子にあたる人がもう四十歳で、学習院出で、子供さんもあって、次の番を待っているんですか」。真宗教団の世襲制について何も知らない彼女は、しきりに質問した。「はあ、皇族や華族からお嫁さんがいらっしゃるんですか。こういう所へお嫁入りなさる女のひとの気持はどうなんでしょうかしら。劣等感とか、ふつうの恥ずかしい感覚とか、そんなものあったら来られませんし。自分のことを絶世の美女とでも信じていらっしゃれば、また別ですが。それで、その皇太子さまみたいに番を待っている人は、何をやっていらっしゃるんですか」

宗務室、総長室の前を通り、男二人、女一人がノリを大皿に盛って障子をはっている傍をぬけ、明治天皇の行在所へ行く。天皇が庭を御らんになり「春のようじゃ」とおおせられたので、「賜春館」と名づけられた。明治天皇は七月に来られたので、部屋の四隅には特別の蚊帳の吊手が残されてある。

ユリ子は松阪の和田金本店で、スキヤキを食べたとき「わたし、ここが賜春館じゃわよ」と言った。和田金、和田金と牛肉の看板ばかり目について、朝食ぬきの彼女は、御影堂が日本式、本堂が唐風、山門が印度式など問題ではないのであった。

松阪の商店街を狭い路へ折れて行くので、車の行末が心配であったが、幸い店の前に大きな専用駐車場があった。あまり大きくなさそうな構えの店が、中へ入ると奥深く広がっていて、客は満員。おねえさんが何か叫びながら部屋と部屋の間を走りまわっていた。

「ああ、うれしいわ。一度本店へ来てみたかったんだけど、来れてよかったわ」

W・Cの中でも歌を口ずさむほど愉快になった彼女は、テーブルの中央の灰に堅炭をかさね、牛肉、砂糖、こぶだし、たまりを次々と注入する女中さんの手順を熱心にみつめた。

「いよいよ始まるわ。本格的なスキヤキが始まったわ。さあ、これから食べるんだわ」と、肩や首すじにまで力をこめてのぞきこんでいる彼女の横で、私はひそかに考える。

「親鸞聖人は牛肉なんか食べやしなかったんだぞ。それでも強健そのもので九十歳まで生きていたんだ。この世は仮の世の中、だから味覚なんてものは仮の仮、夢まぼろしの如きものなんだ。食物がうまいとか、まずいとか、そんなこと気にかけるようじゃ、仏教徒と言えやしない。しかし、うまそうだなあ。丈夫なところだけは彼女は親鸞に似ているな。ともかく、丈夫で長もちしてもらわなくちゃあ……」

「春菊とネギの青いところ、シイタケを次に焼く。『どうだ』と言うから、また食べる。おいしい。肉ばかりたべないで野菜もたべなくてはと思ってたべると、野菜もおいしい。一口に春菊が五、六本入る。また、肉をジューッとやく。私はまたたべる。吸いこんでしまう味と舌ざわり、咽喉ざわり。もう一人前追加。最後の一切れは女中さんもほめそやすほど、ビーフステーキなみの大切り。私が食べてもいいとなって、私が食べておわり」

本居宣長は牛肉を？　そんなことはどうでもいいけれど、肉屋の女中さんに松阪公園と鈴の屋への道をきく。

「ベルグソン」の連載のあと、小林秀雄氏は「新潮」誌上に「本居宣長」を書きつづけている。小林氏が比較してみて、フランス哲学者ベルグソンに匹敵できる日本学者だとすれば、よほど偉い人物なのだろう。昔の小学国定教科書で「松阪の一夜」という文章を読まされた。われら小学生には、ナポレオンとゲーテの対面、マルクスとエンゲルスの共同研究、謙信と信玄の決戦ならともかく、六十七歳の賀茂真淵と三十四歳の宣長が古い古い日本の書物の解釈について膝つきあわせて語りあう場面は、いかにも陰気くさくパッとしないで、その重要性を理解することなど不可能であった。

　しかし今にして思えば、学問の伝統、学術の血脈なるものは、たいがい専門家以外にはうかがい知ることのできない夜の密室で、しずかにかもし出されるものであって、例えばノーベル賞受賞者たる湯川秀樹と朝永振一郎の両氏が若き学生時代、新しき物理学について語りあった「京都の一夜」だって、はなやかでもなければ、にぎやかでもなく、自分たちだけのひそやかな熱情だけで保たれていたにちがいない。

　宣長の父は、旧伊勢国飯高郡松坂の木綿商人であった。松阪の大商人はみな江戸に店をひらき、名産松阪木綿をあきなっていたから、彼の家も江戸に支店をもっていた。

　彼自身も十六歳で江戸に至り、大伝馬町の伯父の店で商売見習いをして、十九歳で伊勢の紙商人の家に養子に入り、三年目に離縁して松阪に帰っている。のち京都に遊学して、職業は医師となった。

「宣長って人、ひどいなあ。最初の奥さんと九月に結婚して、十二月にはもう離縁しちゃってるのよ。早すぎるじゃない？　わがままだなあ。次の次の年のお正月に二度目の奥さんをもらってるよ」

　こういう彼女に「古事記伝」を完成した宣長の偉さを言ってきかせても、むだである。参観の中学生諸君も、しきりに旧宅の風呂場などのぞきこみ「チェッ、小さな丸い風呂釜」と舌打ちしたりして、その頭がつっかえるほどきゅうくつな便所のような浴室にうずくまって汗を流した大学者の境遇に少しも同情しない。

しき島のやまとこころを人とはば朝日ににほふ山さくら花
六十一歳に描いた自画像の讃、この桜の歌は有名すぎて、かえって「唐ごころ」好きの現代少年少女はフフンとそっぽを向くにちがいない。

鈴の屋の書斎は、粗末な四畳半で、五人以上の参観者が一ぺんに、このせまい二階に登ってはならぬことになっている。あんまり急にかけ上がると、ミシミシきしんでこわれそうになる。

階段は八段だから、ほんの低い二階なのにユリ子はそこで滑りおちた。

私は入口の事務室で、小鈴三十六個を六個ずつ六ヵ所に赤い紐で綴った掛鈴、陶製の駅鈴、茄子形鈴など買っていたが、彼女がなかなか現われなかったのは、要するにわざわざ鈴の屋まで来て、たのみもしないのに階段をころげ落ちていたからだった。

「秋津彦美豆桜根大人」

これは宣長が歿後の位牌に書かせた、彼の大好きな自分の「おくり名」である。

「大人」を「うし」と読むのさえめんどうくさがる現代人は、「へえ、これが人間の名前なの。感じわるい」と眉をしかめるかもしれないが、テレビタレントや流行歌手が自らえらんだ「おくり名」が数十年のちには「へえ、これが日本人の名前なの。感じわるい」と眉をしかめられるのは明らかである。

「はしらなどにかけおきて、物むつかしきをり〳〵引なして、それが音をきけば、ここちもすが〳〵しくおもほゆ、そのすずの歌はとこのべにわがかけていにしへしぬぶ鈴がねのさや〳〵」

受験勉強の中高校生が、深夜放送の反戦フォークソングをテープにとって聴きほれながら、参考書とにらめっこしているのだから、宣長先生だってベル・ミュージックを楽しむ権利があったはずだ。

それにしても、徳川時代の封建領主たちはケチであった。松阪は紀州和歌山の領下にあり、宣長は凶作難民をかかえた藩主から御下問があったさい「秘本玉くしげ」「玉くしげ」を徳川治貞にさし出したりして、表向きは医師として紀州侯に仕官した。松阪在住のだったせいか、その手当はわずかに五人扶持であった。のち和歌山に行って、御前講演、前後三回にわたり、大祓詞《おおはらえのことば》と詠歌大概を講義して、「紀見のめぐみ」という紀行文まで書いているのに、いただいたのは御鍼医格十人扶持にすぎない（鈴屋遺跡保存会発行「本居宣長小伝」）。今どき出演のギャラや稿料などで文句をつける「文化人」諸氏は、くれる方のケチなど非難する資格はなさそうだ。

れてある。

県居大人《あがたいのうし》、すなわち真淵が伊勢参宮に来たとき、宣長がかけつけた新上屋の跡も残さ

「授業門人姓名録」によると、宣長の門人は四百九十人。そのうち伊勢が二〇〇、尾張が八八、京都が二〇、石見が一九、紀伊遠江が各一七、美濃が一四、筑前が一一、近江三河が各一〇、肥後が八、甲斐が七などなど。そして江戸は四となっているから、四十四ヵ国への分布の状態が察せられる。

誠実な弟子たちのあいだに、しずかに流れ入り、しみこんで行く師の学恩というものは、美しいではないか。

伊賀上野をめざす私たちなのに、伊賀街道を走らなかった。

関へぬける勢古街道を走り、名阪道路へ入った。無料では申しわけないような、よい道路で、しかももったいないほどすいていた。

伊賀上野の市役所に着くと、玄関で演説している男がいた。「沖縄が日本となるまで……」という言葉がききとれただけで、私たちは内へ入った。演説のきき手は、手ぬぐいかぶり、もんぺ、かっぽう着などの中、老年婦人が多く、中の待合室にも、その企てに参加しているらしい全日自労（今でもニコヨンと呼ぶのだろうか）の男女がうずくまってい

た。働いているままの姿で集まっていて、立ったり坐ったりしている恰好も、ほかのお客さんたちと少しちがっていた。

二階の観光課で「忍者の実演を見たいのですが」と申入れた。「前にやっていた人は実演中に落ちて怪我しました。また勤務中に芸を見せることは禁じられています」と、係りの青年は「忍者の伊賀上野」と言われることに不満らしかった。

私は映画やテレビの「忍者もの」は大好きで、ピュッピュッピュッと飛ぶあの小形の武器の音など快感をおぼえるし、忍者たちの悲しき運命にも同情していた。彼女は失敗したあと「わたし、忍者おぼろよ」と主張するときがあった。「忍者おぼろ」は、外見はボンヤリと馬鹿みたいだが、実はえら者なのだそうである。そう言われると彼女は「忍者くの一」ではなさそうだし、私はせめて「忍者おろか」にでもなりたくなったものだ。

観光課では芭蕉翁の俳聖堂と、みの虫庵を推奨したが、私たちは丘の上の公園の忍者屋敷がお目あてだった。

奇怪な仕掛けがあって、びっくりさせられる大きな家。そんな所へは誰でも行ってみたいものだ。

急ごしらえの忍者屋敷では、私の予想したとおり、びっくりさせられはしなかった。むしろ屋敷の方が見物人の殺到と悪戯（まあ忍術の一種であろう）に、びっくりさせられている状態だった。

たとえば掛軸の傍には貼紙がしてあり「この掛軸の裏には何も細工がありませんから、まくって見ないで下さい」と書いてある。隠し二階の登り口にも「登らないで下さい」と注意してあるのは、鈴の屋の二階よりこわれやすいからであろう。どこにでも集団的にもぐりこんだり、捜しまわったり、むりやり出入りしたり、とび上がったり落ちたり、裏側へまわったりしたがる観光客には、伊賀流忍術の上忍、百地砦の百地丹波守だってお手あげであろう。

裏口にちかい隅に、二人の忍者の絵が看板風に立てられてあった。顔の部分が切りぬいてあり、そこに私たちの顔をあてがって、写真をとってもらった。黒装束で印を結んでいる忍者の絵姿の顔だけは、われら夫婦であり、たしかに「忍者おぼろ」と「忍者おろか」が、きびしい忍術から見はなされた頼りないおもむきで、並んでうつされてあった。

蓑虫庵より先に、鍵屋の辻へ行ったのが、順路だったか否か、明らかでない。

庵の方は門前がせまくて車を駐めるのに苦労したが、辻の方は路の交叉点がひろびろとして、車を駐めやすかった。

荒木又右衛門が義弟渡辺数馬の助太刀をして、首尾よく本懐をとげたのは寛永十一年（一六三四）十一月七日のことであった。仇討は伊賀越ばかりではなく、日本全国に行きわたっていたはずなのに、三百年以上も昔のこの「辻」がよくも記憶され保存されたものである。

古い石の道標に「ひだりならえ」「みぎいせみち」と刻まれてある。講談の「伊賀の水月」も血わき肉おどるけれども、戦後は黒澤明が指導した映画「決闘鍵屋の辻」で有名になった。

荒木は、バッタバッタと多人数をスピーディに斬倒したわけではなく、一人斬るのにも容易ならざる努力をした、というのが映画のテーマであった。

数馬茶屋と鍵の茶屋が向かいあっていて、大福や茶まんじゅうのほかに、忍者漬、忍者せんべい、忍者かたやきせんべいを売っていた。

捜しさめる。追跡する。いつまでもあきらめない。待ちうける。失敗する。また別の地点で待ちかまえる。ねらう。しとめる。そのねばりづよさ。その注意ぶかさ。その頭のはたらきの鋭さは、まさに忍者的性格をおびていたにちがいない。

彼女はいそいそと、仇討ちのための腹ごしらえでもする如く、ゆで卵三個を買った。

蓑虫庵の方には、そのような殺気はない。一品料理屋「月見草」と、マルエスパンを売るパン屋にはさまれ、うす暗い。

芭蕉五庵のうち、もっとも完全な形をとどめていると言われるが、若者たちにとっては静かすぎてヤブ蚊がいそうで陰気くさいかも知れない。

案内を乞うても出てくる人がいないので、勝手に庭など見てまわっていると、おばあさんが絵葉書や手拭をかかえてあらわれ、歌うようになめらかに説明をはじめた。

飛石があり、苔も少しあり、じめじめした水たまりのような池がある。「古池や蛙飛びこむ水の音」の句碑が立っている。もちろん、この句は江戸は深川で詠まれたものであるから、中学生たちは「あれ、ヘンだぞ。あの古池はここじゃねえぞ」と怪しがるにちがいない。

東京の芭蕉庵は今やなかば芭蕉稲荷と化しているので、ここへその句碑が移された。なにしろ学生たちは芭蕉通なので、見にきては騒ぐので、この句碑は東向けにしたり、西向けにしたり、目立つようにされたり、目立たないようにされたりしたのであった。

「なあんだ。ここ、芭蕉の家じゃないのね。芭蕉のお檀家のうちじゃないの」

服部土芳の名を知らぬ彼女は、不平をのべた。

土芳は三十歳の若さで、藤堂藩槍術師範の職を辞し、この一庵を築いた。養母とともに暮らして俳句三昧、妻も子もなかった。貞享五年（一六八八）に、芭蕉がここを訪れ、達磨の絵に讃をしてあたえたのが、
みの虫の音を聞きに来よ草の庵

しかしこの「みの虫」の句も、翁が深川の庵で詠んだものである。私は、ミミズ、オケラ、シジミ貝の声は聴いたことがあるが、ミノムシとモグラの声は聴いたおぼえがない。俳人は忍者に負けず、耳がよくなければならない。

おばあさんは、紐で首につるした財布から、鍵をとり出して、縁側の戸棚をあけようとする。指先がふるえていて、なかなかあかなかった。「字のようけ書いてあるのは高うおます」そう言いきかされて私の買ったのは、和とじの句帳風にたたまれた手拭で、蓑虫の句のほかに、

「さまざまの事おもひ出す桜かな――様々園」
「初時雨さるも小蓑をほしげなり――猿蓑塚」
「古里や臍のをに泣くとしのくれ――生家」

など、ゆかりの地名を付けた六句が紺色に染出されてあった。

上野市赤坂町三〇四番地。これを翁の誕生の地とするのが定説である。ほかに柘植《つげ》を故郷とする一説があるのは、父の松尾与左衛門が柘植村の生まれだからである。

史跡のうばいあいは珍しくないし、その土地の人々がめいめいそう信じていればよいことで、私は別に気にかからなかった。第一、フォト・ガイドブック「ふるさとの芭蕉」に宣伝されている上野周辺のおびただしい芭蕉史跡をたどるつもりは、もともとなかった。

翁の幼名は金作。藤堂良忠の小姓となって甚七郎と改名。二十九歳で江戸にくだり、三十三歳が第一回の帰省。彼の父が上野に移住せず、また彼がその上野を離れなかったら、彼はおそらく柘植村の金作として一生をおわったであろう。故郷を棄てて、生地から脱出することが芸術家としての第一歩であったことを想えば「ヘソのをに泣く年の暮れ」の一句は、ミノ虫の句よりはるかに重大である。

そのヘソノオがどこで発見されたか。私も自分のヘソノオ、薬草か薬根のような気持わるいものをわが母から見せられたことがある。あまりに自己の生に根源的につながっていて、しかも全く無縁の存在である、ゴムみたいな色をしたあのヘンなものは、芭蕉ならずとも泣きたくなるぐらい恐怖となつかしさ、イヤらしさと運命の絶対性を訴えかけてくる。私たちが柘植という地名が忘れられなくなったのは、与野、油日《あぶらひ》、甲賀を通り、甲南から水口へぬけるまでツゲ付近で何回も路に迷ったからである。ツゲには横光利一（かつては文学の神様と呼ばれた）の句碑がある。

蟻台上に餓ゑて月高し

ずいぶん意気ごんだ新感覚派風の句であって、大長篇『旅愁』の作者の旅情と翁の旅情のちがいが、あきらかである。

伊勢神宮の初詣では、観光バスにかぎる。職業も年齢も服装もちがう、いろいろの日本人が団体で、どやどやと繰込んで行くところが妙味である。

われらのバスは夜の十時に東京発。外宮に到着したのは、朝の四時前だったろうか。

「ここはどこだね。またトイレへ行くんで停まったのかね」

車内が寒くて外套のままでも睡りつけないので、客はみんなもうろうとして、眼がはっきりと開かない。

「いやだな。寒くて、ねむたくて」「だめですよ。ここまで来て外宮へ参拝しなくちゃ」と車掌にせきたてられ、えり巻などで頬かぶりしたりして、首をすくめて、しぶしぶ下車する。あたりはまっくらで、案内者の旗を見失いがちになる。前を行く人にひっついて離れないように、ひたすら付きしたがって歩く。ありがたいとか、神々しいとか、そんな余計な宗教心はぬきにして、森らしきものの奥へ「寒いなあ、寒いだけはたしかだなあ」と暗い砂利路を踏んで新兵の行軍の如く、繋がって行けばいいのである。

「わたし、小学生と女学生のとき来たけど、女学生のときは憂うつで憂うつで、五十鈴川しかおぼえていない」「そうだ。おれも五十鈴川だけおぼえているんだが」と、私たちは話しあったけれども、外宮には五十鈴川などありはしないのである。

暗くて暗くて何も見えないのに、樹の上のニワトリだけ目にとまったのは、体が白く尾が長く垂下がっていて、しかも神宮のニワトリも普通のニワトリらしい声で啼いたからであった。長くひびく声をたよりに、樹の下から見あげている中学生もいた。彼女も見たがって傍へよるが、あまり立止まっていられない。道の両側で鳴くので、首だけあちこち向けて、つんのめりそうに歩いて行く。

東京港区のアパートでも、私が夜なかに起きて電灯をつけると、氷川神社の崖の上でニワトリが鳴く。夜明けとは関係なく、私が勉強をはじめると、かならず鳴く。港区では仕事部屋の灯火に応じて鳴き、伊勢神宮では参詣者の足おとで鳴くらしい。

「これがお宮かね」と、前の男女がのぞくので、私たちもまねしてのぞく。二重の柵の向こうに登呂遺跡の、あのワラぶき小屋の兄弟のようなのが立並んでいるらしい。お札所の方があかるいのに、お宮の方がくらいのは、その方が神秘的でいいのかも知れない。

彼女は「神饌」を買って、車へもどるとすぐ一つバリバリとたべた。菊の紋を粉でかためた菓子が、紅白二つ箱に入っている。私は例によって、「昭和四十四年お伊勢初もうで」のお札を買った。内宮へ行ってから、私はもう一度お札を買ったので、彼女は「さっき買ったじゃないの。ばかねえ」と私を叱った。しかし紙袋はよく似ていても中みがちがうのである。外宮のは「豊受大神宮」、内宮のは「天照大神宮」、朱印をよくよく見れば少しずつちがっているのである。夜霧が、はれかかってきた。

外宮から内宮まで、これほど遠いとは知らなかった。

外宮前のバスにもどっても、まだうす暗い。相客の子供がバスの窓からのぞいて「アッ、おじいちゃんだ。おじいちゃん、ここよ。わたし、行って連れてくる」と叫び、下車して駈出したが、相手がまちがっていたくらいだった。内宮につくまでに、すっかり明るくなった。参道まではひろいアスファルト道路で、バスはスピードを増す。

二つの鳥居をもつ宇治橋があった。そして五十鈴川があった。昔ながらに、清流は川はばいっぱいに流れていた。私たちは、安心した。私はゆるい石段を走りおりて、川の水に手をひたし、川の水を口にふくんだ。川床の石が透いて見えるほど澄切った水が、なめらかに光りながら静かにながれている。ただそれだけで、私は「ああ、ああ。いろいろなことがあったなあ。ことに私自身にとって、さまざまな醜いことが発生し、そして過ぎ去ったなあ。口にするのも恥ずかしいほど厭らしいことがなあ」という思いが、浅い流れのきらめきに洗い出されるようにして、よみがえってきた。

「おじいさんが惜しげもなく貨幣を川へ投げこんでいる。おばあさんが、いそいで顔を洗っている。もちろん五十鈴川の流れがこんなに清浄なのは、上流の森林地帯が特別完全に保護されているからだ。恵まれた条件があるから昔ながらに澄切っていられる清流をありがたがるのは、ほかの不幸な河川に対し不公平であり、失礼じゃないか。しかし。しかし、やっぱり五十鈴川が、こうやって汚れず濁らず黙って流れていてくれたこと。それは、うれしいと言ってもさしつかえないじゃないか」

二十年目ごとにかけ替えられる宇治橋。唯一神明造りの社殿。檜の素木を用い、切妻平入の高床、柱は掘立、屋根は萱ぶき、千木が高くそびえ、棟には鰹木が並び、すべて直線式で簡素な日本最古の様式をつたえる神殿。

それはそれで古代をしのんで感心する人が多いであろう。だが、もし五十鈴川というものが、神路山と神路川、島路山と島路川など森につつまれた上流地帯から、新橋、御側橋、五十鈴橋の下を流れ下り、鏡宮のある鹿海からさらに御塩浜をへて伊勢湾に流入してくれていなかったら、内宮の古代ぶりは印象のうすいものになったにちがいない。

島田謹介氏のすばらしい写真集『五十鈴川』（広済堂刊）のページをゆっくりと一枚ずつめくって見るまでは、私はこの川の意味をそれほど深く悟ってはいなかった。下田井堤の夕空。イノシシをふせぐ猪垣のそばで茅刈る老婆。五ヶ所街道の沢に咲く野菊。神路山の渓流に落ちた伊勢ツバキの花びら。田植えごろの神田にはたらく農婦のいでたち。墨絵のような淡彩画のような、うつし絵の一葉ごとに、国家的儀式のものものしさとは別に、稲づくり、林業、水産の幸を求めて川沿いの自然、森と海にめぐまれた土地と密着した古代人の暮らしが思われるのであった。

団体バスは、伊勢志摩スカイラインからの展望を楽しみながら、朝熊《あさま》山にのぼり鳥羽港へ下り、さらに二見浦の興玉神社へおまいりするのが、スカイラインコースと呼ばれている。

「あちらに見えますのが坂手島、菅島、その向こうが答志島でございます。みなさま御存知のとおり真珠の養殖が……」

伊勢志摩国立公園が山も海も、楽々と一まわりできるので、真珠の買いたい客は真珠を買うし、二見浦の波しぶきを浴びてカエルのお守を買いたい人は、それを買う。お伊勢さまは、もはや信仰の中心ではなくて、国立公園の一部になりかかっている。第一、スカイラインからは、ヘリコプターに乗ったみたいに、「神域」が自由に見おろせるのであるから。

日本人が日本国内を自由に旅行できなかった江戸時代に、年間、四、五十万人が伊勢に参拝し、講中専門の宿坊「御師《おし》」が山田に六百十五軒、宇治に二百四十一軒あったという。沢寿次・瀬沼茂樹共著の『旅行一〇〇年——駕籠から新幹線まで』(日本交通公社刊)には、「抜け参り」「お蔭参り」の爆発的な流行を四期にわけて、おもしろく解説してある。日ごろ旅行する金もない貧乏人や雇人など、老若男女の別なく参宮さえすれば、往来手形もいらず宿は無料、沿道で施しをうけるから食費もタダ。

無一文で旅ができるのは神様のおかげであるから「お蔭参り」と称し、両親や主人にもことわらずに出発するから「抜け参り」と呼んだ。

第一期の慶安三年には関東が中心。正月にはじまり三月から五月が最盛期で、多い日には箱根の関所を二千人も通過した。

第二期の宝永二年には、京都、大阪が中心。しかも七、八歳から十四、五歳までの男女の子供が主で、最高の日には二十三万が詰めかけ、四、五月の五十日間に三百六十二万人に達したと言う。

一昨年の中国大陸における、小中学生の紅衛兵の大集団旅行によく似ている。

第三期の明和八年となると、この旅行ムードはさらに地域をひろめ、第四期の文政十三年には、東北をのぞいた全国つづうらうらにまでひろがった。

井戸ばたで、米をといでいた女中さんが、そのまんま着のみ着のままで飛出す。長屋のおかみさんが赤ん坊をおんぶし、もう一人をふところに抱き、さらにもう一人の手をひいて、よろめき歩く。お粥や握り飯の焚出しがある。街頭床屋も出張してくる。その上、無料でのせてくれる馬、駕籠、舟まであったと言うから、その熱狂状態は、現在の海外旅行よりすさまじかったであろう。

『旅行一〇〇年』の著者の意見によると、この珍現象は「うちこわし」「百姓一揆」に類した、一種の社会秩序打破の革命運動であり、貧富をならしてしまう、デモクラシーの表現だったそうである。さて現在、農協などの「抜け参り」の目ざす海外の「お伊勢さま」はどこなのであろうか。

内宮前では生姜糖と赤福餅を買い、朝熊山の金剛証寺では万金丹を買った。

生姜糖は、白、赤、緑の三色の砂糖菓子の詰められた箱が、「のし」の形をしているところがめずらしい。赤福餅には、参宮風俗画集十五枚の中の十五、海女の鮑とりの図が入っているのがおもしろかった。

万金丹を、彼女が喜びいさんで買ったのは、彼女が漢方薬の信者だからである。沈香《じんこう》、大香、丁子、肉桂《にっけい》、甘草《かんぞう》、阿仙薬、氷餅粉、麝香《じゃこう》などこねあわせた、一六〇粒入り一〇〇円の効目はともかくとして、昔ながらの薬品や菓子の包み紙や箱の、少しグロ味のあるデザインが私も好きである。

東名高速が開通してしまっては、佐夜《さよ》の中山に立寄ることもなくなるだろうが、あの夜泣石の下の子育飴は買って損はしないと思う。ワリ箸の先を突っこんでクルクル巻きとってなめる、あの水飴は、今ではあまり売っていないからである。

峠の茶屋。その名物。およそ「峠をこえる」という感覚は、東名、名神の二つの高速道路を走っていれば、消え失せてしまう。橋もトンネルも坂も峠も一直線に同じ平面でつながっているのだから「河を渡った」という感覚さえうすれてしまう。したがって「峠を越えた」という今の日本語から、困難な時期を通過したという重い実感は、やがて脱けおちてしまうだろう。

坂は照るてる鈴鹿は曇る
あいの土山雨が降る

坂と峠と山あいとでは、すぐちかくでも晴、雨、曇と三つのちがいがあったのに、今では東京、京都間の気温や晴雨、人情や風俗の「峠をこえた」などと感じ入っているひまはない。五十三次の名物のほとんどすべてが、東京のデパートで手に入るのだから、食べ歩きの意味もあぶなっかしくなっている。そのうち日本全国の寺院や神社のお守やお札も、東京都内で買えるようになるにちがいない。現に、関西や東北の国宝級の仏像や仏画、秘宝や神品は（ミイラに至るまで）しばしば東京や大阪まで気がるにおでましになってくれているではないか。

だとすれば未来の「新・東海道」は、「河をわたる」「峠を越す」というのらりくらりを楽しむ弥次さん喜多さんの、あの宿場宿場にからんだ珍談奇談を抹殺し、アッというまに、味もそっけもなく目的地に到達してしまう。その速度、便利さ、正確さ、わきみちへ迷いこむ気づかいのない絶対性を誇ることになるのだろうか。

私たちは、鈴鹿サーキットへも行った。広大なレース場は、レースのない日は墓場か古戦場のようにしずかだった。弥次さん喜多さんだったら、次のように会話するにちがいない。

「あれえ、なんであんなに気ちがいじみて走らなくちゃならねえんだ」「借金の言いわけができねえで、逃げまわっていやがるんだろう」「ぶつかって、ころがった奴もいるぜ」「ほれ、それを見て喜んでる奴もいらあ」「いやあ、豪勢に声をあげる女ッ子もいるぜ」「たぶん、色きちがいのあまだろうさ」

三井寺‐琵琶湖文化館‐石山寺‐琵琶湖一周

大津まで来てしまえば、もう道中すご六も「上がり」だ、と気をゆるめるわけにはいかない。

琵琶湖という、難物がひかえているからだ。あそこも名所、ここも旧跡と道標が至る所に立っていて、しかも南北にのびひろがった大きな湖の周辺をこまかく調べるとなったら、一年や二年ではすみそうもない。

湖畔の寮で、グラフのカー記者とカメラウーマンの一組に遭った。昨夜は津市で一泊、明日は岡崎あたりで泊まる予定だという。

「そうですね。一周するとなると琵琶湖は六時間以上かかりますね」「ぼく、何も知らないのでね」「わたしだって知っちゃいませんよ」「高速道路のインターチェンジを出てから、目的地につくまで、インターチェンジに入るまでがむずかしいですね。そこんところを、ドライブマップはくわしく書いて下さいよ」

翌朝も食堂で、この男女一組と同席する。カメラ嬢「雨はやんだかしら」。記者「まだ降ってますですね」。そして我々が「ではお先に」と席を起《た》つとなると、「お気をつけて」となつかしげに挨拶され、ユリ子は「なんだか股旅者の芝居の別れみたいだわね」とつぶやく。こっちも向こうも、色こそちがえ同種の車で旅をして似たような取材をしているので、よけい人情がしみるのである。

三井寺へ行く。「三井寺右折」の標識どおりに右折、町家のあいだのせまい路を通り、踏切を越して、左側の駐車場に入る。土産物の店もまだひらいていない朝なので、「有料なのにタダでとめられた」と、彼女はうれしげに記録している。

「ああ、ああ。わたし、お寺のことばかりくわしくなっちまって、どうしようかしら」

霧雨にぬれて、大寺の石段をのぼる。参拝人はまだ少ない。

目黒の寺の留守番をしていたころの彼女は、仏前に供える菓子や果実を三方にのせて運んでも、三方の向きをさかさまにして置いたりした。運ぶ途中でリンゴがころがりおちたりした。「ええと。なくなった日が六月六日ですか。そうすると、七七日は四十九日目ですから」と、計算したりしても、すぐまちがえた。まちがえても、お檀家の方も平気であった。「あれは、うちの女房の戒名じゃないようですがな。よそ様の戒名がお塔婆に書いてありますが、あれでは困るんではないでしょうか」「あら、そうですの。ええと、奇妙大姉様じゃない。すると美貌信女さんだったかしら」

たしかに今回の五十三次旅行によって、彼女の日本仏教史に関する知識は、格段の進歩をとげた。と同時に、日本仏教をいかに保存し発展さすべきかという、私の予想判断は乱れに乱れ、地獄の闇に沈没しかかろうとしている。もしも私が文部省宗教局長にさせられたとしても、熱心に寺めぐりをすればするほど、寺院仏教はこのままでよろしいか、よろしくなければ改革すべきか、方針が樹てられないであろう。

彼女は鐘撞堂で、厄除けの鐘をついた。一つき五十円で、二つついた。一つは自分のぶん、もう一つは娘のぶん。私のぶんは、ついてくれなかった。

比叡山の根本中堂から、少しはなれて、縁むすびの鐘と開運の鐘があり、中高校生たちが、ふざけながら鳴らしていた。一つき五十円か三十円か、おぼえていないけれども。

三井寺で有名なのは、この厄除け鐘よりも、むしろ「べんけい引摺鐘」である。

天台宗寺門派総本山園城寺事務所の発行した「由来記」には、流暢な大津弁の説明が引用されている。

それによると、この鐘は俵藤太《たわらのとうた》秀郷が大百足《むかで》を退治したさい、お礼の品として竜神からもらったものだそうである。

「蛇がこわがる位の百足ですから、どれ程大きさが有ったかと言いますと、近江富士と称

三井寺にて

えられる丸い恰好のよい山を七巻半まいて瀬田の橋へ顔を出した。これを引延ばすと十里からあるのでっせ。そんな大きな百足が出て居るのに、誰が七巻まいて居るやら八巻まいているやら、こおうて数える者はごわへんやろ。それに七巻半まいていたというのは何故じゃろ。あんた方でも、一つ巻いても八ち巻とおっしゃる。近江富士を一つまくのにチョイット足らんと瀬田の橋へ頭出した。それで七巻半というたかも知れまへん」

三百年ほどこの鐘をつきつづけているうちに、同じ天台宗の本山どうしでありながら、三井寺と比叡山が大喧嘩をはじめた。叡山には三千、当寺には八百五十人しかいないので、多勢に無勢。おまけに比叡山西塔の武蔵坊には弁慶さんが居やはりましたので、こっち側は焼かれたり、こわされたりして、ついにこの名鐘をも分捕られた。山坂を三里半引摺られた鐘は、片側がズーッと摺り切れている。ただし、戦利品として叡山へ運ばれた鐘は、いくらついても鳴ろうとしない。ただ「イノー」（帰りたい）と鳴るばかりなので、弁慶も気前よく「そんなに帰りたけりゃあ帰りやがれ」と谷間へ投げこんだ。その時の割れ目が、鐘の片側にヒビリ入っているのだそうである。

その後、気ちがいみたいな御女中が、この女人禁制の山へまぎれこみ、この鐘をなぜまわすと、ポカッと鏡の形が取れた。「そちらのイボイボの中に取れた所がありまっしゃろ。それが天文十八年の盆の十五日、太閤さんの十四の歳でありました。どうぞヒビのイッた所や鏡のとれた所、イボがチビレた所を、よう見て帰っておくれやっしゃ。これが誠に不思議な鐘でっせ」

鐘の音にききほれたり、鐘の実物を見ることは、経文の内容を読みとるより、はるかにやさしい。だが私には、ひきずり鐘よりは一切経蔵の方が、仏教史上、はるかに重要な文化財であると思われた。一六〇二年、毛利輝元が山口県洞春寺より移した、室町時代の八角輪蔵は、複雑な形をもち色彩がすっかりはげおち、流暢な大津弁の説明がついていないけれども、仏教が学術として通用した、よき過去をしのばせてくれる。

本堂でもない、経蔵でもない、屋根の低い庫裡の一隅に貼紙がしてあった。

お茶とお菓子が出て「八十二翁、その他」の講話がきけるという広告であった。玄関で案内を乞うても返答がないので、廊下にあがる。障子をひらいて、のぞきこむと女学生がたった一人、スラックスの膝を正して坐っていた。かたわらにはリュックが置いてある。「まだですか」ときくと、女学生は恥ずかしそうに「私も待っているんですが」と、かしこまって言った。その控室の隣の部屋には煎茶のお点前《てまえ》の諸道具が並べてある。「これじゃ、まだ時間がかかりそうだな」と私たちは、いそいで引きあげたが、女学生は熱心に待ちつづけていた。どんな「お話」をききたがっているのか、彼女の一生懸命さ、まことに可愛らしく、このましき姿と思われた。

「ああいう女の子。可愛いわね、ほんとに。あんなに真面目に行儀正しく待ってるなんて」。精神講話が何よりきらいなユリ子も、その丈夫そうな少女の真剣な態度に、すっかり感心している。

三井寺の次は、石山寺と決めていたが、その前に大津打出浜の湖岸に、水中に突出たかたちの琵琶湖文化館に寄った。

入館料は五十円、駐車料は二百円とられた。

水族館、博物館、美術館、水上展望閣などあしらってあるから、琵琶湖に棲息するなまぐさい魚類と一しょに、湖辺に伝えられた貴重な文化財をも見物できる。

古美術品は京都、奈良が本場であるから、文化館でおもしろいのは「この湖にどんな淡水魚が住んでいるか」、そのなまぐささと異様な姿かたちをまざまざと見ることである。

単身で野洲の友人を訪ねたさい、私は浮御堂の入口で、醬油で煮あげたばかりの、湯気のたつモロコを折に入れてもらって持ちかえった。おいしかった。しかし、彼女はあまり食欲を示さなかった。「魚の形があまり好きでない上に、湖の魚というのは何だか暗い気味わるい感じで、あめ煮や佃煮はたべたくない」のが理由であった。

シラスでも刺身でも塩鮭の切身でも、エビやカニの中華料理でもムシャムシャ食べる彼女が、そんなえこひいきをするのは、たしかに偏見であるのだが、湖底の淡水魚を明るい水槽の中で熟視していると「魚類の気味のわるさ」が、私にも感じられた。

サカナ（足がない）にかぎらず、四足や二本足の動物たちにとってヒト族ぐらい厭らしい、気味わるい存在はないであろうし、しかもどんなに厭がろうと気持わるがろうと、それが地球上に充満し、共存共栄（？）しているのは疑いようのない事実である。おたがいに、他の生物は「ヘンな奴」なのである。何も好きこのんで、ナマズ、ウナギ、フナ、アユになったわけではなし、人間だって人間になりたくてなったわけではない。ただ「ならされた」だけなのである。気味わるいのは、実にそこのところである。

日本の淡水魚は約八十種、そのうち五十種が琵琶湖に棲みついている。

かくも「淡水魚の宝庫」であるからには、気味わるさの宝庫でもあらぬはずはない。

京大阪でも食べられるフナ寿司。あれは野洲の友人の寺でたべたのが、一番おいしかった。このゲンゴロウブナは鯉ではないから口髭がない。だが彼は、何も口ひげが嫌いだからフナになったわけではない。白人は金髪や胸毛が好きだから白人になったわけではないし、黒人も黒が好きだから黒を選んだわけではない。子持ちのフナのあのぎっしりつまった卵の色は朱というか緋というか、見るからにおいしそうで、やっぱり湖の魚は湖のそばでたべると一段と味がよいなどと、フナ寿司をむさぼり食べるのであるが、さて水槽の中で泳ぎまわる生きた彼らをつくづく眺めると……。

「電気ウナギの気味わるいこと。サンショウ魚の大きなこと。湖のカジカが岩石の上にいっぱいかたまっていて、その上にも、またその上にも岩石につかまりたいカジカが重なりあって、うごめいていて気持わるし」と彼女は、にくにくしげに記録している。

「草魚。ベトナムにいる魚。ベトナム人はこれを食べている」

たなご類の「カネヒラ」は秋、二枚貝の鰓《えら》に卵を産みつけ、卵からかえった仔魚はそのまま越冬して春、貝の外に泳ぎ出すのだそうだ。「ヒガイ」には「とうまる」「つらなが」「あぶらひがい」の三種があり、みんな「いしがい科」の二枚貝の外套腔中に産卵するのだそうだ。

三島由紀夫氏と料亭で同席したとき、彼はまるごとの蟹（ほんの小さなカニだったが）が運ばれてくると、腰をずらして避けようとした。「蟹」という漢字でも気味がわるいのだそうだ。それは彼が神経質なせいではなくて、生存する異物（それは自分自身でもあるが）の気味わるさを正直に感じとっているためだと思う。

「ギギ」は、胸鰭《むなびれ》の棘《とげ》の部分をすり合わせて、ギュッギュッと低い音を出すそうで、もしそれが気味わるいとすれば、われらの声音、われらの会話や演説の方がもっと気味わるいことになる。

琵琶湖のテナガエビは色がよろしいので、高い値だんで取引される。だが、テナガ人間が生まれたら、まともに暮らしてはいけないだろう。

「いけちょうがい」は、淡水真珠の母貝として利用されている。「せたしじみ」は、この湖の特産である。だがヌルヌルのっぺりした貝類諸君のあのかっこう、動作、生活方法のすべては、何となく人類を嘲笑し冷笑し、おびやかすものではなかろうか。

結局のところ、それらの気味のわるさは、人類がよけて通りたがっている、ある種の恐るべき真理をつきつけてくるものであろう。そこまで考えてくると、我らのドライブ旅行も、ウナギの腹のすべり方、貝の舌の歩き方みたいに、気味わるき生態と感じられてくるのである。あらゆる食物を拒絶して死をいそぐ精神病患者の心理も、理解できそうな気がする。

朝の三井寺はしずかだったのに、正午ちかい石山寺は、売店も駐車場も混雑をきわめていた。

ドライブイン食堂、レストラン食堂、しじみ汁和食食堂など立並ぶほかに、別の食堂の建築でごったがえしている。

本堂では、おどろおどろの太鼓の音。線香のにおいがたちこめ、御詠歌（テープにふきこんであるらしい）の声が流れてくる。蠟燭（一本十円）が飛ぶように売れて行く。暗い奥の方に、蠟燭の光で金色の観音像がうかんでいる。太鼓を鳴らすのも蠟燭を売るのも、中年、老年の女性である。

ユリ子は『西国巡拝ドライブ地図』（一〇〇円）、『西国巡礼案内記』（一二〇円）、『西国三十三所御詠歌』（一四〇円）を買った。

彼女は幼女のころききおぼえた「これはこのよのことならず。しでのやまじのすそのなる。さいのかわらのものがたり。きくにつけてもあわれなり」という地蔵和讃が好きなので、『御詠歌集』が手に入ったことが、特にうれしかったらしい。

第十三番札所の石山寺の歌は「のちのよを　ねがうこころは　かろくとも　ほとけのちかい　おもきいしやま」である。

本堂の御守売場の横に窓があり、のぞくと暗い部屋で、そこが紫式部が「源氏物語」を書いた「源氏の間」なのだそうだ。

足ぶみするほどお客さんのつづく石の庭から下りると、運をひらき福を招くという大黒天があった。彼女はそこで、うこん（黄色）木綿の福財布（一〇〇円）を買った。「福種銭ですよ」と、おばさんが一円いれてくれる。この金袋には、「千万両こばん」も染めつけてある。あの世とこの世と、両方の福をひとりじめにすることが、はたしてできるものだろうか。

瀬田の唐橋をわたり、べんがら塗り格子の家並の町をいくつも通り、「右中山道野洲栗東へ」という石の道標の立つ三叉路で車をとめた。私は罐ビール、びんの蓋が盃になっている清酒一合瓶を買い、彼女は隣の八百屋で夏みかん三個を買った。特別赤い「京にんじん」（これは東京では珍しい野菜らしいが）がキャベツなどと無造作にころがされている店先で、彼女はさっそく福財布からお金を出してわたした。店の主人は「ありゃあ。珍しいもの持ってはりますなあ」と笑い出し、わざわざ奥へもどって主婦まで連れてきて「ほんまになあ」と、彼女の財布を指さし二人して笑いころげていた。

「笑う門には福きたる」と言うから、もしかしたらこの買物は効果的だったのだ。

湖でとれた小魚を白焼きにして串に刺して売る食品店もあり、走るにつれ湖岸の町の感じが濃くなってくる。野洲町に入り、国道八号線へぬける。このあたり小篠原、大篠原の地名にふさわしく、竹藪が多い。雨、はげしくなる。竜王町をすぎて、左折し近江八幡市に入る。くすんだ紅がら塗りの家が多くなり、雨にけむって風景はさびしく、古風になる。

私たちは、ただただ早いところ琵琶湖を一周したいと、そればかり念じて走りつづける。雨風にせきたてられて、先をいそぐのではない。快晴の日でも、湖畔の村や町の一つ一つをチラリと眺めやるだけで、あわただしく走りすぎる。湖底の魚類について無知なのと同様、湖畔の住民の実生活について何一つ知らないまま、走りぬけてしまう。車のスピードがそうさせるのか、マイカー族の無責任さがそうさせるのか。芭蕉翁も弥次さん喜多さんも、水戸黄門も荒木又右衛門も、忍者も使者も盗賊も、私たちよりもう少しは土地土地の住民にちかしい旅人として、彼らの苦しみや悲しみ、そして楽しみを共に味わいながら通過したであろうに。

私たちにくらべれば、荷をかついだ行商人、必死の逃亡犯人や漂泊の乞食の方が、はるかに真の東海道学の達人であり、そして五十三次の人情風俗の実地体験者であるにちがいない。

私は『月刊キリスト』で、部落解放同盟八幡支部の支部長さんが、作業用の前掛をかけ、靴の釘を打っている写真、同盟滋賀県連合会の支部員たちが、星のマークのある旗の下で熱心に考えこみながら語りあっている夜の一室の写真を見た。

私たち夫婦にとっては、たんに紅がら塗りの古風な家の多い、通りがかりの一つの町にすぎない近江八幡では、一昨年の三月に二つのキリスト教会の青年たちが部落解放同盟の集まりに仲間入りするようになった。部落伝道に意欲をもやしつつあった東岡山治牧師（当時は堅田教会、現長浜教会）が、まず協力のきっかけをつくった。全国の労音でうたわれている「友よ」「チューリップのアップリケ」の歌手、岡林信康君が、この運動に参加した。

私は岡林信康なる人物については、少しも知らなかった。うちの娘が買ってきたポスターを、あらためて見なおすと、その彼が十字架のイエスキリストの姿でえがかれ、しかも彼のパンティはアメリカ国旗でつくられているのであった。

「部落解放同盟で、どうやって二月十一日がたたかえるか、紀元節復活反対がたたかえるか、考えてみたんや。そしたら、肉弾三勇士は部落出身者やった。戦争でいちばんたくさん死んだのは、部落出身者やった、ということがわかったんや。解放運動は、おのれが苦しむもんや。鈍行でもエエ。一生つづけるんや」

私だって、このような写真や、このような記事には感動する。しかし私たち夫婦は見ザル聞カザル話サザルの「三猿」に化けたみたいにして、鈍行ではなく急行で、琵琶湖を一周しようとする。

安土へ向かう。ここらが安土城跡《あと》かなと思うが、なかなかそうでない。地図によれば、私たちの走っているこの路は、朝鮮人街道とよばれる。大津、八日市、野洲、竜王町、鏡など近江一帯は朝鮮半島からの帰化人が多く、陶器や鋳物、その他の美術工芸を伝えたものらしい。イギリス、フランス、ドイツ、アメリカ、ロシヤ、中国から思うぞんぶん大胆に学びとった日本人が、かつて朝鮮人から学んだことを恥ずかしがる必要は少しもない。だが私も「朝鮮人街道」なる地名をはじめて知ったのである。

名古屋城や大阪城にくらべ、信長の築いた安土城の名がうすれてしまったのは何故だろうか。

「今度が安土かな」

原っぱや畑の中の道を走って、前方に屋根の大きな村落が見えると、彼女はつぶやく。町へ入る。まだ安土ではない。

「信長が安土に居たころは、ここらを城へ行く使者が馬で走ったんでしょう。信長はハイカラで着物でも持物でも派手好きだったから、乗馬の侍たちも派手ごのみだったんでしょう」

別の町へ入る。まだ安土ではない。やがて、道の左側に安土山と安土城址が、ひっそりとあらわれる。観光宣伝の賑々しさもなく、ただひっそりと草むらの彼方に小高い丘があり、そこが一時的にでも日本政治を動かす一拠点だったとは、どうしても考えられない。

彦根の街なかに入ると、急に車の警笛がやかましくなった。乗用車、小型トラック、バイク、ワゴン、自転車が繁華街に入乱れて、昼食の場所をさがして少しでも車を駐めようとすると、両わきから後方から警笛を鳴らされるが、どこも駐車禁止でうろうろする。

彦根城のニューヒコネで、やっと昼食にありつく。彼女は特ランチ（三五〇円）。ハンバーグ、エビフライ、ハムサラダ、コーヒー付き。私はハンバーグ（二五〇円）。

城に着くまでに、彼女（私もであるが）が交叉点を行きすぎてから、赤信号で後続車がきれたのを幸い、交叉点内にバックしてもどろうとしたら、左側の道の隅でパトカーがこちらを厳重に監視していた。「しまった」と交叉点内に半分ほどバックしてから、またもどして直進すると、「けしからん奴を発見」とばかりパトカーは彼女の車にぴったりとくっついて走ってくる。「いよいよ、怒られるかな」と覚悟していると、城ちかくなってどこか別の方向へ曲がって行った。「お城を見に来た旅行者ならマジメ人間だ」と判定されたのだろうか。

一読者から、投書があった。「お前さんの東海道には全く失望した。『彼女が』『彼女は』と、何かと言えば女房の自慢ばかりで不愉快で仕方がない。テザ、意気地なし。どうしてお前らが、のさばらねばならんのだ。『彼女』なんか、さっさと消してしまえ！」

まことに痛烈にして厳正なる名批評だ。御説ごもっともで弁解の余地はない。だが悲しいことに「彼女」という二字を用いないと、私の小説も私の車も、一枚、一メートルも動きがとれなくなるのだ。喜多さんに棄てられた、弥次さんになってしまうのである。毒を食わば皿まで。きらわれるなら徹底的にきらわれてやりましょうか。

彼女は車を走らせながら（だから、もちろん正面向いて）言う。

「わたし、ヘンな顔してる。バックミラーにうつってる顔を見ると、イヤになる。だんだん人気もなくなるし、誰もほめてくれないし。整形手術をしようかしら」

運転手（男性）に、整形手術の希望者が多いのは、イヤでもミラーの中のおのれの顔貌を、直視しなければならないからだそうだ。

彦根城の堀のほとりには、「いろは松」四十八本が植えられている。四十八文字になぞらえたもの。梅や桜の多い城だ。

城門をくぐるとき、中年の団体客が「世が世なればじゃのう。ここで開門、カイモンと大音声で呼ばわるところだ」と話合っている。「なあに、お前なんか足軽で、馬屋のところで待ってるぐらいだ」「ああ、ああ。仕事がいそがしくてかなわんなあと言ってか」

その復元された馬屋はなかなか立派で、足軽にもなれない我らは、せめてこれくらい大きな家に住みたくなる。

彦根から湖岸道へ出て、磯崎、朝妻を通過する。次は長浜。岸べをはなれて町中をぬける。北陸街道を走る。虎姫町、びわ村を過ぎて湖北町に入る。雨は、ますますはげしい。我らの前後を、ひた走りに走る大型、小型のトラックは、もはや福井ナンバー、岐阜ナンバーである。

湖の東、西、南にくらべて湖北は暗く淋しい。「敦賀へ何キロ」の道標も立っているから、すでに日本海が近いのである。

菜の花畑。桑畑。桑畑では世間をさわがせた近江絹糸工場の事件を想い出す。雨にけむる桑畑の、桑の木がきりはらわれ、黒い地面に、角柱の看板が、見るものもなく立てられている。「長浜ちりめん」

木之本。ここが琵琶湖の北端である。ただただスピードを増して、南下をはじめる。

賤ヶ岳。ああ、賤ヶ岳七本槍。加藤清正その他の七少年たちが七本の槍をそろえて、敵軍をなやました古戦場は、こんな不便な所にあったのか。「友あやうしと身を捨てて、おもむき救ううるさんや」。彼らは、平穏な暮らしをねがう農村の親たちの眼から見たら、物騒な悪童にすぎなかったであろう。ゲバ棒より槍の方が、人ごろしの武器としてハッキリしていたのだから。秀吉は、彼らを吸収し、彼らをおだて、彼らを養い、彼らをフルに活用した。そして太閤様にまでのしあがった。

雨にぬれた笹やぶや樹木の茂みにおおわれ、今ではちっぽけな丘にすぎないが、どこかその凸凹の地勢を巧みに利用して、どうしようもないあばれ者の少年たちが、隠れひそんでいるようだ。「奴ら大人なんて、たいしたことはないぜ。それ、お前はそっちから突っこめ」「何人やっつけた。まだ三人かい。おれが今度は四人目を刺しころしてやらあ」「あ あ、いい気持だ。秀吉さまは見ていて下さるかなあ」「こう言っちゃなんだが。おれたちが槍をふりまわさなけりゃあ、秀公はどうにもならんのさ」「そんじゃあ、こうやってあばれていれば、おれたちも殿様、お大名になれると言うわけか」「なれなくたって、かまわねえよ。七本槍で突っこむ。奴らがキャアキャアあわてふためいて逃げる。そこが、かっこいいんじゃねえのかよう」「あれ、爺さまが馬に乗っておでましだ。あの馬をいただいちまおう」「あの年で、まだ手柄がたてたいのか。欲のふかい野郎だ」と、悪漢ぶって語りあう農村少年の姿がのぞき出しているような気がしてくる。

トンネル工事の人夫たちが、ドシャ降りの泥んこ道で、かつての雑兵の如くかいがいしく働いている。

塩津浜のあたりで、草ぶかい溝にとびこんだ乗用車が、顔面裂傷、腹部強打のかたちで雨に打たれている。湖面は雨にけむって、見とおしがきかない。大浦、大崎、海津。海津には千本桜の並木。さくら並木と松並木が、日本絵巻物のおもむきで、かわるがわる現われる。

近江今津から、湖岸の見えない街の中を走る。べんがら格子の家々がふえてくる。美容院も床屋も不動産屋も豆腐屋も、紅殻塗りである。まだ壁のない新築中の家も、一部分は紅く塗られて仕事中。骨組みだけできた家の柱も、もう紅く塗ってある。

エジプトやスペイン、あの乾燥地帯の白堊《はくあ》でぬられた泥や石の壁の素朴なつらなりが、海外からの旅行者に忘れられぬ印象をのこすように、琵琶湖周辺の、この「紅くぬられた木造の家々」は、やがて世界に宣伝されるのではあるまいか。

南へ下るにつれ、キャンプ場、水泳場などがふえ、遊覧地らしくなってくる。白鬚《しらひげ》神社。その先の松林の中にキャンプが張られ、西洋人の親子が雨などものともせず、湖の水を汲みに出ている。白人種は、野性的な生活を好むものらしい。

近江舞子、比良をすぎて和邇《わに》の漁港付近から、ようやく琵琶湖大橋が遠望できるようになる。

滋賀県教育会推奨の「滋賀県新地図」の解説によると、富士山と琵琶湖は、面積においては大差がない。ただしこの湖は深度が不足しているため、富士山の土砂の三十八分の一を持ってくれれば、埋まってしまうそうである。京都市の水道の源は、この湖なのであるから、この湖のたたえる、あたたかい水の量こそ、関西文化の生みの親と言えるかもしれないが。

大橋をわたるたびに私は思う。二百円はらって野洲側へ行き、また二百円はらって大津側へすぐ引きかえしても料金が高いとは考えられない。「長い長い橋を虹のようにかける。

複雑な地層をくぐり抜けてトンネルを掘る。大建築をぶったてる。谷を越え山を貫いて堅固な道路を建設する。おお、それは何と男らしい仕事であろうか。これらの土木工事の大計画に負けぬ、小説の大計画をはたして我らはなしとげることができるであろうか」なしとげつつある作家はいる。だが、それは私ではない。もはや、京都は近い。あまりに近すぎる距離にある。優秀なる作家たちの目標は、もっと悠久なる彼方にあるにちがいない。

金剛証寺の御みくじは第二十三吉。

「紅雲、歩ニ随ツテ起リ、
一箭《せん》、青霄《せう》ニ中《あた》ル
鹿ハ行ク千里ノ遠キニ
争《いかで》カ知ラン走路ノ遙カナルヲ」

正直ならば、望事が成就する。進むにつれ、めでたい雲がわきあがる。第二句の「心の矢」に狂いがあれば、それてあたらない。「たび立、近きはさはりなし長旅は悪し」であり「又足ることを知らず欲に乗る事みなつつしむべし」であると言う。

到着したけれども

この三月には、アパートの隣の飯場から出火した。われらの共同駐車場まで火焔がのびてきて、飯場の側に置かれた車は、あわてて避難した。

さいわい大雪の朝、消防隊の活躍で、一台も燃えずにすんだ。そのかわり、駐車場の屋根が、雪の重みでつぶされた。両側からかぶさった鉄骨の屋根のため、アパートの出入りもむずかしくなった。私たちは飯場の男たちに協力して、スコップをふるい、鉄骨をもちあげた。うちの車は、鉄骨に打たれて、少しへこんだ。荷台をつけたままだったので、軽傷ではあったが。

五月には、深夜、何者かが車の三角窓をこじあけ、彼女の免許証が盗まれた。ほかの車も数台やられたが、みんな車内に免許証を置いていなかったので助かった。番号をおぼえていなかったので、警官に叱られた。免許証の再交付には十日かかると言われ、警察、運転免許試験場と彼女は大いに奔走した。

「それでも、よかったわ。車検証も一しょに置いてあったから、それも盗まれたと思ったけど。捜したら車内に棄ててあったのよ」

「マイカー族に対する反感じゃないのかな。だって、免許証だけ持ってったって何の役にも立たんじゃないか。車を盗むのが目的だったら、盗めたはずなんだから」

「前にも、ほかの車がやられたでしょ。その時は車内に奥さんの宝石が置いてあって、それをとられたのよ。今度も、宝石が目あてだったんじゃないの」

「そうかなあ。タイヤだけ十数台、ぶつぶつ斬られちまった例があるしなあ」

友人の一人は、別の意見だった。「これは君の車を特にねらってやったのだと思うよ」

「ぼくの車で盗まれたのは彼女の免許証だよ」

「いや。だから彼女の運転を妨げたい者がいるんじゃないか」

「彼女を怨んでる者がか」

「怨んでるかどうか。ともかくあんたの自動車小説に絶対反対の人間だっているはずじゃないか」

「それだったら、免許証なんてケチなことしないで、車ごと燃やすか、ぶっこわすさ」

泰平ムードを愛好する私は、できるだけ危険な予想や推測から遠ざかることを努めていた。クルマの悲劇は、他人の悪意や計画によってではなく、その所有者自身の心理と行動によって発生するというのが私の信念であった。二回目の追突が、どこで発生したか。関係者に迷惑がかかるといけないので、地名は伏せておく。

まだ学童や出勤者の通行しない、くもり日の早朝であった。五時前に出発したのは、安全第一がねがいだったからだ。まだまだ暗い三時、四時に出発するときもあるが、あまり早すぎると彼女が睡魔におそわれる。十二時すぎまで、彼女だけ起きていて、その日のノートの整理、買った土産物や参考品の荷造り、それに翌日のコースを地図でたどって、赤や青の鉛筆でマークをつけねばならない。

長い急な坂を走りおりる。急カーブを二回折れて、ゆるやかな直線コースに入る。道はばもひろくなる。左側にはかなり大きなドライブインの食堂があり、その前がゆったりした駐車場だった。右側には道路工事の飯場がある。そこから土砂を積んだトラックがバックで道路へ出かかっていた。そのため私たちの車の前に、三台ほどストップしていた。私たちは、その後について、ただおとなしく停車していた。走りすぎる車の、すさまじいひびきも警笛もなく、あたりは睡ったようにしずかだった。

飯場のトラック以外に、動いている車はないし、通行人も見えないので、休憩しているかたちだった。衝撃が来た。追突された音は耳にしても、結果がそれほどひどいとは感じられなかった。いきなり、首が前後にゆすぶられた。後から押された私たちの車が、前に停まっている車にぶつからなかったのは、彼女の足がブレーキをふんでいたからだった。

後部トランクが、馬鹿のように口をあけていた。そして、殴られてゆがんだ横っ面のように、後部タイヤのあたりまで、車体がひしゃげていた。

「ああ、いやだなあ。これから談判しなくちゃならない。一体、何時間ぐらいかかったら片がつくんだろう」

私は、交渉のめんどうくささだけが頭に来た。どういうものか、怒りなど少しもわいて来なかった。

相手は熔岩を積んだ小型トラックだった。ひどくみすぼらしい古車で、乗り手もおそろしく貧乏くさい中年男だった。

彼女が私よりおくれて車外へ出たのは、頭部がしびれて目まいがしたからだった。

談判をするさいは、できるだけ相手にしゃべらせて、沈黙していた方が有利だときかされていた。相手が青白い顔をしているのは、失敗をやらかして青ざめているのではなく、もともと血色がわるいのかも知れなかった。

ある文士の奥さんが追突されたのに、かえって加害者に金をせびられたという話もきいていた。乱暴な若者たちにとりかこまれ、さんざん罵倒された上、被害者の方が若干の金を支はらったと言う。相手がその種の乱暴者ではなさそうなので、私は安心した。できるだけ顔面をこわばらせ、したたか者の強い男らしく見せようとしたが、一目で見ぬかれてしまうことはわかり切っていた。

　こういう場合に大きな声を出すことが、私にはできなかった。それに、本気で怒った彼女が表情にも発声にも充分に怒気をあらわしてくれたので、私はその怒気を支えて黙っていればよいのであった。

　男は低い声でのろのろと謝罪したあげく「警察に知らせるのだけはかんべんして下さい」と頼んだ。

「警察に知らせないで、それでどうしようと言うんですか。万事ちゃんとしてくれるんですか。これじゃ動きがとれませんからね」

　と、彼女は両眼をカッと見ひらいて彼を叱った。

　その男の職業は、石屋とか石材店という種類に属するらしかった。石を切出す、掘出すという採石場を持っているわけではなく、庭石や墓石の専門屋でもなく、ただ、そのおんぼろ車で石を運搬するだけであった。

　しかも彼が運んでいる熔岩は、許可なしで盗みどりしている様子だった。おそらく夜中のうちにこっそり積みこみ、そのまま突っ走るから、睡気をもよおしていたにちがいなかった。石は車一台いくらで売るので、なるべく雑に積んでガサを大きく見せる。急停車すると、石と石のあいだが詰まってガサが減る。減らさないため、ブレーキをかけたがらないので、追突もしやすい。

「ついこの間も、違反で警察につかまってるんでね。その時、今度違反したら免許を取消す、営業停止だとおどかされたからね。だからいま警察に知らせられちゃ、一家がひぼしになるんだよ。新聞にでも出されたら、近所に顔向けもできなくなる」

彼の口調はなめらかではなかった。苦しげに、とだえがちであった。うまいこと憐れみを買ってもらおうと、無理している態度でもなかった。ただ「どうせ、おれの人生はだめなんだ。暗いばっかりさ。また、しくじった。いい事なんか、おれとおれの一家には死ぬまで来っこありゃしねえんだ」と思いつめて、その光の射しこまない人生の底をのぞきこんでいる様子だった。

「車は、こっちの知合いの工場へ入れて、もとどおり直します」

「だけど、たしかにそうやってくれるという保証がないじゃないの。第一、こんなにされちまったんじゃあ、そのあいだ車が使えなくなるの、それをどうしてくれるの。うちは遊びで車に乗ってるんじゃありませんよ。どうしても必要な仕事があって乗ってるんです。毎日のように東海道を往ったり来たりしなけりゃあ、あなたん所とおんなじに、うち一家がひぼしになるんですよ」

「こっちが一方的に悪いのは、よくわかっている。だから何とか御わびして、表ざたにしないで解決がつくように御願いしているんだよ」

「わたし、やっぱり警察に来てもらうわ」

「警察を呼べば、あんたの免許証にも傷がつくよ」

「そんなバカなことあるもんですか。そっちが一方的に悪いのに、どうしてわたしの免許証に傷がつくのよ。おどかすみたいなこと言ったって、ほんとは警官に来られたら自分がこわいからじゃないの。交通事故の参考書にだって、まず警察官の立会いを求めてと、ちゃんと書いてあるじゃないの」

「うん、だから……」と言って、男は下うつむいていた。「ともかく警察に来られたら困るんだよ。だから、あんたの方の言う通りにするから、許してくれと頼んでるんだよ」

「N君（ガソリンスタンドの青年）に来てもらったらどうかなあ。警官に来られちゃ困るにしたって、誰かに来てもらわなきゃ」と、私は言った。

　私たちの顔見知りのN君は、顔面に傷のある好男子だった。この青年はフルスピードの正面衝突で、縦に長い傷あとをグイと一本、鼻の横にのこし、それが喧嘩好きの物騒な印象をあたえる。人事不省におちいり、死にかかって奇蹟的にたすかった男である。

「そうね。それじゃNさんのとこへ電話する。三十キロだから、支度してきても一時間ぐらいで来れるでしょ」

彼女はドライブインの食堂に行き、電話をかけにかかった。N君のつとめているガソリンスタンドの番号をしらべるのに、手まどっていた。

私は、加害者のトラックの助手席にのり、カンビールを飲んでいた。乗用車より一段高い小型トラックの座席は、こわれた私の車を見下す位置にあった。そこに坐って、石屋の横に居ると、彼のトラック、彼の服装、彼の身のまわりのすべてにこびりついた貧乏の匂いが、こっちにしみついてくる。

見物人が、食堂からも飯場からもくる。食堂の女の子たちは、追突された乗用車に同情し、石を積んだ汚い小型トラックをにくにくしげに見つめている。彼女たちはユリ子に加勢したくなって「奥さん、警察へ電話しなさいよ。向こうは男二人で、あなたは女ひとりですもの、かないっこありませんよ」と口ぞえしている。

「男二人って、あのひとりは私の夫ですよ」「えっ。あなたの旦那が敵のトラックに乗っちゃってるの。だって運転手と仲良さそうに話してるじゃないの。おかしな旦那さんね」

飯場から来た入れずみの人足も、私をトラックの助手とまちがえたらしかった。

「女性ドライバーってのは好かねえな。話をつけるんだったら、力を貸してやってもいいぜ」

私にかわって石屋が「こっちが一方的にわるいんだから、どうしようもないさ」と、陰気に答えている。

彼（石屋）を逃がさないように、番をしているはずの私は、できるだけ早く酔っぱらって自分のだらしなさを忘れなければならないのであった。外交、軍事、内務、大蔵、通産、郵政、建設のすべての大臣の地位は彼女が握っているのだから、私の任務はただただ彼女の夫であることにかかっているみたいに感じられてくる。

ぶつかられた私（小説家）は、ぶつかってきた彼（石屋）と、一体どんな話をしたらよいのか。ぶつかったり、ぶつかられたりしなければ永久に互いの生存さえ知らないですんだ間がらではないか。

こうなったからには、交通事故について何かしら高尚な哲学でも考えなくちゃ、作家としても亭主としても申しわけないと思い、私は三つめのカンビールの栓をひっぱった。指さきから血がにじみ出した。痛がりの私は、ほんの小さい傷でも痛がらずにはすまないはずなのに、指さきの傷は、こわれた私の車、こわしたトラック、そして飯場やドライブイン食堂や、そこに働く男女たちと同じように明るくハッキリしていながら、もうろうとしてくるのである。

「この石屋の家を訪問したら、きっと小説のタネになるだろうな。そうすれば、追突事故における加害者と被害者の立場が逆転するだろうからな」

もうとする。

と、小説家のイヤらしさで、私はむりやり小説家らしい考え方を自分のアタマに押しこ

「きっとひどい貧乏で、その家と家族のみじめな状態を描写するだけでも、社会小説風の暗さと深みが出てくるかも知れんしなあ」

しかし汗と垢と油にまみれて黒くなった作業衣につつまれた、栄養不良らしき石屋の傍に、まるで彼の親類のようにして坐っている私は、また別な暗さも深みもない考え方もしているのであった。

「カー小説とか旅行小説とか新・東海道五十三次とか言ったって、もう一四〇回まで書いちまったんだ。書いちまって最後の十回分か十五回分かの原稿料を貰い、おまけに本まで売れたとしたら、交通事故も五十三次もドライブ女性も構ったこっちゃないんだ。まるでカーブームと無関係な古風で善良な老人として、ガソリンの匂いなどとエンもユカリもない落着き払った世捨人みたいに暮らすことだって、できない相談じゃないんだ。そうすれば運転技術、スピード能力のせいで女房の尻にしかれることもなくてすむしな……」

電話がスタンドに通じてから、もう三時間もたっていた。彼女は自分の車の中にがんばり、私はトラックの座席で、がんばる気持など全く失って、ただひたすらに無意味にすぎて行く鈍い時間を味わっていた。疲れ切った石屋は、睡っていた。睡っているあいだだけ

が、彼にとって救いなのだった。目がさめたら、遭いたくもない現実に直面しなくてはならない。

私はトラックを下り、自分の車にもどった。彼女は首をうしろへ倒し、目をつぶっていた。

「わたし、首と背骨がしびれてるみたい。腰が、とっても痛い。ハンドルをにぎっても、手に力が入らない」。夢遊病者のように彼女はつぶやく。

「N君はもうすぐ来るだろ。奴のことだから、必ず来るさ」

「そんなこと、どうでもいい」。彼女の声の調子が妙なので、私は彼女の顔をのぞきこんだ。彼女の頬は、涙でぬれているのだった。

「わたし、もう運転ができなくなるかも知れない。そうすれば……」

彼女は、すすり泣いた。エッエッとしゃくりあげる声を、咽喉もとでやっとこらえていた。

「わたし、運転ができなくなれば、捨てられるんだわ。それくらい知ってるわ」

「ヘンなこと言うなよ」

「運転ができなくなって、頭がおかしくなれば精神病院に入れられちゃうんだわ。わたし、丈夫なだけがとりえだもの。丈夫でなくなれば、役に立たないから、かまってもらえなくなるのよ。精神病院じゃなくて養老院に入っても、頭がおかしければ、みんなにバカにされるし……」

「大丈夫だよ。あの指圧の先生のところへ行けば、すぐなおるよ」

「わたし、知ってる。多勢の人が、わたしのことをきらってるのよ。誰と誰がきらってるか、ちゃんと知ってる。運転をできる女は、たくさんいるわ。どうせ、誰かがわたしのかわりに、わたしの車を運転するようになるんだわ」

「もう京都まで三回も往復してるんだから、材料の心配もないし。旅がおわる前だったら困るけどさ。おわっちまってるんだから、どうと言うことないよ」

N君と、もう一人仲間の青年が到着した。

彼の顔の傷は、よく役に立った。彼は石屋の前で、すごんで見せたり、おどかしたりする必要がなかった。笑顔で軽くあしらっても、相手は少しもさからわない。

「免許証を見せてくれよ」と、N君は相手に命じて、住所、氏名と番号を書きとった。

「おれの知ってる工場に入れて、ちゃんと直すよ」と、石屋は言った。

「そんなことは、こっちで決めるよ。自分が悪いのに、自分の言いたいことばかり言うなよ」

「いいかげんに直されて返されたんじゃ、あとで困るわ。Nさん、あなたのスタンドの傍の日産の工場に入れてよ。そうして、あなたが監督して、この人にズルさせないようにしてよ」

「ああ、それは委せて下さい」

彼女と仲のよいN君は、いそがしい最中なのに少しもめんどうくさがらず、彼女の申出を念入りにききとった。私はN君と彼女の相談を、たんなる無能力者として、そばできいているばかりだった。

「ぶつけた相手がおとなしい方だったから、よかったんだぜ。あんた、運がよかったと思えよ」

そう言いきかされても、石屋は無表情にだまりこくっていた。

「今日の午前中に、東京へ石をとどける約束なんだ。もう行ってもいいかね」

「そうだな。仕事は仕事だからな。東京へ着いたら、必ずこちらへ顔出しするんだぜ。奥さん、それでいいですか」

「ええ。それはいいけど。わたしの車、どうしようかしら」

「これ、動きますよ。東京まで私が運転して行って、御二人をとどけてから、私が乗ってスタンドまでもどりますよ」

「そう。そうして下さればありがたいんだけど。わたし、頭や腰が痛くて、どうにもならないからね」

東京のスタンドに勤めていた経験のあるN君は、東京までの路はもとより、都内の複雑な路すじにもくわしかった。彼女は、痛みのため沈黙していた。私は、運転のできない男の悲哀。いや、そればかりでなく、いざとなったとき、万事をN君に委せ、彼のはたらきで万事が解決され、私自身が何ら行動らしきものをしなかったことが、救いがたい私の生まれつきであると感じられてくるのだった。

車で京都入りする彼女の目的の第一は、女学校時代に彼女のめんどうを見てくれたA先生に面会できることであった。A先生（女性）は横浜の女学校をやめてから、故郷の京都へ帰って小学校の先生をしていた。いまだに独身だった。

A先生は、私たち夫婦が夏をすごす信州の宿や、たで科高原や富士山麓の山小屋にも訪ねてきた。大江健三郎氏のファンである先生は、彼の講演があるたび上京して、そのさいもユリ子と会食した。どうして女先生と女学生のあいだの親愛の情が、それほど長くつづくのか私にはわからなかった。

「ユリ子さんが、こんなに達者に車を乗りまわせるひとになろうとは想像もできませんでした」

京都入りする前に、長野県の山野や東京の街々を、彼女の車で揺られているあいだ、A先生は感慨ぶかげに語った。

「とても痩せていて、頼りなさそうで、口もろくにきかない生徒でしたものね」

女学校一、二年のユリ子は、多くの先生に叱られてばかりいた。修身の教科書を落として、そのまま捜さないで登校したりすると、校長先生がその教科書を拾ってきて「こんな不とどきな生徒がいるぞ」と、壇上から講義をした。それ以来、修身の時間がおそろしくなって、学校の便所にとじこもって、一時間は出てこないのであった。母親の教育と愛護をうけなかった彼女は、学校へ通うのがイヤになり、自分の家の屋根に登り、夜になるまで下りてこないこともあった。今さら探索するつもりもないが、もしかしたらその頃の彼女は人生に絶望し、人間嫌悪におちいっていたのかもしれない。菊池寛の戯曲「屋上の狂人」と考えあわせ「もしかしたら」と、私は気味わるくもなった。

「もしかしたら、あんた気が狂ってるんじゃないの。自分も友達も編集者もだあれも気がつかないでいて、実は気ちがいなんじゃないの」と、彼女がしげしげと私の顔を見つめるとき、私は二重、三重にからみあった、表はなめらかで裏側はしわだらけの不安を感じた。

私が、ひとりっきりで静かに休んでいたい時、彼女が私の寝室に入ってくる。そうすると私は近づいた彼女の耳に、咽喉の奥から出す太い声で一言「お化け」と吐きつける。彼女はたちまち、顔色を変えて逃げて行く。そんなさい、わざわざ「お化け」などと口走る私と、それだけで驚きあわてる彼女と、どちらが異常なのか。どちらがお化けにとりつかれているのか、わからなくなるのであった。

A先生の案内で、私たちは東寺と二条城へ行く。私は先生に、泉涌寺がおもしろかったという話をする。

「ユリ子さんが戦争中、急に京都へいらっしゃったことがあったでしょう。ふらりと来て、私が勤労奉仕をしているあいだ、その泉涌寺の御陵の大きな木で待ってるあいだに、睡ってしまったのよ」

栄養不良と空腹のため、彼女は前後不覚に寝入っていたのだと言う。

「そうですか。ちっともおぼえていない」と、彼女は夢からさめたばかりのようにして言う。「そう言えば、どこかの地面に寝ころがっていたような……」

「ちょうど、こんなような風が吹いていましたよ。その御陵の前の大木のあたりでは」

人の姿のない東寺の広大な境内に入ると、A先生は彼女にそう言いきかせた。

年たけてまた越ゆべしと思ひきや命なりけり小夜の中山

彼女がおぼえていた西行法師の歌。その小夜の中山も越えて、彼女は夢うつつに京都まで、A先生を慕って、年たけてから思いもかけず来てしまったのだから、たしかに「命なりけり」の想いが湧いたのかも知れなかった。

また越ゆべしと思いきや。いそがしく車を走らせながら、私たちはたえず「もう二度とここへは来ないだろうな」と想いつづけていた。だが「いのち」とは私たちの予想するより、はるかに不可思議なもの。あたかも幻か、お化けの如きものであるに違いなかった。

「京都の街を、こんなに長いこと、車で走りまわったのははじめてです」

八坂神社のほとりで別れるとき、白髪の女先生は、さして淋しそうには見えなかった。だが、A先生の弟さんは、オートバイの衝突のため、寝たきりだという話だった。


われらの救い主N君とは、京都からもどる途中で会った。

「ぼくはスタンドをやめて、豚を飼っています」と、彼はあいかわらず、愉快そうに、気がるに報告した。

「あの石屋ね。奴、首をくくって死にましたよ」

「……なぜ?」

「お宅の追突とは関係なしですよ。あいつ、隣の婆さんを車ではねやがってね。運がわるいんだ。その婆さんは、自殺するつもりで奴の車の下に飛びこんだのさ。婆さんは足を怪我しただけで助かったんだが、もともと死ぬつもりでしょ。だから、次の日、自分んちの納屋で首をくくって本望をとげたんですよ。ですが、奴はまわりからワアワア責められて、結局自分も死んじまったんです」

「彼が自殺したんで、あなたスタンドをやめたの」

「いや、スタンドのおやじがケチだからですよ。豚を飼うと、まわりの家が、くさいくさい、公害だとさわぐからね。これも神経をつかいますよ」

なまあたたかいような、肌さむいような風が地上を吹きわたって行く。道路の上を、家々の上を、そして何よりも私たちの車すれすれに吹きわたって行く。その風の声は、何を訴えているのだろうか。車上の弥次さん喜多さんは、その声を何ときいたらよいのだろうか。車は走る。走りつづける。それをとどめることはできない。そして、車の疾走にピッタリと密着して、はかり知れぬほど巨大な無情の風が永久に吹きやむことなく、吹きわたって行く。

あとがき

この小説の最終回は、横浜港の税関の前で、新聞社の人にわたした。乗船の日の午前三時に起床して、ようやく書きおわったのだから、あわただしいかぎりであった。車を走らせるから書く、書いてはまた走るという執筆方法は、私のような怠け者には苦痛であるが、そのあわただしい苦しみが、私にとって良薬であったと思う。

車を買う、所有する、走らせる。そのことによって発生する人間（ことに女性）の心理の変化を、かねがね書きたいと願っていた。学芸部の高瀬善夫氏と何回も相談しているうちに「新・東海道五十三次」というアイディアが浮かび、学芸部のみならず各地の支局、通信員の方々の協力によって、弥次さん（男）、喜多さん（女）の一組が、とにもかくにも旅をつづけることができた。新聞社の機動力をフルに活用することが、いかに我らにとって有利であるか、身にしみてわかった。ここに登場した諸人物のなかで、寮の管理人さんは、小説の進行中に急病で亡くなられた。富士市で工場見学の案内をして下さった通信員の方が、暴力団員の手で殺害されたということは、帰国してから知った。つつしんで哀悼の意を表する。人物についてのみならず、道路そのものの激変に直面して、まことに諸行無常を感じる。

思いがけず、多数の投書を頂き、愉快なもの、痛烈なもの、涙ぐましいものなど、全部紹介したいくらいであるが、ほんの一部だけ小説のなかに引用した。影が形に従うごとく、われらに同行して世話をやいてくれた高瀬氏の姿は、ほとんど隠してある。連載中から評判のよかった杉全直氏のさし絵ももっと多く転載したかった。各地で買いもとめたお守り、お札、地図、絵葉書、土産もの、お目にかけたい品々をほとんど割愛せねばならなかったのは残念である。章の分け方、その他、一冊にまとめるための工夫は、中央公論社出版部の近藤正臣氏の努力にまつところが多かった。

武田泰淳

昭和四十四年八月

解説

高瀬善夫

昭和四十三（一九六八）年十一月のある朝、武田泰淳夫妻は赤坂の自宅を出発して、京都へ向かった。車を運転するのは百合子夫人であり、泰淳氏は助手席に坐っていた。横浜の義子で待ち合わせた私は、颯爽とやってきたその車に、新聞社の旗を立てて（武田氏の希望によって）、後部座席に乗せてもらった。いよいよ行動開始である。作者のおみこしが上ったのだ。私はドライブ・マップをひろげたり、街道の写真を撮ったりしながら、夫婦の会話に耳を傾けていた。こうしてはじまった武田夫妻プラス影の男の、おかしな三人旅は、それからも幾度となく繰り返された。はしなくも、そして幸運にも、私はこの旅行で、武田氏の「みる・きく・かんがえる」現場のかなりの部分に触れ、立ち会う機会を得たのであった。

この行動開始まで、私は足しげく武田邸に通った。水上勉氏の「桜守」の後の連載小説をお願いするためであるが、その度にビールを飲んだ、いや、飲まされもした。一見とりとめもなさそうな世間話のなかで、武田氏は少しずつ構想を固めつつあるようにみえた。やがて作者がいったのは「旅行小説というのは重要なジャンルだよ」の一言である。そこから事はとんとん拍子にすすみ、とにかく京都までの取材旅行をしてみることにし、そのスケジュールづくりをまかされたのである。あまり無理のないようにして、わき道などをうまく工夫するようにと、武田氏は注文しただけだった。まだ東名高速道路が完通する前だったので、今のうちに見ておきたいとも洩らしていたが、実はそれだけではなかったようだ。

第一回五泊の旅の宿で、酒を飲んだとき、「東海道五十三次っていうの、これいいじゃないか。つまり、現代の、カー時代の五十三次、これなんだよ」と、題名のつけ方の名人の武田氏は言った。これできまった。

この小説をはじめるにあたって、武田氏は次のような「作者のことば」を書いた（この短文は昭和四十四年の中央公論社版にも『武田泰淳全集』にも収められていない）。

「夢にも思わなかった仕事をすることになった。クルマに乗った夫婦の登場する小説を書くためには、クルマを持たなければならぬ。数年来、その所有者になれたとは、われながら驚くばかりである。機械と電気は何よりも苦手。運動神経もゼロにひとしく、盲目にちかい近視眼。それに方角オンチで、絶えず道をまちがえている男が、日本の地理歴史もあやふやのまま、果たして五十三次を無事に走破できるや否や。神よ、たすけたまえ！」

作者がこう予告した「新・東海道五十三次」は、昭和四十四年一月四日から六月二十一日まで、百四十三回にわたって、『毎日新聞』に連載された。

執筆以前から、武田氏がたえず口にしていたのは、旅行小説、クルマ小説、マイカー小説、夫婦小説、私小説ということであった。そして、いよいよ執筆ぎりぎりのころになってから「さて、文体を決めねばならんなあ」とも言った。そのときには、滑稽小説のことも念頭にあったのだろう。

取材は、おかしな、しかし、またとありえぬ旅であった。車という密室のなかの、夫婦プラス影の男には、いろんなことがあったが、その肝心のところは、武田氏によって一筆書きのように的確に表現されている。だから、ここでは、一つだけエピソードを書いておこう。なにしろ、作者以上に、案内役であるはずの私の方が方角オンチなのだ。

三保の松原から登呂の遺跡へ向ったときのことだ。地図で見ると、交番の角を曲ればよいことになっているのに、私たちは安倍川の土堤につき当ってしまって、行きつもどりつ。すでに交番はとりこわされてしまっていたのである。そのときの三人の会話。

「おくさん、これはぼくの責任じゃありませんよねえ」

「そうねえ。地図なんか年がら年じゅう変りますものねえ」

旅行はおもしろいのだよ。変らなかったらおかしいのだよ。変ってしまったことをたしかめられるから、いのだけれど、そうしなきゃ旅のおもしろさはわからないのだよ。無駄のようなことをさせてすまないのだけれど、そうしなきゃ旅のおもしろさはわからないのだよ。ついこの間まであったはずの交番が、いまはこわされてなくなっている。それをたしかめただけでも、おもしろいことだよ」

こんなことを書くのは恥ずかしい。しかし、そこには、武田氏のやさしさと、すべてを見つくさねばやまぬ眼がある。やさしくて、時にはくらあい眼である。その眼にこちらは見すえられていたのだ。

行きつもどりつしながら、小説は最後の盛り上がりを見せて完結した。新聞小説という舞台を熟知したうえで書かれたこの小説には、たしかに東海道の有為転変、つまりは諸行無常がある。しかし、そのような旅行の見聞はタテイトであって、もう一つのヨコイトは作者自身の有為転変である。過去と現在を行きつもどりつしながら、さりげなくちりばめられた自伝的要素。それは武田文学の全体を読み解くための「カギ」ともなるべきものといえよう。そのおりおりに自分の生い立ちや創作歴を織り込んだあやしき世界。たとえば、なぜ武田氏は、旅行中に、五十円のイナリズシ四ヶとか、ライスカレー、タコヤキなどを愛し、それを食べ、記録したのか。その行為は、氏の人間と思想形成の全体に深くかかわっているはずである。この作品を読んでから、武田氏の全作品をゆっくりと〝遊行〟すれば、きっと思いあたることも多いにちがいない。

つぎに書いておきたいのは、この小説は武田氏と百合子夫人（文中ではユリ子）の合作といってよいということである。「丈夫な女房はありがたい」と書いたことのある武田氏は、この小説を書き終えてから「女房の運転とドライブメモのおかげで」とも言っている。百合子夫人の文章は、武田氏の死後に発表された「富士日記」で定評ができあがっているが、私は松阪で牛肉を食べる場面の描写とか、あるいはまた「風がごおんと鳴って吹く。裏山の松にあたる風らしい。冷えてくる。便所に入るとしんしんとお尻寒し。便所に入ると本当によそに来ている感じがする」という個所などが、忘れられない。こんなことを書くのは、私生活のせんさくのためではなく、武田文学のなかに、百合子夫人は融けこんでいると思うからである。疑う人は、初期の作品から読みなおしてみるといい。

その武田夫妻は、六月十日、この小説の最終回を横浜港で手渡して「白夜祭とシルクロードの旅」に出た。それは夫人の労をねぎらうためであったが、武田氏には「世界五十三次」をやろうとする意欲もあった。

「そうなんだよ。地球をひとまわりするには、まだ抜けているところがあるんだよ。アメリカのミシシッピイとか、ユーラシア大陸のある部分とかね」

病のため、ついにそれは実現しなかったが、そのかわりに、武田氏の〝遊行〟は『目まいのする散歩』へと発展して、自在の境地へと達したように思われる。いうまでもなく、それを口述筆記したのは、名ドライバーの百合子夫人である。

私は、この小説を連載するにあたって、椎名麟三氏に『新・東海道五十三次』に期待する――武田泰淳の人と作品」という文章を書いてもらった。椎名氏は、武田氏を評して「〝マグマ〟を秘めた心」といい、三原山の大爆発に触れながら、次のように書いてくださった。

「武田泰淳氏の心のなかにもたしかにこのようなマグマがある。そのなかではあらゆる矛盾が溶けあってうずまいているのだ。それが突然ふき出して、作品をつくり上げているような気がするのである」

病をおして、武田氏のために書いた椎名氏の文章が私はすきだ。

その椎名氏は今はいない。

武田氏も〝物質〟となってしまった。

しかし、武田氏は、今もなお〝マグマ〟だ。いつも千度の熱を秘めていて、時に人をとろけさせたり、大爆発をしたりする〝マグマ〟だ。

（たかせ・よしお　元毎日新聞学芸部編集委員）

巻末エッセイ

東海道五十三次クルマ哲学

武田泰淳

女房の運転する車に乗せてもらっている亭主の恥ずかしさ、うしろめたさ、具合のわるさは、当人でなければとても理解できまい。

自分のかせいだカネで買った車に自分が乗って、何がわるい？　そう簡単な理屈ではすまないのである。

交通事故をひきおこすことは、罪悪である。しかし車をうごかす能力のない夫は、その罪悪を犯すことさえできないのであるから、勇敢に責任をひきうける妻の支配下に属さなければならない。ただただ助手席に坐って、おとなしくしていることを許されているだけの彼は、たとえ車上にあっても、現代カー文明のきびしくも激しき行動社会から、脱落している。

「ぼくは女房に練習をさせるために、今日はハンドルをにぎっていないんですよ。ほんとは二十年も運転歴があるんだけれど」という顔つきをしても、すぐ見ぬかれてしまうのである。

つい最近、椎名麟三君に会ったら、レーニンそっくりの大きな頭部の半面が紫色にふくれていた。彼の乗ったタクシーの運ちゃんが、居睡りをしていて「アッ、あぶない。どうしてブレーキを踏まないんだ」と思っているうちに、停っている前の車に追突し、後部座席の椎名君の身体は運転席まで飛んでしまったのである。帽子をぬいだら顔一面に血が流れ出し、片手にも怪我をしていたのだった。

椎名さんと同じく、中村真一郎君も自動車を持っていない。しかるに中村さんは、ゴーストップの地点に突っ立っているうちに、突進してきたトラックの下になっていた。はねとばされたのではなくて、轢かれたのであるが、トラックの巨輪が大きかったから、意識不明におち入っただけで、車体の下に無抵抗に横たわったのである。ゴム車輪が目の前に迫ったので「もう死ぬんだな」と思っただけで、目がさめたら病院のベッドの上に寝ていたのだった。

奄美大島という、あまり自動車にエンのなさそうな日本の片隅に住んでいたのに、島尾敏雄君が、崖から落ちて五カ所も骨折し、頭部も強打したので、数カ月、執筆ができなくなった。バスが走ってきた。自転車を走らせていた島尾さんは、もうそれだけで危険を感じてしまって、自転車を傍へよけようとした。バスの方は三メートルもてまえでストップしてくれたのだが、彼自身は、自分勝手に落下したのだった。

われら第一次戦後派は、人間の極限状態を描く、大げさで哲学的なグループと見なされてきた。もしも極限状態と全力をあげてとりくむつもりなら、くるま、カー族、衝突事故続出の問題と直面しなければならぬはずだが、我らの仲間「アサッテ会」では、残念ながら私と堀田善衞君のみが、車を所有している。

第三の新人の方はオール・メンバー、はやくから車の所有者となり、事故の体験も豊富らしい。ただし、両派ともいまだに確固たる新しきクルマ哲学をつかみとるには至っていない。

第二だか第四だか知らぬが、安部公房夫妻は、ずいぶん早くから車を走らせていた。安部君が奥さんと四国かどこかをドライブしていたら、非常警戒線にぶつかった。警官たちは、彼と彼女が、逃亡中の重大犯人（おそらく強盗殺人のたぐいか）と、その情婦だと推測して尋問したそうである。それはおそらく夫がたくましく、妻はなまめかしかったせいであろう。

曽野綾子さんは、日本文壇の女性ドライバーとしては、まず皮切りであったろうし、その夫三浦朱門君も免許証をとった腕はたしからしくて、海外のドライブも仲よくやっているらしいが、夫婦ともども運転ができる場合、かえって口喧嘩が多いなどという定説があるが、その点、どうなっているだろうか。

ぼくら夫婦の場合、夫の方があまりにも元気がなさそうだから、逃亡犯人だと見まちがえられるはずはないし、口喧嘩しようにも、あまりに車体構造、運転技術の用語を知らなすぎるので、ケンカのタネがないのであった。

さて、京都まで、女房の知能とエネルギーにすがって、何度もくりかえし走らねばならなくなった。

東名高速が全通していなかったけれども、もしできるだけ高速有料道路を利用すれば、東海道は一次《いちつぎ》（夜間も走りつづければゼロ次）ですんでしまう。ただし、旧東海道の趣きをつぶさに味わうとなれば、浜松まで行って引きかえす。名古屋までにして後もどりする。琵琶湖周辺だけを目標にして、よそは後まわしにするとか、いろいろと工夫しなければならぬ。第一、四、五日走りまわっただけで、神社仏閣のお守やお札、絵葉書、手拭、玩具、名物食品、それに各地区の地図、地誌、名所案内、次から次へと改訂して発行されるドライブマップが整理しきれないほど、たまってしまう。

国道一号線をちょっとでもはなれれば、道をまちがえるのは、しょっちゅうである。

ガソリンスタンドで、道をたずねる。スタンドの若い衆は、裏路はどこにある、今はこの街道は混んでいるから別の路をえらんだ方が安全だ、何番目の交叉点を右へ曲ってガードをくぐり橋をわたってと、すこぶる親切に教えてくれる。クルマで苦労した、その土地の運転者だけが、真のミチを知っている。

ガソリンスタンドと、ドライブインの食堂こそ、砂漠のオアシスにあたるものである。だが、かつてのヤジさんキダさんは、この二つを知らなかった。

ヤジさんキダさんは男どうしの同性愛であった。二人とも結婚生活にはやぶれているし、キダさんは田舎芝居の女形《おやま》であった。もちろん当時は女づれよりは、男二人組の方が、旅はのんきであったにちがいない。それに、追手をのがれる心中者の道行など、若き男女のせつない逃亡旅行には悲劇的な危険性が濃厚であり、現在の男女アベック・ドライブのような、娯楽性はなかったにちがいない。

アメリカのテレビ番組などでも、美青年二人だけの大陸冒険のんきドライブが人気を呼んでいるところから察するに、同性愛かどうかは知らないが、女ぬきの疾走が案外、江戸時代ならぬ宇宙時代にも、はやる傾向にあるのかも知れない。アポロ号の飛行士も、女ぬきの三人組だったではないか。

アカデミー賞をもらったアメリカ映画「俺たちに明日はない」は、法律も人情も無視した無鉄砲な青春の男女が、思わぬ人ごろしのあとクルマをフルに活用して（こきつかってと言った方がいい）、突っ走り、射ちまくり、逃げかくれ逃げまわる、目のまわるような戦闘的ドライブ、最後に警官におびきよせられ、二人とも全身、蜂の巣の如く弾丸を浴びて倒れる壮絶無残なラストシーンが有名であった。

不思議なのは、この大胆不敵な男の方がインポテントで、彼の非凡な性情行動にほれこんだあばずれ女の性欲を満足させることができないのである。ところが、つらい逃走で疲れはて、しかもうまく抱きあえないでイライラして、ほとんど絶望状態になった彼女は、ある夜、突如としてハッスルした彼によって歓喜の頂点に達することができた。だが、あ可哀そうに。二人は次の日、待ちうけていた大人たちによって、むごたらしくも射殺されたのであった。

江戸時代の心中悲話よりも、「俺たちに明日はない」の犯罪逃亡物語が、より複雑で、うす気味がわるいのは、後者の叛逆がカーのスピード、カー時代のセックスと結びついているからであろう。カーはあらゆる犯行に便利きわまりないが、そのあたえられた自由は、かえって犯人の生理と心理を（セックスをふくめて）無限の不自由と不安におとし入れるのである。

われら夫婦にとって、問題はさほど大げさでもなければ、深刻でもない。

「ともかくおれたちは、男色でない、同性愛でないことだけはたしかだからな」と、私は彼女と私自身に言いきかせた。

「今ごろ、三億円強奪犯人と連続射殺魔は、おれたちみたいにカーを利用して東海道を走りつづけているのではあるまいか」とも語りあった。

四年ほど前、ライフル狂少年が警官を射ちころしてから、通りがかりの自家用車をおびやかし、ライフルをつきつけて、同乗者をまきぞえにし、渋谷の銃砲店にたてこもった事件があった。そのライフル犯人が走った路を、偶然次の日に走ることになったとき、われらは感慨無量であった。その乱射乱撃のあった店も、明治神宮へ散歩に行くさい見おぼえていたのであった。

日本橋や宮城前を出発点とするのは、どうもカー五十三次にふさわしくないように思われた。カー族の忘れることのできぬ関所は箱根ではない。鮫洲の試験場である。ここでパスしなければ、おかみの通行手形、免許証がいただけないのだから。

キダさん「ここ、おっかないわよ。おっかなくて、おっかなくて、社長さんみたいな大の男も泣きそうになってたわよ」

ヤジさん「だけど、今日は見学したところ、係りのおまわりさんは、バカにやさしそうだぜ」

キダさん「そうねえ。建物も立派になったし、みんな親切そうね。わたしが大型二種免をもらった十年前とは、ずいぶんかわったわよ」

川崎のお大師さまで、車体安全の御祈禱をしてもらった。だから、ここを出発点に見たててもよろしい。昔の飛脚も、ここで下半身が丈夫になる願《がん》をかけたらしいし、川崎の競馬場がさかんになるにつれ、大師さんのひきうけるカー族の数が増していることから考えれば、馬のアシ、飛脚のアシ、カーの足、達者な足なしではすまされぬ交通現象、早く速くと競争する人間族の奇妙な精神状態が、未来永劫おとろえそうもないことを予言しているのだろうか。

若い三人組は「三億円あればよう。一生あそんでくらせるしよう。うらやましいじゃねえかよう」と、話しあっていたが、タクシーやトラックの運転手の祈禱所における真剣さというものは、涙ぐましいばかりで、結局、無事故ですませる方法手段は、絶対に無いと信じているからこそ、カミだのみ、ホトケ参りになるのであった。この「絶対に無い」という信念は、いかなる宗教心、信仰心より堅固なものであるらしい。

知ってはいるが、やめられない。これが、あらゆるクルマ関係者の実状である。危険と知りつつ走らずにいられないマイカー族はもとより、いくら非難されても増産をつづけねばならぬ自動車メーカー。たとえ交通規制に違反して警官諸君に罰せられても、重量やスピードを減らしたりゆるめたりできないトラック会社。「あぶないぞ、あぶないぞ」と警告を発しながら、自動車数を制限することが全く不可能な政府。「ほんとに、これじゃあ子供を学校に通わせることもできませんわよ」とこぼしながら、バスやタクシーを利用せずには生活できない主婦。すべては「知ってはいるが、やめられない」という鉄の規律にしたがって動いている。

「新・東海道五十三次」を連載しはじめて、特に気がついたことは、大新聞の紙面に自動車の広告（しかも一面ぜんぶを使用した）の載らぬ日がないことだ。多い日には、三種類、つまり折りたたまれた新聞の三つの面にそれぞれちがった新車の写真、広告画、宣伝文句が顔をならべている。しかも同じ新聞の社会面では、さかんにマイカー族の乱暴無責任。被害者の悲劇。もっとクルマを監視し、歩行者を大切にせよという「正義の叫び」。大惨事のニュース。だから交通地獄に注目せよと主張するキャンペーン。そして、そもそも各自動車会社が反省し自粛せねばならんのだという堂々たる論説。

　だが、幸か不幸か、その「正義のキャンペーンの前か後の紙面には、「さあ買いましょう、お買いなさい。これこそもっとも楽しいクルマですぞ」という広告が、新聞社の自由意志によって、大新聞が生存するための必要条件によって、広告主を大切にせねばならぬという絶対命令によって、雨が降ろうが風が吹こうが、必ずかかげられているのである。

「身分不相応の買物だしなあ。維持費もかかるしなあ。買いさえしなければ、人身事故をひきおこす心配もないしなあ」

私ども夫婦も、買うまでは、ツンとすました女性ドライバーなどに反感をいだいてた。ところがいったん買ってしまうと、「クルマを持っていない人は、すぐ簡単に乗せてくれと言うから、やだなあ。彼らにクルマ所有者の苦労や労力がちっとも理解できないんだからなあ」などと、不とどきな意見を抱くようになった。もはや、所有することの危険性、厄介さを骨身にしみて知りながら、麻薬中毒にかかったみたいに、所有することをやめるわけにはいかないのである。

神奈川県の日産工場。静岡県のホンダ工場。愛知県のトヨタ工場。工場見学の大好きな私は、仕事の必要もあって、クルマが生産される現場を三カ所、見てまわった。

毎日新聞学芸部の、高瀬善夫君が同行した。彼の持論によれば、現代は「企業藩の時代」だそうだ。

明治維新で藩が廃止され、日本全国に県が置かれた。御大名が消滅したかわり、知事さんの支配下に入った。ただし、大企業の工場群が各地に割拠する今となっては、たとえば神奈川は日産藩、静岡はホンダ藩、愛知はトヨタ藩と、戦国時代の工業の「お城」がゲンとして存在するに至った。たしかに浜松へ行ったらホンダ様の悪口を言えないし、豊田市附近に入るのにトヨタ以外の車に乗って行くと、白い眼でにらまれる気持になる。

おびただしい労務者、技術員が各自動車藩のロクをちょうだいし、他藩の武士に負けぬよう忠勤にはげんでいる。これら諸藩の城内（工場）が出入するため、労働者たちは二輪車ではなくて、自藩製造の四輪車に打ちまたがって行く。もちろん、まだまだ全員にその幸運が分配されているわけではないが、各社の統計によると、カー武士のカー利用は急激に増加している。さもなければ御家の御安泰、城下の繁栄が成り立たぬではないか。

山梨県では、武田信玄を信玄公と呼ばなければ叱られる如く、東海道の中ほどでは葵の御紋、つまりは徳川様の御威光が残っていて、家康公御手植えの梅だの松だのが保存されている。したがって、自動車産業で食べている住民で充満した新東海道には、カー殿様の御墨付をいただき、子孫代々、恩義を忘れることなく、忠節をつくす小姓、足軽、飛脚、庭番、忍者がうようよしているはずである。新車の試験中に、わかい身そらで壮烈な死をとげるテスト・ドライバーは、まさしく森鷗外『阿部一族』の殉死の現代版である。

これらの近代的諸藩は、いずれも海港を獲得していて、そこから海外へ、日本製ではあるが、あくまでニッポンの自藩自社の製品だけを、どしどしと輸出する。しかもその輸出量は、世間にうとい我ら文士の想像を、はるかに上まわっている。だから、うっかりカーブームに文句をつけようものなら「君はわが日本国の経済発展にケチをつける非国民なのか！」と反撃されるにちがいない。

「どこでガソリンを補給しようか」

東名にしろ名神にしろ、高速道路で補給した諸君は御存知であろうが、Aのインターチェンジで B社のガソリンを販売しているとすれば、次のインターチェンジでは、かならずB社ではなくて、C社かD社のガソリンを注入される。また、整備してくれる係員が、第一の地点で日産系であるとすれば、第二の地点ではまちがいなく、日産以外の労務者、つまりトヨタ系とか何とか系なのである。

一本になめらかに走っているようでいて、有料高速道路は、実は、群雄割拠のすさまじさ、あくどさによって、バラバラに中断されているのである。

南ベトナムの物騒な大都会では、日本製のオートバイに爆裂弾を積んだ愛国少女が走っているといううわさをきいた。何とかガールと日本語入りでもてはやされているらしい。それらの抵抗青年は、どこの何社のガソリンを使用しているのであろうか。

箱根越えをして、三島に下る。

三島大社は源頼朝の前進基地であった。この大社の宝物展覧館では、ラジアルタイヤでできた竜がある。黒々としたゴムタイヤを巧みにくみあわせ、ありがたき竜神とも、奇怪な原始獣ともうけとれる「動物」が立っている（うずくまっているいると称した方がいいかもしれないが）。豊川稲荷でも、熱田神宮でも、交通安全のお守りを売っていない社はないのだから、タイヤ宣伝の竜がつくられても、不思議ではない。

小田原城下にはライオンがいる。犬山城下には、モンキーセンターがある。名古屋城下の東山公園では、ゴリラの手形（色紙に押した手の指には、ゴリラの指紋までうつされている）を百円で売っている。

琵琶湖の水族館には、東南アジアや南米の淡水魚が泳いでいる。熱帯、寒帯、あらゆる地球上の生物が、東海道に移住させられているのであるから、タイヤ会社が竜を持ちだすのは自然の成り行きである。

「わたし、急にお寺通《つう》になっちゃったわ」と、彼女は困ったように言う。

どうしたって、これを見学せずに通過することができない。関所、お寺、そしてお城。なんと見なければならぬ、いやでも見る仕掛になっている封建時代の建物が多いことだろうか。お寺で生れた私は、一種の気はずかしさがともなうにしても、大寺の内部を観察するのが好きだ。

中目黒のガスタンクの下にある私の父の寺。父の死後、彼女はこの大寺の住人になった。

「わたし、そのうち尼さんにされちゃうんじゃないかしら。寝ているあいだに、頭を剃られちゃって。わたし可愛い顔してるから、尼さんになったら人気があるよ。でも、わたしの頭、ハチ頭だから、どうかなあ」

彼女は、お寺を脱出するためには、腕に職をつけねばならぬと決心し、毎朝早く私には秘密にして教習所へ通った。しかしながら、私も彼女も、まさか彼女が車上のキダさんになって五十三次をたどろうとは、夢にも思わなかった。「お寺って、いいなあ。相続税もかからないんでしょ。でも、お坊さんらしいお坊さんて、みたことない。お坊さんのワイフになるなんてイヤだなあ。いくら偉そうなこと言ったって、どこかにごまかしがあるからなあ」

私に言わせれば、小説家の女房だって、ミセス坊主とさしてかわらぬ、妙ちきりんな存在なのであるが。作家も坊主も、お布施をもらって、あてにならぬ教えを押しつけている点で、いずれも信用できぬ商売人なのであるから。

「それにしても、日本のお寺やお社は、これでいいのかなあ。どう改革すると言われても、こっちにうまい考えが浮ぶわけはないが、宗教として、このまま無事にはすまないだろうなあ」

お寺びいきの私が、東海道を旅して、悲観的にならざるを得ない。

「東海道は、かくも猛烈に変化している。東海道がすっかり変化してしまうこと、それこそ日本の神社仏閣、いや日本の宗教の驚天動地の大変化を予告するものではあるまいか」

宇宙飛行士なるものは、山岳修行時代の山伏にかわって、新しき科学的な修行をする「空伏」だと、私は思う。それならば、カー時代、宇宙時代には、全く別種のオテラが生れなければならぬのではあるまいか。モーテルという、今のところあいまいな旅館形式が考案され、もたもた伸びなやんでいるとすれば、全人類の願いにかなったテラテルが、どうしても必要になるのではあるまいか。

私は、京都、奈良、鎌倉、東京の大本山、総本山の管長、大僧正、法主、各教団の最高権威の方々に申しあげたい。ともかく、ヤジさんキダさんの庶民的感覚にもどって、東海道を旅して下さい。そうして、一切衆生の現状を、宗教的な目でながめなおして下さい。もしも諸行無常の定理をいいかげんにあしらって、「今のところ、これで大丈夫だ」などと安心していたら、一切衆生は、あなた方とはエンもユカリもない全学共闘と化して、あなた方の根拠をゆすぶり動かすに至るでしょう。

一身田の真宗高田派の本山、専修寺を見学したあとで、松阪の和田金本店で、ホンモノの牛肉をたべた。彼女は「一度、本店でたべたかったわ。おいしくてたまらない」と、すこぶる満足した。

仏教の「本店」は、いずこにありや。これに答えて下さい。文壇の「本店」はいずこにありや。この難問について、日本文士は明確には答えられないにしても、しかしみんな正直になやんでいるのであるから。

けむりの空、においつきの空気、人工の雲、広重も北斎も描くことのできなかった東海道風景を味わうには、富士市と四日市市を通過しなくてはならない。車の窓をしめておいても侵入してくるこの悪臭は、実は東京から横浜まで、名古屋港周辺でも、たっぷり嗅ぐことができるが、この両市だけが特に有名になった。それは、ジャーナリストの攻撃が、妙にこの両市に集中したからにすぎない。

しかし風が海から吹く日と海へ向けて吹く日、日曜の午前と月曜の午後とでは、工場公害の程度が全くちがうことは、何回も往復してみなければわかるはずがない。またジャーナリストが無視している重要な点は、そのケムリの下で毎日はたらき、ケムリを出す工場で、日給をもらっている労働者がそこに充満していて、ケムリが出ようが出まいが、その工場をはなれては生きて行けないことである。

車の害は知っていても、車なしですまされないと同じように、工場なしの東海道はあり得ない。工場のみちみちた東海道なしには、日本経済の持続と発展はあり得ない。やがては日本列島のすべてが、工業地帯と化することは火を見るより明らかであり、政府も国民もそれを喜んでいる。あるいは喜ばざるを得ない、あるいは我慢せざるを得ないとすれば、富士市と四日市市の煙害に眉をしかめ叱りつけて良識人ぶっていたのでは、はじまらない。

ニッポン国のマイカー族化と、工場林立は、手に手をとって同時に進行しつつある。クルマはクルマ、工業は工業と、別々に切りはなして論ずることなど、できるわけがない。工場公害は工場公害、繁栄はハンエイで、うまい汁だけ吸おうとしたって、神様はそれをお許しになるわけがない。

酔っぱらい運転、いねむり運転のクルマだけが疾走しているのではない。日本の工業そのもの（ひいては日本の経済界自体）が、やむにやまれぬ疾走を敢行しているのである。あなた方が国際人ぶって外国へ送る、あのうす青い航空郵便の用紙。あれはどこでつくられているか、富士市の紙工場である。日本の伝統をほこる工芸美術を再表現し普及するための、特別上等の用紙。ニッポンの美を守るためのカミは、ニッポンの美をけがすと非難される、まさしくその黒々とした一点で生産されている。そして、国際文化を、はなばなしく歌いあげようとする文化人、あるいは、日本の美をビ、ビ、ビィ、ビィと口やかましく口にする美愛好者諸君も、諸君が邪魔ものあつかいにする「醜悪なる」工場、したがってそのたちのぼらせるケムリ公害なしには、何一つできはしないのである。

自分だけが「美」を知っているという、その思いあがりだけは止めて下さい。もしもあなた方が東海道を（できるだけゴタゴタした走りにくい旧街道をえらんで）一走りなさったら、あなた方が後生大事にすがりついている「美」なるものが、あなた方の軽蔑する

「醜」、「俗悪」の下積みのはたらきなしには、一刻も生きながらえ得ないことを悟ることでしょう。

富士市を案内してくれた、新聞社の通信員は、憂うつな顔つきをしていた。私は、「新・東海道五十三次」に彼をチョッピリ登場させた。一ヵ月の海外旅行からもどると、彼が暴力団の手で殺害され、彼の死体が街頭にころがされていたことを知った。私はもちろん、つつしんで彼の死をいたみ、黙禱をささげる。だが、そのような東海道を改革する力など、何一つもちあわせていはしない。

醜を発見し、これを得意そうに話すことはたやすい。だが、その醜いうごめきのおかげで、自分自身の「美的生活ならびに感覚」が、保たれていることを発見するのは、案外むずかしいものである。

「お前の東海道には、ほとほとあきれはてた。何かと言うと『彼女は』、『彼女が』と、女房ばかり出てきて、読めたものではない。あんな出しゃばり女は消してしまえ！　キザ、意気地なし。さっさと正面衝突でもして、夫婦もろとも地獄へ行ってしまえ」

こういう投書があった。その他、怪電話もあった。クルマに乗るさいばかりでなく、クルマについて何かしら文章を発表するのも、危険で厄介な仕事である。車の三角窓をこじあけられ、女房の免許証が盗まれた。アパート門前の工事場から火を発し、もう少しで車が焼かれそうになった。

その朝は大雪だったので助かったが、そのかわり雪の重みで車置場の屋根がつぶれ、その鉄骨の下敷きになって、うちの車はへこんでしまった。おとなしく停車しているのに、追突もされた。

だが、彼女は言う。「今どき人間で、こんなに働いてくれる人はいないわ。だまって、お金ももらわないで働きづめに働いてくれるクルマがいちばん可愛いわ」


（『文藝春秋』一九六九年十月号）

巻末特別エッセイ
うちの車と私

武田　花

「中学生になったら、ハナちゃんは学校の寄宿舎に入ることになったからね」

突然言い渡され、私はがっくりと、うなだれた。捨てられてしまったような心持ち。両親が富士山麓に山荘を建て、東京と行き来する生活をすることになったのだ。少し前から、ポメラニアン犬を飼ってくれたり、服を買ってくれたり、いやにサービスが良くなったと思ったら。

えんじ色（私は小倉アイス色と言っていた）した日産ブルーバードの屋根に布団一式を括《くく》り付け、大きな犬のぬいぐるみと荷物と共に、私は寄宿舎に送り届けられた。その夜は布団の中で泣いたが、寄宿舎は案外と面白い所で、すぐに慣れた。

中学一年から高校三年までの三十数名の生徒の多くは地方から来ていたから、しょっちゅう大きな段ボール箱が親元から届く。うちの場合は、たまに思い出したように電話があり、その夜、母がやって来るのだった。夜は校門がすべて閉じられるので、約束の時間に門の内側で待つ。赤坂から三鷹台まで車を走らせてきた母が、大きな鉄門の格子の隙間から、紙袋を差し入れてくれる。薄暗い灯りの下。格子越しの対面。そして、たいして話もしないまま、さっさと帰って行く。私は、また捨てられたような気持ちになり、とぼとぼと寄宿舎へ戻るのだ。でも、同室の生徒たちと差し入れの菓子を分け合って食べれば、機嫌はすぐに良くなる。そういえば、当時、私は菓子を食べ過ぎては、よく鼻血を出していた。

東京では、父の身の回りの世話、客の接待、買い物。映画館や座談会などに車で父を送って行ったり、遠来の客を東京駅に迎えに行ったり。母は大変忙しかったのだ。

家族でドライブといえば、「正月の橋巡り」。三が日に隅田川に架かる橋を車でまわり、帰りに靖国神社で初詣というコースだ。車内には、父が缶ビールをジュルジュルと啜《すす》る音と、モクモクと上がるピースの紫煙。「ほら、父ちゃん、ハナコ、見て見て」と、ハンドルから両手を放してふざける母の声も思い出す。

私の好きだったドライブコース。夜、父が寝てしまうと、「ハナちゃん、行こうか。何が食べたい?」車のキーと財布を手に、母が呼びに来る。車は赤坂氷川坂を下り、次の角を左折。車の点検を頼んでいた自動車修理工場、小さなホテル、スペイン料理屋を過ぎたら右へ。角に交番のある交差点を突っ切り、カーブしながら三分坂を上り、コロンビアの前を通り、青山通りとの交差点へ。この上りの急坂で信号待ちになったら大変だ。母は「怖い怖い」と言いながら、ブオブオと猛烈に吹かして坂道発進していた。青山通りを左へまっすぐ行けば、やがて右側に真夜中過ぎまでやっているスーパーマーケットの黄色い看板が。横文字で「ユアーズ」。駐車場に車をとめ、店に入ると、私はカウンターでアイスクリームやドーナッツを買って貰う。当時は珍しかった輸入食品などが並ぶ明るい店内で、母は大量の買い物をした。

帰宅すると、早速、私は英語で何とかクリームと書かれた紙箱から粉を取り出す。毒々しい色の粉にミルクや砂糖を混ぜ、せっせと攪拌《かくはん》。出来上がったドロドロのクリームを舐めれば、いかにも体に悪そうな味。「おかあちゃん、アメリカのは、甘くてくどいねえ」。ここで、また鼻血が。

一時期、麻布の古道具屋にも、よく車で行った。大使館や外国人の家から流れてきた道具類が多い店で、赤坂の家にはソファや椅子や鏡、食器などが次々増えていった。店主はいつも私におまけをくれた。ヒンズー語の書かれた質素な額だの、秘密の物を入れるにはぴったりの木箱だの。今も大事に使っている。

（たけだ・はな　写真家）

初出　『毎日新聞』一九六九年一月四日～六月二十一日連載
単行本　中央公論社　一九六九年九月刊
文庫　中公文庫　一九七七年三月刊

写真提供　武田　花

本書について

・本書は、『武田泰淳全集』第八巻（一九七八年八月、筑摩書房）を底本とし、単行本あとがき、中公文庫旧版解説、関連作品、武田花氏による書き下ろしエッセイを収録し、改版したものである。

・明らかに誤植と思われる箇所は、著作権継承者の諒解を得てあらためた。また、表記等を統一し、一章ごとに改ページとした。

・本文中に、現代では不適切と考えられる言葉が見られるが、著者が他界していることや当時の時代背景、また作品の価値を考慮して、そのままとした。

中公文庫

新《しん》・東海道《とうかいどう》五十三次《ごじゅうさんつぎ》

1977年3月10日　初版発行
2018年11月25日　改版発行

著　者　武田《たけだ》 泰淳《たいじゅん》
発行者　松田 陽三
発行所　中央公論新社
〒100-8152　東京都千代田区大手町1-7-1
電話　販売 03-5299-1730　編集 03-5299-1890
URL http://www.chuko.co.jp/

DTP　ハンズ・ミケ
印　刷　三晃印刷
製　本　小泉製本

Published by CHUOKORON-SHINSHA, INC.
Printed in Japan　ISBN978-4-12-206659-5 C1193

中公文庫既刊より

各書目の下段の数字はISBNコードです。978―4―12が省略してあります。

た-13-5
十三妹《シイサンメイ》　武田泰淳
強くて美貌でしっかり者。女賊として名を轟かせた十三妹は、良家の奥方に落ち着いたはずだったが……中国古典に取材した痛快新聞小説。〈解説〉田中芳樹
204020-5

た-13-6
ニセ札つかいの手記　武田泰淳異色短篇集　武田泰淳
表題作のほか「白昼の通り魔」「空間の犯罪」など、独特のユーモアと視覚に支えられた七作を収録。戦後文学の旗手、再発見につながる短篇集。
205683-1

た-13-7
淫女と豪傑　武田泰淳中国小説集　武田泰淳
中国古典への耽溺、大陸風景への深い愛着から生まれた、血と官能に満ちた淫女・豪傑の物語。評論一篇を含む九作を収録。〈解説〉高崎俊夫
205744-9

た-13-8
富士　武田泰淳
悠揚たる富士に見おろされる精神病院を舞台に、人間の狂気と正常の謎にいどみ、深い人間哲学をくりひろげる武田文学の最高傑作。〈解説〉堀江敏幸
206625-0

た-13-9
目まいのする散歩　武田泰淳
歩を進めれば、現在と過去の記憶が響きあい、新たな記憶が甦る……。野間文芸賞受賞作。巻末エッセイ「丈夫な女房はありがたい」などを収めた増補新版。
206637-3

た-15-5
日日雑記　武田百合子
天性の無垢な芸術者が、身辺の出来事や日日の想いを、時には繊細な感性で、時には大胆な発想で、心の赴くままに綴ったエッセイ集。〈解説〉巖谷國士
202796-1

た-15-6
富士日記（上）　武田百合子
夫泰淳と過ごした富士山麓での十三年間の日々を、澄明な目と天性の無垢な心で克明にとらえ天衣無縫な文体でうつし出した日記文学の傑作。田村俊子賞受賞作。
202841-8

た-15-7
富士日記（中）
武田百合子
天性の芸術者である著者が、一瞬一瞬の生を特異な感性でとらえ、また昭和期を代表する質実な生活をあますところなく克明に記録した日記文学の傑作。
202854-8

た-15-8
富士日記（下）
武田百合子
夫武田泰淳の取材旅行に同行したり口述筆記をする傍ら、特異の発想と表現の絶妙なハーモニーで暮らしの中の生を鮮明に浮き彫りにする。〈解説〉水上　勉
202873-9

た-80-1
犬の足あと　猫のひげ
武田　花
天気のいい日は撮影旅行に。出かけた先ででくわした奇妙な出来事、好きな風景、そして思い出すことどもを自在に綴る撮影日記。写真二十余点も収録。
205285-7

う-37-1
怠惰の美徳
梅崎春生
荻原魚雷編
戦後派を代表する作家が、怠け者のまま如何に生きてきたかを綴った随筆と短篇小説を収録。真面目で変でおもしろい、ユーモア溢れる文庫オリジナル作品集。
206540-6

ふ-2-5
みちのくの人形たち
深沢七郎
お産が近づくと屏風を借りにくる村人たち、両腕のない仏さまと人形——奇習と宿業の中に生の暗闇を描いた表題作をはじめ七篇を収録。〈解説〉荒川洋治
205644-2

ふ-2-6
庶民烈伝
深沢七郎
周囲を気遣って本音は言わずにいる老婆（「おくま嘘歌」）、美しくも滑稽な四姉妹（「お燈明の姉妹」）ほか、烈しくも哀愁漂う庶民を描いた連作短篇集。〈解説〉蜂飼　耳
205745-6

ふ-2-7
楢山節考／東北の神武たち　深沢七郎初期短篇集
深沢七郎
「楢山節考」をはじめとする初期短篇のほか、伊藤整・武田泰淳・三島由紀夫による選評などを収録。文壇に衝撃をもって迎えられた当時の様子を再現する。〈解説〉小山田浩子
206010-4

ふ-2-8
言わなければよかったのに日記
深沢七郎
小説「楢山節考」でデビューした著者が、武田泰淳、正宗白鳥ら畏敬する作家との交流を綴る文壇日記。巻末に武田百合子との対談を付す。〈解説〉尾辻克彦
206443-0

各書目の下段の数字はISBNコードです。978－4－12が省略してあります。

み-9-10
荒野より　新装版
三島由紀夫
不気味な青年の訪れを綴った短編「荒野より」、東京五輪観戦記「オリンピック」など、〈楯の会〉結成前の心境を綴った作品集。〈解説〉猪瀬直樹
206265-8

み-9-11
小説読本
三島由紀夫
作家を志す人々のために「小説とは何か」を解き明かし、自ら実践する小説作法を披瀝する、三島由紀夫による小説指南の書。〈解説〉平野啓一郎
206302-0

み-9-12
古典文学読本
三島由紀夫
「日本文学小史」をはじめ、独自の美意識によって古今集や能、葉隠まで古典の魅力を綴った秀抜なエッセイを初集成。文庫オリジナル。〈解説〉富岡幸一郎
206323-5

み-9-6
太陽と鉄
三島由紀夫
三島ミスチシズムの精髄を明かす表題作。作家として自立するまでを語る「私の遍歴時代」。三島文学の本質を明かす自伝的作品二篇。〈解説〉佐伯彰一
201468-8

み-9-7
文章読本
三島由紀夫
あらゆる様式の文章・技巧の面白さ美しさを、該博な知識と豊富な実例と実作の経験から詳細に解明した万人必読の文章読本。〈解説〉野口武彦
202488-5

み-9-9
作家論　新装版
三島由紀夫
森鷗外、谷崎潤一郎、川端康成ら作家15人の詩精神と美意識を解明。『太陽と鉄』と共に「批評の仕事の二本の柱」と自認する書。〈解説〉関川夏央
206259-7

む-11-4
極上の流転　堀文子への旅
村松友視
九五歳を超えてなお、新作を描き続ける画家、堀文子。その毅然とした生き方と、独特のユーモアに魅了された著者が描く渾身の評伝。巻末に堀文子との対談を付す。
206187-3

む-11-5
金沢の不思議
村松友視
歴史と文化、伝統と変容が溶け合う町、金沢。この街に惚れ込み、三十年に亘り通い続けてきた著者が、ガイドブックでは知り得ない魅力を綴る。
206304-4